# TRONO DE PENAS E OSSOS

# SHANNON MAYER
# KELLY ST CLARE

# TRONO DE PENAS E OSSOS

Tradução Marcia Blasques

astral
cultural

Copyright © 2021 Shannon Mayer e Kelly St Clare
Os direitos morais das autoras estão assegurados.
Tradução para Língua Portuguesa © 2024 Marcia Blasques
Todos os direitos reservados à Astral Cultural e protegidos pela Lei 9.610,
de 19.2.1998. É proibida a reprodução total ou parcial sem a expressa anuência da editora.

**Editora**
Natália Ortega

**Editora de arte**
Tâmizi Ribeiro

**Produção editorial**
Andressa Ciniciato, Brendha Rodrigues e Thais Taldivo

**Preparação de texto**
Pedro Siqueira

**Revisão de texto**
Alexandre Magalhães e Carlos César da Silva

**Design da capa**
Marcus Pallas

Dados Internacionais de Catalogação na Publicação (CIP)
Angélica Ilacqua CRB-8/7057

M421t

Mayer, Shannon
  Trono de penas e ossos / Shannon Mayer, Kelly St Clare; tradução de Marcia Blasques. — Bauru, SP : Astral Cultural, 2024.
  288 p. (Coleção The honey and ice)

ISBN 978-65-5566-529-1
Título original: A throne of feathers and bone

1. Ficção canadense  2. Literatura fantástica I. Título II. Clare, Kelly St III. Marcia, Blasques

24-2169

CDD 813

Índice para catálogo sistemático:
1. Ficção norte-americana

BAURU
Joaquim Anacleto
Bueno, 1-42
Jardim Contorno
CEP 17047-281
Telefone: (14) 3879-3877

SÃO PAULO
Rua Augusta, 101
Sala 1812, 18º andar
Consolação
CEP 01305-000
Telefone: (11) 3048-2900

E-mail: contato@astralcultural.com.br

# 1.

Os cascos retumbavam no solo macio da floresta encantada, abrindo caminho entre as flores da primavera. Os bramidos e bufos do kelpie terrestre obliteravam qualquer som de perseguição da corte Seelie, e, de maneira bizarra, os únicos outros sons que alcançavam meus ouvidos eram as batidas do meu coração e os grunhidos e palavrões ocasionais de Faolan.

Resgatada. Eu havia sido resgatada da morte por afogamento, depois de ser falsamente acusada de assassinar meu pai, o rei.

Eu me agarrava com toda força às grossas farpas de gelo na crina do kelpie. Embora Faolan e eu estivéssemos alojados entre dois dos três conjuntos de asas nas costas da criatura, eu não tinha a mínima vontade de cair e dar de cara com as perigosas farpas em sua cauda.

— Para onde estamos indo? — perguntei, olhando para trás.

Unimak era uma maldita ilha — só poderíamos correr até certo ponto antes de sermos impedidos pelo oceano.

O braço de Faolan se apertou ao redor da minha cintura, por cima do traje de pano de saco, com o qual eu fora vestida para minha execução. Sua voz estava rouca e baixa.

— Para o outro lado do rio, Vossa Majestade.

Vossa Majestade. Sim, certo. Talvez durante aquele um segundo entre a flecha perfurando a garganta do rei Aleksandr, enquanto ele me reivindicava como herdeira, e Adair gritando que eu o assassinara.

O repentino revirar do meu estômago não tinha nada a ver com o passo frenético do kelpie e, sim, com a memória fresca do sangue jorrando do pescoço do meu pai, mas deixei isso de lado. Sobreviver àquele dia vinha em primeiro lugar. Analisar toda a merda que tinha acontecido poderia ficar para depois.

Virando um pouco o corpo, olhei para trás e empalideci.

— Companhia? — Lan perguntou, como se estivéssemos falando sobre o tempo.

Engoli em seco diante da visão do que parecia ser a totalidade da guarda do rei e a maioria da Elite se aproximando de nós. Se não estivéssemos em um kelpie, jamais teríamos escapado do castelo e chegado tão longe.

Olhando para a frente, respondi:

— Eles não estão com cara de que querem uma xícara de açúcar emprestada.

Lan fez o kelpie seguir ao longo do rio Danaan, e ainda que a visão de nossa "companhia" não tenha inspirado um sentimento de derrota, a água agitada e esbranquiçada me fez considerar seriamente a rendição.

Minha boca secou.

— Talvez...

— Vamos voar por cima — Lan disse, bruscamente.

Merda. Lambi os lábios.

— A parte mais estreita do rio está na porção dos humanos...

— Vamos voar agora.

Lan transferiu seu peso para a direita, e um grito ficou preso na minha garganta enquanto as poderosas patas traseiras do kelpie se contraíam.

E então estávamos no ar. Senti um aperto no peito quando a terra sólida foi substituída por água gelada e escura — semelhante à água em que Adair tentara me afogar — e depois o solo rochoso.

O ar escapou dos meus pulmões quando o kelpie de três pares de asas aterrissou, e acho que meu coração quase parou de bater.

— Você está viva? — Faolan provocou.

Levei um momento para responder. Naquele ponto, depois de semanas sendo caçada, acusada falsamente de destruir Underhill e maltratada como sempre, eu não tinha muita certeza de como responder. Mas a voz dele ultrapassou meu medo de água, pelo menos, e meu coração voltou a bater.

Inspirei profundamente.

— Por enquanto, sim.

Por quanto tempo mais, eu não poderia dizer. Acabávamos de entrar na corte Unseelie, o território de Lan, e isso podia significar qualquer coisa. Os Seelies e os Unseelies tinham um equilíbrio mágico — porque eram diametralmente opostos. Projetados para permanecerem ao lado um do outro através das eras, sem *nunca* se tocarem ou se misturarem, para que o equilíbrio entre vida e morte continuasse o mesmo. No lado Seelie do rio, as árvores tinham troncos grossos e folhagem verde densa, tudo brilhando com purpurina. Embora os Unseelies tenham mantido a purpurina para os turistas, as árvores eram finas e retorcidas, cercadas por espinheiros afiados. Isso realmente definia o tom de uma corte muito mais sombria.

Regras mais rígidas. Corações mais duros. Morais mais frias.

Pelo menos foi o que me disseram — embora o mesmo pudesse ser dito para alguns que eu tinha encontrado na corte Seelie também.

— Por que exatamente você escolheu a corte Unseelie como nossa rota de fuga? — arrisquei, dando outro olhar para trás.

A guarda do rei acabara de alcançar a beira do rio. Eles haviam diminuído a velocidade, e eu podia imaginar o dilema deles. Deveriam atravessar e arriscar a ira da rainha Unseelie? Era a pergunta de um milhão de dólares.

Será que pelo menos tinham autorização para tomar esse tipo de decisão? E se não, quem teria coragem de dar a ordem e arcar com as consequências da rainha consorte, que estaria em modo de vingança total?

— Porque era o único lugar para ir. A missão de resgate de Cinth estava cheia de boas intenções, mas tinha alguns problemas logísticos. — Lan diminuiu a velocidade do kelpie quando ficamos fora de vista, sussurrando palavras suaves para a criatura feérica.

Um sorriso alargou meus lábios.

— Foi Cinth que organizou isso?

— Você esperaria menos? Pelo que sei, a notícia de que você tinha sido reivindicada como prisioneira pela corte Seelie chegou a Rubezahl. Cinth fez um escândalo para vir atrás de você.

— Ela tinha um plano para escapar depois, certo? — Só de pensar na possibilidade de ela ter sido capturada, minhas entranhas se torceram em um nó.

— Ela está segura — Lan garantiu. — Tem um encanto encobrindo os rastros dela.

Fechei os olhos, soltando o ar. Ótimo.

— Ruby estava lá também.

— Não. Ele enviou alguns párias, mas não veio pessoalmente.

Hum. Então aquele cruza-bico vermelho no ombro de Bres provavelmente não tinha sido um avatar no final das contas. Eu tinha uma forte suspeita, mas, é óbvio, eu estava à beira da morte, minha mente não funcionava a todo vapor.

Abri os olhos novamente e observei os espinheiros que retardavam o kelpie. A floresta ficava mais bem-cuidada quanto mais perto alguém chegava da corte Seelie. Aqui, a natureza se mostrava claramente contra nós, em um aviso claro para não prosseguir.

Esfreguei meu braço quando um galho fino chicoteou minha pele nua.

— Como Cinth colocou você nessa, então?

— Nós... nossos caminhos se cruzaram — ele responde, a postura rígida. — Eu estava de olho em você.

Pestanejei e cerrei os dentes, enquanto o sangue inundava minhas bochechas. Pode me chamar de esquecida, mas entre papai querido deixando de lado sua vergonha para me nomear sua herdeira e minha madrasta tentando me matar, eu não tinha pensado no papel de Lan nisso tudo.

— Essa é uma maneira educada de dizer que você estava me seguindo desde o início, a mando da rainha Unseelie.

Será que foi por isso que ele me beijou? Como um jeito de me manter por perto? Essa ideia me incomodou, e por mais que eu odiasse admitir, aquela estupidez tinha dado certo.

O som suave dos passos do kelpie ficou mais alto quando atingimos os paralelepípedos irregulares. Eu só havia me aventurado na corte Unseelie uma vez, em uma excursão escolar, no que parecia ser uma eternidade atrás. Enquanto nossa corte era toda baseada em hierarquia — aqueles que a tinham e aqueles que não a tinham —, a rainha deles não organizava seus súditos em castas. Era cada Unseelie por si. Eles encontravam um canto, e se pudessem lutar para mantê-lo, podiam ficar.

Lan permaneceu em silêncio atrás de mim.

— O que você disse ao seu amigo mesmo? — falei, sarcasticamente. — A rainha queria que eu continuasse viva, certo? Diga, neto de Lugh, faz quanto tempo que você sabe quem eu sou de verdade?

Ele se sobressaltou com o lembrete de sua linhagem.

— Eu soube assim que a rainha me deu as ordens. Ela me contou, para que eu entendesse a importância de ficar de olho em você.

Ele sabia o tempo todo. Suas pequenas gentilezas faziam mais sentido agora. O café da manhã, as provocações, o beijo. Para me manter por perto, ele tinha afastado sua tendência natural de me considerar inferior.

Que ótimo.

Eu não tinha palavras, o que, para mim, era raro.

Ele me segurou com mais força.

— Você sabe que eu fiz um juramento vinculativo de obedecer às ordens dela. Não tenho escolha quanto a isso, independentemente dos meus sentimentos.

Minhas sobrancelhas se ergueram, e eu achei minha língua.

— E você foi além, Lan. Realmente, deveria se orgulhar de si mesmo. Não vou me esquecer de te dar uma avaliação de cinco estrelas pelos seus talentos de atuação. Eles são impressionantes, se me permite dizer.

Porque, enquanto estávamos atravessando a floresta, ele me beijou como se mais ninguém existisse. Eu, ingenuamente, comecei a acreditar que éramos uma equipe.

Que estávamos juntos naquela confusão.

Que eu quase poderia...

Quase poderia confiar nele.

Aperto os lábios e tiro o braço dele que envolve a minha cintura, me endireitando nas costas do kelpie para pôr mais distância entre nós — distância de que eu nunca deveria ter aberto mão. Distância de que não me arriscaria abrir mão novamente.

Ele começou a dizer algo, mas balancei a cabeça com raiva.

— Pare. Obrigada por me tirar do castelo Seelie, mas eu valho mais do que a maneira como você tem me tratado nas últimas semanas... e não por causa de quem meu pai é. Era.

Foda-se eu e minha estúpida paixonite de infância pelo bad boy com coração.

Lan ficou em silêncio, e nós seguimos até o pico leste, em direção ao castelo. Musgo contornava as pedras escuras, e, de tempos em tempos, eu avistava plantinhas crescendo entre os tijolos — o que teria sido reconfortante se as flores não fossem pretas e as bagas, vermelho-sangue.

Contive um arrepio enquanto passávamos pelo parapeito. Os guardas me encararam antes de desviarem seus olhares desconfiados para o feérico atrás de mim e, relutantes, se afastaram. O kelpie parou diante das portas do castelo, reforçadas com ferro, e deslizei de suas costas, sibilando com a dor nos punhos quando eles roçaram no pelo branco e azul-pálido do animal, deixando um rastro de vermelho. As algemas de ferro dos guardas Seelie realmente tinham feito um estrago em mim.

Extraindo energia azul das pedras sob meus pés, alimentei minha magia índigo e amorteci a dor, agradecendo às pedras por sua ajuda logo depois. Um pequeno rastro de musgo verde brilhante irrompeu ao redor dos meus pés, o que só me rendeu mais olhares furiosos dos guardas.

Que seja. Eles que se explodam depois do dia que tive.

Servos humanos abriram as portas, com os olhos baixos, e Faolan avançou à minha frente para entrar na imponente moradia da rainha Elisavana. Ao contrário do brilho dourado da sala do castelo Seelie, entramos imediatamente em um longo salão para convidados, de teto baixo, tão gelado quanto pouco convidativo. Meus passos ecoavam na pedra escura, e segui Lan por um corredor, tentando me recompor antes de ficar diante da rainha — o que não era fácil quando se está usando um vestido simples e se está coberta de sangue e arranhões. Meu estômago roncou alto, aumentando meu desconforto.

Faolan parou diante de uma porta de madeira discreta, com os ombros tensos. Ele me lançou um olhar, tempo suficiente para eu ver que o redemoinho de sua íris escura estava mais caótico do que nunca.

— Órfã...

— O quê? — Cruzei os braços.

A porta se abriu para dentro. Um guarda da rainha, do sexo masculino, estava lá, sorrindo.

— Não temos o dia todo, Seelie. Estamos todos ansiosos para ouvir sobre seu último deslize.

Franzi a testa, olhando para ele e para Lan. Mas o guarda não estava brincando. Eles não eram amigos, se os lábios apertados de fúria de Lan indicavam alguma coisa.

Faolan deu um passo em direção ao guarda e olhou nos olhos dele.

— Para isso é preciso que você se mexa, soldado.

— Parece que você tem um problema, então — o guarda zombou.

Lan descansou a mão na espada.

— Tenho?

O olhar do guarda foi para o punho da espada, e seus olhos ganharam uma expressão mais fria antes de ele olhar para cima novamente. Forçou um sorriso.

— Só estou brincando, Seelie. A rainha Elisavana está ansiosa por uma explicação para os eventos atuais.

Isso... não me parecia ser um bom presságio.

O guarda se afastou, e, ao passar por ele, encontrei seu olhar sem pestanejar. Ele não era nada se comparado a um conflito com crianças gigantes e encontros com espíritos de pessoas cintilantes e cinzentas.

Eu esperava um salão de audiências frio e desolado, então fiquei surpresa com as tapeçarias espessas cobrindo as paredes e a lareira acesa ocupando a metade da parede esquerda. Outra expectativa frustrada — a rainha não estava sentada em um trono, mas em pé diante de uma mesa carregada de comida.

Faolan parou e fez uma mesura profunda.

— Vossa Majestade.

— Levante-se, neto de Lugh — ela disse, com uma voz suave que me fez sentir um raio de desconfiança na espinha. — E me diga por que acabei de receber uma mensagem beirando a *ameaça* da rainha consorte Adair.

Isso me pegou de surpresa. Eu esperava que Adair se empoleirasse no trono ela mesma.

— Quem é o novo rei? — perguntei.

— Aquele inútil — ela respondeu, com um aceno de mão, os dedos riscando o ar. — Nunca consigo lembrar o nome dele. O irmão mais novo de Aleksandr. Aquele confuso e rechonchudo que não parece capaz de ferir um exército de mosquitos que sugassem dele o sangue necessário para viver.

Uma imagem bem vívida. E precisa também.

Minha testa relaxou. Óbvio. O tio Josef seria o próximo na linha sucessória depois de mim. Lembrei-me de como ele confortara Adair na minha execução. Eu teria me perguntado se ele havia planejado o assassinato do meu pai e meu fim, mas a rainha estava certa — ele não parecia ter nenhum instinto assassino.

— E você obedecerá à etiqueta ao me dirigir a palavra. — A voz da rainha não mudou, mas uma nova desconfiança me atingiu.

Eu me curvei em meu vestido simples.

— Peço desculpas, Vossa Majestade.

Por fim seu olhar azul frio se fixou no meu rosto, apenas para imediatamente se voltar a Faolan.

— Por que você a trouxe aqui?

Ele permaneceu à vontade.

— Estava seguindo suas ordens.

Ela resmungou, colocando uma framboesa na boca com um gesto delicado do punho.

— De fato.

— Eu as entendi mal, Vossa Majestade?

— A melhor pergunta é: você as entendeu? — Sua expressão endureceu.

— Conversarei com você hoje à noite, neto de Lugh.

A dispensa foi clara, embora ela não tivesse *me* dado permissão para sair. No que Faolan tinha me metido agora? Em outra execução?

Ele lançou um olhar na minha direção e abriu a boca, mas pareceu pensar melhor antes de fazer qualquer objeção. Talvez tenha sido meu olhar gélido?

A rainha me chamou em direção à lareira, e eu dei as costas a Lan, para me juntar a ela. À medida que nos sentamos, a porta foi fechada; com uma rápida olhada confirmei que estávamos sozinhas, exceto pelo guarda zombeteiro no extremo oposto da sala.

— Kallik da Casa Real — a rainha disse, após arrumar o vestido de chiffon cinza-escuro para que pendesse em dobras régias. — Você traz muitos problemas.

Eu assenti.

— Os guardas do rei cruzaram o rio, Vossa Majestade? — Será que eu precisava dizer "Vossa Majestade" a cada vez que falasse com ela? Melhor apostar no seguro.

Ela sorriu, e seu sorriso não continha nem um grama de acolhimento. Se fosse em Adair, a expressão poderia ter sido servil. Naquela mulher, fiquei convencida de sua capacidade de me matar com um estalar de dedos.

Isso era tão reconfortante.

— Eles não se atreveriam — ela respondeu. — Pelo menos, não ainda.

Inclinei a cabeça em questionamento.

Ela ergueu um ombro.

— Poucas coisas fariam a corte Seelie se arriscar a nos perturbar. A morte do rei deles é uma delas. Adair quer o seu sangue, Kallik. Ela pode estar disposta a derramar o sangue dos meus súditos para chegar até você. Mesmo que inicie uma guerra.

— Eu não matei o rei. — Eu a interrompi.

Suas sobrancelhas se arquearam um pouco.

— Não? E também devo acreditar que você não teve parte no desaparecimento de Underhill?

Certo. Talvez eu tivesse atingido meu limite, e minhas sobrancelhas se franziram enquanto minha própria ira aumentava.

— Você se refere à falsa Underhill ou à verdadeira? — Dei um sorriso igual ao dela.

Só que o sorriso dela aumentou. Ela encarou o fogo.

— Imagino que seja difícil disparar uma flecha estando diretamente ao lado de seu alvo, especialmente sem um arco a tiracolo.

Sem brincadeira. Aí estava o enorme buraco na acusação de Adair. Exceto que ninguém ousara questionar a história dela.

— Também é difícil causar uma ferida de qualquer tipo pela parte da frente da garganta de alguém quando se está exatamente ao lado da pessoa — retruquei.

As mãos dela tremiam ligeiramente, mas seu rosto não demonstrava qualquer emoção quando voltou sua atenção para mim.

— O problema, jovem feérica, é que o seu destino não depende da verdade, mas do que os Seelies *acreditam*. Em outras palavras, o que é correto e verdadeiro pode não importar. Adair ainda não tem coragem de me acusar abertamente de ajudar você. Em vez disso, ela te liga aos párias no Triângulo. Com o tempo, no entanto, ela pode ganhar força e jogar a culpa também na minha corte. Por que eu daria refúgio à assassina do rei Aleksandr, ela poderia comentar, se não ordenei a execução dele na esperança de assumir o controle da corte Seelie?

Soltei um suspiro silencioso.

Deusa do céu e da terra, ela estava certa. Se eu ficasse ali, a já tensa relação entre as cortes se deterioraria ainda mais, talvez além de qualquer reparo. Unseelie e Seelie guerrearam intermitentemente ao longo das eras. Dado que Underhill tinha sido fechada havia muito mais tempo do que a maioria das pessoas sabia, já era um momento delicado para os feéricos. O perigo da loucura pairava no ar, resultado de um feérico passar tempo demais sem colocar os pés em nosso lar ancestral. Já tinha encontrado um grupo de jovens gigantes e um errante que teriam se perdido na loucura se não fosse pela intervenção de Rubezahl. Do jeito que as coisas estavam... eu não podia dizer com certeza que a insanidade não havia se apossado de *mim*. Não depois do que fiz com aquele Unseelie depois de beijar Faolan. Tentei controlar um arrepio.

— Você não pode me dar refúgio.

— O que eu sugeriria — ela disse, com cuidado — é que você aproveite o tempo aqui para se recuperar e considerar sua posição. Sempre há um caminho que nos leva em direção ao que desejamos. — Seus olhos frios brilhavam. — Existe um caminho que você deveria seguir?

O tom da rainha acelerou meu pulso. Será que ela estava falando da entrada para a verdadeira Underhill? Aquela para que os espíritos me conduziram? Eu tinha chegado tão frustrantemente perto de abri-la...

Eu deixei Unimak na esperança de limpar meu nome. Esperando provar, de uma vez por todas, que não tinha destruído a entrada para Underhill. Eu havia falhado nisso — Adair convencera a corte Seelie da minha culpa —, mas também descobri um problema muito maior. O verdadeiro reino feérico tinha estado fechado para nós havia muito tempo, e muitas vidas dependiam de sua restauração.

Minha vida. A vida de Cinth. A vida de Ruby, de Drake e dos outros párias. Vidas humanas. Até a vida dos feéricos que me odiavam.

No entanto, eu não disse nada disso para a rainha. Ela sabia muito mais do que estava revelando — algo que deduzi do que Lan já tinha me informado —, mas confiança não era meu segundo nome. De jeito nenhum.

— Aproveite um tempo — a rainha repetiu, levantando-se. — Adair não tomará medidas em nome do rei Inútil tão cedo.

Eu me apressei em ficar de pé também, certa de que a matrona do orfanato tinha falado sobre isso em suas lições de etiqueta.

— Ok. Obrigada, rainha Elisavana. Fico muito grata.

O olhar dela desceu para meus punhos rasgados e queimados, e uma sombra escureceu sua expressão, desaparecendo no segundo seguinte.

— Não me agradeça ainda, Kallik da Casa Real.

Hesitei, incerta de como interpretar suas palavras. O que aquilo significava? Ela ainda iria me jogar por cima do parapeito, no final das contas?

Ela inclinou a cabeça em direção à porta.

— Vá. Coma. Tome um banho. Durma. — Quando me virei para sair, ela acrescentou: — E pense em reservar um momento para refletir que você não teve participação na morte do rei.

Bem, isso era meio difícil de esquecer. Eu me virei para trás, para olhar a rainha de cabelos escuros e dona de uma beleza gélida.

Ela me encarou solenemente.

— Em outras palavras, outra pessoa o matou, e talvez você saiba quem.

## 2.

As palavras da rainha Unseelie ecoavam na minha mente enquanto eu seguia a criada humana por um longo corredor acarpetado que levava até as entranhas do castelo. Será que, de maneira inconsciente, eu sabia quem tinha matado meu pai? Era isso que Elisavana queria dizer?

As rugas na minha testa pareciam esculpidas na minha face, e a criada humana — uma jovem com olhos castanhos profundos e cabelos da mesma cor — soltou uma exclamação quando parou diante de uma porta fechada e olhou para mim.

— Este é seu quarto. O banho está preparado para a senhora, e alguém trará roupas novas. Se precisar de ajuda para se vestir...

Eu levantei a mão e suavizei minha expressão.

— Desculpa, foram dias difíceis. Eu posso me vestir sozinha.

O sorriso dela foi fugaz ao se curvar e começar a se afastar.

— Espera.

Ela parou.

— Estou morrendo de fome. Você poderia trazer algo para eu comer?

Eu teria dado risada com o alívio no rosto dela, se não entendesse claramente o que aquilo significava. Ela estava acostumada a ser tratada mal.

— Sim. Com certeza.

Com isso, ela se virou e saiu correndo.

— Obrigada! — exclamei e entrei no quarto.

Não havia luzes acesas, e eu tateei até encontrar uma conexão com algo de onde eu pudesse retirar calor, alguma coisa que criasse uma chama.

Ao olhar para o quarto através das lentes da minha magia, pude ver que havia um leve lampejo de fogo nas brasas da grande lareira bem diante de mim. Fui até a estrutura de pedra, puxei os fios vermelhos do elemento para a frente e ventilei as chamas, soprando-as, até que se reavivassem. Às vezes, a solução não vinha apenas da magia — algo que os feéricos puros tendiam a esquecer.

Joguei algumas madeiras da pilha ao meu lado, e logo o fogo estava rugindo e emitindo não apenas luz, mas um calor constante, que penetrava até os meus ossos. Suspirei. *Está bem melhor.*

Eu me virei e examinei o quarto.

A roupa de cama era de um bordô profundo, as cobertas e as cortinas penduradas no dossel, feitas de veludo pesado. O chão era de um mogno rico, assim como os móveis restantes — uma mesa, um conjunto de cadeiras e uma escrivaninha —, mas todos os outros detalhes desapareceram quando olhei para o que havia no meio do quarto.

Uma enorme banheira que poderia facilmente acomodar quatro pessoas. A borda no nível do chão. Eu poderia ter me machucado se tivesse caído dentro dela quando atravessei o quarto, mas estava disposta a perdoá-la pelo quase acidente. Vapor subia da água, gotículas revestindo a borda de cobre martelado. Pelo cheiro de lavanda e de eucalipto, alguém havia enchido a água com ervas que ajudariam nas minhas lesões.

Me despi com um gemido. Com cada movimento eu sentia minhas inúmeras feridas e arranhões, e fiz várias caretas, retardando meus movimentos até que finalmente estivesse nua.

E não tinha armas, já que todas haviam sido tiradas de mim, e isso — mais do que a nudez — me deixava com uma sensação de... estar exposta. Circulando pelo quarto, encontrei um abridor de cartas com uma ponta afiada na escrivaninha, junto a um garfo que fora deixado para trás em algum momento.

Não eram exatamente armas de alto impacto, mas serviam.

Eu me sentei na borda da banheira e então deslizei para dentro, a água arrancando um sibilo dos meus lábios. A água quente estava no limite do suportável, mas mergulhei até o peito e depois recostei o corpo, com um suspiro cansado.

*Merda. Que... dia? Semana? Mês?*

Eu estava cansada além da compreensão.

Havia um banco sob a água, e coloquei meu abridor de cartas de um lado e o garfo letal do outro. Talvez eu chamasse o garfo de Presas da Morte. Isso faria meus inimigos fugirem aterrorizados.

Minhas pálpebras se fecharam, e pensei nas palavras da rainha — novamente. Talvez ela não estivesse sugerindo que eu já sabia quem matara meu pai. Talvez apenas acreditasse que eu poderia descobrir.

Quem se *beneficiaria* com a morte do meu pai?

A resposta óbvia era sua herdeira — eu. Mas como eu sabia que não tinha feito isso...

Hum, Adair teria sido minha principal suspeita, mas, na verdade, ela não assumiu o trono. O tio Josef era o segundo na linha de sucessão, depois de mim. Lógico, se Adair alguma vez tivesse me dado um irmão ou uma irmã, esse filho teria sido o herdeiro legítimo, em vez da bastarda mestiça — mas isso nunca aconteceu. Até onde eu sabia, não havia nem mesmo primos distantes nas cortes irlandesas ou nas cortes da Louisiana, de onde Drake era, que pudessem ter vontade de disputar o trono.

A menos que o rei Aleksandr tivesse outros inimigos dos quais eu não estava ciente. Realmente não havia muito mais na lista de potenciais assassinos. Apesar do meu relacionamento conturbado com meu pai, ele era muito amado pelos Seelies.

Voltei minha atenção para Adair e Josef, lembrando de ver a mão dele nas costas dela. Ela o tocando suavemente no baile.

Um toque delicado. Até *íntimo*.

— Merda. Eles estão transando! — Arregalei os olhos diante dessa compreensão súbita e esclarecedora... e dei de cara com os olhos dourados de alguém vestido de preto. A pessoa estava agachada na outra extremidade da banheira, com uma adaga curta na mão.

Não havia tempo para pensar.

Ataquei-o com o abridor de cartas na mão direita enquanto o agarrava com a esquerda e o puxava para dentro da água. Três golpes curtos e precisos com o abridor de cartas na lateral do pescoço, e ele ficou mole, com o rosto para baixo, a água borbulhando enquanto ele dava seu último suspiro.

Afastei-me às pressas, pegando meu garfo enquanto saía da água rosada, respingando-a pelo chão de pedra. Fiquei de costas para a lareira. Com adrenalina correndo nas minhas veias, eu observei ao redor do quarto, esperando outro assassino.

Aquele era um assassino de verdade. Alguém tentara me *matar*. Talvez eu não devesse ficar chocada com isso, depois dos acontecimentos recentes, mas, de alguma forma, uma tentativa direta de assassinato por um estranho era diferente de participar de uma batalha ou um duelo. Diferente até mesmo da minha quase execução.

A porta do quarto foi aberta, e a criada humana entrou discretamente.

— Minha senhora, eu preparei algumas coisas... — Seus olhos pousaram em mim, antes de desviarem para a banheira onde meu visitante boiava virado para baixo. — Ah.

— Vá buscar Faolan — murmurei.

Mas não era necessário. Ele entrou logo atrás dela.

Ele absorveu a cena com um olhar rápido, detendo-se mais tempo no meu corpo nu do que no corpo *que estava* na banheira, depois tocou o ombro da criada.

— Chame o general Stryk.

Eu não me movi da minha posição em frente à lareira, embora o desejo de me cobrir estivesse bem presente. A nudez não era algo que me preocupava muito, mas com Faolan... aquelas feridas emocionais ainda estavam sangrando apesar do meu desejo de selá-las.

Cruzei os braços.

— Isso é um garfo? — ele perguntou, tirando a camiseta bem devagar.

Minha boca ficou seca, e minha raiva traiçoeira encontrou outras formas de se manifestar. Porque eu estava nua, e ele estava caminhando na minha direção enquanto tirava a roupa. Minha respiração estava acelerada? Lógico que sim. Mas era medo. Os efeitos colaterais da adrenalina.

E, droga, era um pouco de desejo também.

Ele parou ao alcance do braço e estendeu a camiseta.

— Você vai querer vestir isso até que roupas novas cheguem.

Não gostei de como minha mão tremeu quando peguei a camiseta e a passei pela cabeça. Ela ficou presa nas pontas do Presas da Morte, mas me recusei a largar minha única arma.

— É, é um garfo. Deixei o abridor de cartas na banheira.

As sobrancelhas dele se ergueram.

— Você o matou com um abridor de cartas.

— Olha, era tudo o que eu tinha — retruquei, cruzando os braços sobre o peito novamente. A camiseta dele mal chegava ao topo das minhas coxas. Eu estava coberta, mas aquela roupa curta, de certa forma, parecia deixar tudo mais tenso.

O barulho de armas e armaduras anunciou a chegada do general, que tinha cabelo grisalho curto e olhos bordô, que combinavam bem com a decoração do ambiente. Ele entrou no quarto e deu a volta na banheira. Com um movimento de mão, sua magia, também bordô, se enrolou ao redor de seu braço e avançou para erguer o assassino.

A água na banheira congelou enquanto ele usava seu calor para alimentar a magia Unseelie. Com outro movimento de mão, ele virou o assassino e arrancou a máscara dele.

— *Escória* Seelie — rosnou, depois olhou para mim. As linhas duras e as cicatrizes, uma em cada lado do rosto, não deixavam dúvidas de que se tratava de um guerreiro. — Você o matou?

— Com um abridor de cartas — Faolan disse. Havia um toque de orgulho em sua voz? Por que raios? Ele não me ensinou a lutar. Essa honra era de Bres, que me conduziu até minha execução.

Os olhos do general brilharam.

— Um abridor de cartas. — Ele foi até o corpo e inspecionou o pescoço. — Excelentes golpes. Sua arma secundária?

Engoli em seco. *Presas da Morte*.

— Um garfo.

Ele paralisou, e então seus ombros começaram a sacudir.

— Um maldito garfo? Que a deusa me amaldiçoe se eu começar a gostar de você, mestiça Seelie.

Obrigada? Eu não tinha certeza do que pensar desse homem.

Ele me avaliou novamente.

— Então você matará os Seelies que vierem atrás de você?

Um aceno lento foi tudo o que consegui fazer.

— O meu objetivo é sobreviver.

Ele sorriu, e o gesto suavizou as linhas duras em seu rosto.

— Excelente.

Talvez eu pudesse gostar dele também. Ele me lembrava Bres, embora, com sorte, não fosse tentar me conduzir até a morte. Ele se virou para os dois guardas na porta que o acompanhavam. Ambos usavam o uniforme de couro preto com a lua crescente vermelha bordada sobre o coração.

— Cada guarda do castelo, de serviço ou fora dele, deve se apresentar nos alojamentos para levar dez chibatadas ao longo das próximas quatro horas.

Eles bateram continência, e eu fiquei boquiaberta.

— Isso é necessário?

O general Stryk me olhou de soslaio.

— Isso — ele apontou para o corpo do assassino caído — é inaceitável. Mesmo que eu não dê a mínima se *você* morrer, esse assassino poderia ter vindo atrás da nossa rainha com a mesma facilidade. Os homens foram descuidados. — Seus olhos se voltaram para Faolan. — Vinte chibatadas para você, neto de Lugh.

Faolan bateu continência.

— Sim, senhor.

O general sorriu mais uma vez, e eu já não achava que nos daríamos bem. Aquela decisão era brutal e exatamente o que eu esperaria dos Unseelies.

— Agora — ele disse, em um tom de voz satisfeito. — Já que você já está sem camisa.

A mandíbula de Faolan se contraiu, mas ele acenou com a cabeça e pôs as mãos na parede de pedra ao lado da lareira. Atrás de nós, a criada deu um grito agudo e saiu correndo do quarto, batendo a porta atrás de si.

Eu me posicionei entre Lan e o general, segurando meu garfo.

— Ele nem estava aqui. E a rainha...

— Não o defenda, Seelie. O trabalho dele era vigiar você e mantê-la em segurança. Em vez disso, ele deixou um assassino *entrar no seu quarto*. — O general Stryk moveu a mão na minha direção, e sua magia me envolveu como uma serpente... de maneira gentil, devo dizer. Ele me colocou sentada na cama, e me vi encarando as costas nuas e tensas de Lan.

Lutei contra a magia que me segurava, mas não consegui me livrar dela.

O general tirou um longo chicote de couro da lateral do corpo. O brilho que vinha dele me mostrou tudo o que eu precisava saber. Assim como nas cordas com que tinham me amarrado recentemente, havia filamentos de ferro entrelaçados. Minha magia rodopiou para cima por puro instinto, mas pairou inutilmente, aguardando instruções que eu não tinha ideia de como dar.

O general sacudiu o chicote, e a primeira chibatada atingiu as costas nuas de Lan. Ele sequer pestanejou.

— Pare com isso — ordenei, injetando poder nas minhas palavras. O general me ignorou, e a fúria se infiltrou nos meus ossos.

— Não — Lan disse, entredentes. — Não faça isso, Órfã.

Outra chibatada, e outra, até a pele em suas costas ceder e se abrir, com sangue escorrendo livremente das feridas.

Não me importava que ele tivesse machucado meu coração, aquilo era... pior. Porque eu sabia que não era justo, e não havia absolutamente nada que eu pudesse fazer. Minha magia surgiu novamente, redemoinhos índigo-escuros se aglomerando ao meu redor, sussurrando, me instigando a usá-la, e eu lutei para empurrá-la contra a dominação bordô do general.

Ele sequer olhou para mim. Em vez disso, se empertigando, ele deu uma respirada depois de dez chibatadas, antes de levantar o braço novamente.

Minha magia girava e colidia no vermelho terroso da magia dele. E então... abriu caminho *à força*. Eu arfei e hesitei ao ver o bordô que envolvia minha magia índigo.

Por fim, o general parou e olhou para mim.

— O que você está fazendo?

Eu não sabia, mas eu ia contar isso a ele? Não. Ainda operando por instinto, empurrei minha magia para dentro da dele, esperando que isso a estourasse como um balão. Para ser franca, eu não tinha ideia do que poderia acontecer. Talvez desse *mais* poder a ele.

Minha magia se afastou da magia bordô e desapareceu.

Ótimo.

Aquilo... não era nem um pouco útil, que a deusa me amaldiçoasse de verdade.

As chibatadas recomeçaram, e eu não conseguia segurar minhas lágrimas. Eu as contava mentalmente, minhas lágrimas e as chibatadas. Uma a uma.

— Leve-a para a suíte ao lado da rainha Elisavana — o general disse, com o mesmo tom agradável. — Você ficará com ela... — Ele apontou um dedo na minha direção enquanto deixava a magia que me mantinha cativa se dispersar. — Você deve ficar ao lado dela a cada hora da noite e do dia até novo aviso, ou eu farei questão de lhe mostrar exatamente onde você se encaixa na nossa corte.

Faolan se virou e saudou o general, embora houvesse alguma rigidez no movimento.

— Sim, senhor.

# 3.

Estou deitada em um quarto, ao lado dos aposentos reais da rainha Unseelie, olhando para o teto. Como se a proximidade dela não fosse desconfortável o suficiente, o cara com quem eu estava zangada, mas por quem também sentia um forte instinto de proteção, estava deitado ao meu lado.

Ele tinha aguentado vinte chibatadas, mas precisava permanecer alerta. Sim, nenhum emplastro entorpecente ou chá de casca de salgueiro para Faolan, mas pelo menos eu o convenci a descansar de bruços na cama, em vez de manter vigília todo irritado na porta.

Um erro, pensando bem.

Meu corpo parecia impregnado de consciência. Tensão. Eu não sabia se me virar para longe dele ou encurtar a distância entre nós era a solução. Inspirei pelo nariz, com o corpo reto, os braços e as pernas travados.

— Vá dormir — Faolan murmurou.

— Não consigo — respondi.

A cama afundou, e fiquei tensa. Ele tinha se aproximado? Ou se afastado mais? Meu coração batia com força.

Sua voz tinha uma pontada de agonia, mas, fora isso, era baixa.

— E por que não, Vossa Majestade?

— Primeiro, pare de me chamar assim. Segundo... — Procurei uma mentira. — Porque as práticas aqui são bárbaras.

— Na sua opinião muito tendenciosa de Seelie.

Virei para encará-lo, embora não pudesse distinguir nada além de sua silhueta na escuridão.

— Como essa não é sua opinião também? Eles tratam você como um intruso.

Ele ficou em silêncio.

Lan era o neto de um herói Seelie. Os Seelies de alto escalão o odiavam por isso, mas não ter escapatória mesmo aqui...

— Como foi ser designado para essa corte?

Ele suspirou.

— Nós dois sabemos que os Seelies têm a tendência de se considerarem superiores a todos. E a coisa que os tratados como inferiores mais gostam é de ver os poderosos caírem. — Ele passou a mão na cabeça.

Não dava para negar que os Seelies carregavam o vício do orgulho. Mas...

— Você nunca se considerou acima de ninguém.

— Pode ser. Mas sou neto de Lugh, você não ouviu? — ele perguntou, e notei uma amargura nas entrelinhas. — Eles esperam muito de mim, e eu não consigo estar à altura do legado do meu avô.

Eu duvidava de que alguém pudesse.

Me remexi para ficar confortável, precisava de mais uma hora inteira naquele banho para aliviar por completo minhas dores e desconfortos. Enfiei as mãos embaixo da cabeça.

— Não sabia que isso te afetava. Você nunca parece incomodado com nada.

Passou um instante.

— Estar aqui... o bom e o ruim estão em grande parte equilibrados. — Ele suspirou, mudando de posição novamente.

Fiquei tensa, e uma descarga de eletricidade percorreu meu corpo quando o joelho dele roçou na minha coxa. Sem respirar, recuei minha perna alguns centímetros.

— Oi? — perguntei, ofegante. *Droga, Kallik. Recomponha-se.*

— Não preciso mais viver uma mentira. — A voz dele tinha se aprofundado. Aquilo não era minha imaginação.

— Qual era a mentira? — murmurei, franzindo a testa ao perceber a rouquidão da minha voz.

Minha perna estava tocando a dele de novo. E dessa vez, continuei na mesma posição.

Algo dentro de mim relaxou, como se o calor do banho estivesse penetrando novamente os meus músculos cansados e as minhas articulações machucadas. Nós nos inclinamos para mais perto um do outro, ao mesmo tempo, e, à medida que sua forma escura se estendia em minha direção, senti minha magia aceitar o convite para participar da dança proibida.

Sua voz tinha uma propriedade relaxante que refletia o calor permeando meu corpo.

— A mentira era fingir que eu não sabia que minha magia era Unseelie. A morte me seguia, e escondê-la havia se tornado difícil.

Ele sabia disso antes da seleção?

— Quando você descobriu?

— Minha mãe escondeu por anos, encobrindo os efeitos do uso da minha magia. Descobri a verdade aos dezesseis anos.

Foi quando ele parou de me visitar com tanta frequência.

— Ela tentou proteger você.

Minha magia começou a se entrelaçar na dele, e como se não gostasse daquele desenrolar gradual e hesitante, sua magia avançou para envolvê-la.

Ele ironizou.

— Me proteger? Não.

Levei um instante para entender que a raiva e o sentimento de traição que se alastravam na minha mente e no meu coração não eram meus. Respirei fundo. Uma porta escondida se abria entre nós, e acessei uma lembrança que não era minha.

*A pessoa à minha frente sorriu enquanto voltava para a família no lado oeste do rio, um feérico Seelie selecionado.*

*Era uma das raras ocasiões em que Unseelie e Seelie se encontravam no mesmo espaço. Uma ponte larga atravessava o rio que servia como divisa, e a* corte mais sombria observava do lado leste, só se movendo de seu silêncio gélido quando um deles era confirmado como Unseelie.

A rainha deles recuou, enquanto o rei Aleksandr se voltava para mim, sua expressão ameaçadora e séria como sempre.

— Neto de Lugh. Dê um passo à frente.

Era isso.

Mesmo sabendo o que aconteceria, eu me juntei à fila de feéricos de dezesseis anos esperando serem selecionados para uma das cortes. Como se fazer isso pudesse impedir o inevitável. Como se pudesse esconder a verdade sobre minha magia.

Eu odiava aquilo.

A ideia de drenar a vida para alimentar minhas habilidades feéricas me enchia de repulsa desde o dia em que saí sorrateiramente do castelo, usei magia para escalar uma árvore e vi filhotes de pássaro em um ninho morrerem para pagar o preço.

Como minha linhagem podia ter me abandonado? Eu deveria ser Seelie.

Ao mesmo tempo, eu sabia que não era minha culpa. Nem mesmo dos meus pais — embora eu os tivesse culpado nos primeiros anos, depois de descobrir a verdade. Mas significava que havia algo de errado comigo.

Significava que eu era indigno.

Olhei para a esquerda e vi meus pais e parentes tão frios e firmes quanto sempre, na mesa mais ao centro e próxima. Meu pai tinha se casado para manter a linhagem, embora sua rigidez e seu conservadorismo não deixassem transparecer isso. Minha mãe era filha de Lugh, e meu olhar amargo percorreu a herança dele que ela carregava em uma bainha nas costas — a lança flamejante de Lugh.

Que jamais seria minha.

Os momentos que se aproximavam garantiriam isso.

Seu olhar claro e azul encontrou o meu por um breve instante antes de ela voltar a atenção para o rei.

Eu levantei e me aproximei do rei e da mulher curvada ao lado dele.

A Oráculo.

Ela usava um capuz tão grande que era impossível ver suas feições, embora corresse entre os outros feéricos da minha idade um desafio para que alguém puxasse seu manto, e assim pudéssemos dar uma olhada. A pele de sua mão era envelhecida e tinha manchas marrons de idade. Só pude vislumbrar uma mecha de cabelo grisalho antes de me ajoelhar e abaixar a cabeça.

— O neto de Lugh não olha para o chão — a Oráculo disse.

O rei olhou para ela e depois para mim.

Ergui o queixo e encarei a mão estendida dela. Olhando para além dela, observei a multidão hostil de Unseelies. Brutal. Indomada. Cruel. Fria. Eu tinha ouvido as histórias sobre eles, assim como todos os Seelies. E sua rainha de gelo não fazia nada para amenizar sua reputação sombria.

Eu não era um deles, e, ainda assim, era.

Apertando os olhos, foquei em pensamentos "bons" — meu amor pela natureza. O som de crianças rindo. O suave piar dos pássaros ao amanhecer.

O cabelo longo e bonito dela.

Talvez. Apenas talvez. Eu estivesse errado.

Porque eu queria proteger aquelas coisas. E não destruí-las. Se alguém me ajudasse, talvez eu pudesse impedir que isso acontecesse.

Abrindo os olhos, peguei a mão da Oráculo, e meus olhos se arregalaram com a força de seu aperto.

Ela virou minha palma para cima, e notei a adaga de aparência maligna em sua outra mão. Ela fez um corte superficial no meu antebraço e pressionou a ponta da adaga até que meu sangue escorresse pela lâmina. Sem soltar minha mão, ela estudou o sangue. Ela levou a adaga até o interior do capuz, e eu franzi o nariz, presumindo que ela o estava provando.

A Oráculo abaixou a lâmina, e olhei para onde seus olhos poderiam estar — se é que ela tinha olhos —, mas só encontrei o breu.

O rei estava perto, mas eu não pude conter a única coisa que escapou dos meus lábios, quase ininteligível.

— Por favor.

Ela soltou minha mão e estalou os dedos. Eu tinha visto acontecer com os outros, mas era como ser atingido no estômago sem aviso. Eu me curvei enquanto minha magia sombria se derramava para todos verem.

Isso sempre provocava murmúrios — aquela magia sombria não era comum para um Seelie, mas sempre supuseram que era um azul muito escuro, uma magia Seelie de tonalidade fria.

*Não.*

*A adaga da Oráculo tinha desaparecido enquanto ela entrelaçava minha magia, esticando-a até deixá-la fina e direcionando-a para a luz, para que todos pudessem ver a vergonhosa verdade.*

*Um tom de rubi, um fio mais claro do que tinta, como o sangue de uma criatura repugnante.*

*Ela a esticou a ponto de ficar com a espessura de uma membrana, sustentando-a no alto, enquanto os murmúrios de admiração se transformavam em exclamações de choque. Em risadas cruéis. Em sussurros sibilantes.*

*Não olhei para minha mãe.*

*Porque ela, com certeza, não me olharia de volta. Não ficaria ao meu lado. Para mim, já era fato, já que ela tinha me dito isso na semana anterior.*

*Eu estava sozinho. Minha família tinha uma reputação a manter. Os feéricos Seelie acreditavam nela — no poder de Lugh.*

*E eles nunca acreditariam em mim.*

*Com um aceno preguiçoso, a Oráculo finalmente dissipou minha magia. Mas o estrago estava feito, e eu só podia culpar a mim mesmo por sentir um lampejo de esperança por um instante.*

*O rosto do rei Aleksandr endureceu, mas ele deu um passo para trás, e a rainha Elisavana assumiu seu lugar ao lado da Oráculo enquanto a velha mulher encurvada pronunciava a palavra que colocaria as algemas ao redor dos meus punhos e tornozelos.*

*— Unseelie.*

Fui empurrada com tanta força da lembrança de Lan, que balancei os braços, certa de que cairia da cama, embora eu não tivesse me movido. Eu ainda estava deitada ao lado dele, encostada nele.

Minha respiração ofegante era um lembrete doloroso do meu status de meio-humana, mas não pude deixar de ceder ao instinto desnecessário de encarar o homem silencioso deitado ao meu lado.

— Lan — murmurei. *Pela deusa.* Que lembrança horrível.

Ele abriu a boca, mas um grunhido engasgado foi tudo o que saiu dela. Sua magia se chocou contra mim, e exclamei quando sua escuridão rubi bateu na minha mente, revestindo minha magia índigo, queimando meu sangue.

E eu estendi a mão na direção dele.

Segurando o rosto dele nas mãos, pressionei meu corpo contra qualquer parte dele disponível para mim. Uma vozinha na minha cabeça sussurrava que aquilo era proibido, mas foi abafada pela pura força do que me puxava para Faolan.

Fomos criados com o conhecimento de que, se um Seelie e um Unseelie cedessem à paixão recíproca, um deles morreria. O preço das magias duelando exigiria a morte do mais fraco. Eu não sabia se era isso que tinha causado minha reação violenta ao tocar Lan no passado, ou se alguém estava realmente me possuindo.

Mas meu veredito era o mesmo.

Eu queria ser consumida.

Fechar os olhos e abraçar seja lá o que fosse aquilo.

Aquilo...

A boca de Faolan esmagou a minha, e eu reagi com uma força que deixaria ambos machucados. Não era o bastante.

De modo algum.

Havia algo inexplorado entre nós, uma conexão e uma força ainda mais profundas, e eu estava tão perto de descobrir. Eu só precisava me fundir a ele um pouco mais.

Uma batida estrondosa soou, e embora Lan não tenha se afastado a princípio, ele deu um solavanco e então gemeu de dor por causa de seus ferimentos.

E eu não me importei. Eu não podia me importar. Precisava ficar mais perto.

*Precisava de mais.*

A batida veio novamente. Gritos a acompanharam.

— Isso... — Lan disse, com dificuldade. Com um rosnado irritado, ele se afastou e se virou para sentar.

Uma fúria, como a que eu só havia sentido uma vez até então, tomou conta de mim até transbordar.

Com um olhar na minha direção, Lan se levantou e foi rigidamente até a porta, já levando a mão à adaga.

O vermelho cobriu minha mente, e, antes de processar que tinha me mexido, eu estava agachada. Eu me movi como um assassino, deslizando da cama para as sombras. *Matar.*

Alguém havia interrompido a magia entre nós, e esse alguém tinha de morrer.

Minha mente estava tumultuada, e eu empunhava a única arma que tinha disponível. O homem que eu acabara de beijar estava conversando com outra pessoa, pegando roupas. Eu não podia matar aquele que eu havia beijado, mas *aniquilaria* a criatura que havia interrompido aquele beijo. Eu a destroçaria membro por membro. Eu me banquetearia com seus ossos e os cuspiria para os carniceiros.

Segurando o garfo no alto da cabeça, avancei silenciosamente.

Mais perto.

*Mais perto.*

Sorri e estendi a mão para escancarar a porta. Para atacar.

Mas Lan a fechou e se virou com as roupas nos braços, recuando ao dar de cara comigo.

— Kallik? — ele chamou, cauteloso, bloqueando a passagem.

— Saia da frente, feérico masculino — ordenei, com o poder ressoando na minha voz.

O olhar dele procurou o meu.

— Eu não falo essa língua.

Xinguei longa e intensamente.

— Com quem estou falando? — ele perguntou, baixinho. — Se você precisa que Kallik sobreviva, então sugiro que saia e volte em outro momento. Estamos sob ataque.

O vermelho que sufocava cada pensamento e sentimento meu vacilou.

— Ataque?

Ele balançou a cabeça.

— Eu não entendo sua língua. Mas não temos tempo para isso. Você deve ir embora se valoriza a vida de Kallik.

Rosnei e me virei, mas o vermelho já estava recuando. Diminuindo. Se contraindo.

Até desaparecer por completo.

Ofegando, levei a mão ao peito e caí de joelhos. O chão de pedra sob *minhas* mãos era firme. Deusa do céu e da terra, um momento antes elas não eram minhas. Elas...

— Lan, o que foi isso? — Minha voz tremia.

Ele deu a volta em mim e estendeu a mão para me ajudar a ficar de pé.

— Não me toque — gritei, me jogando para longe dele e tombando para trás, sentando no chão. Me arrastei para mais longe. Coisas ruins aconteciam quando nos tocávamos. Não apenas porque nos perdíamos. Algo tinha me possuído. — O que foi isso?

Faolan me observou, a mandíbula cerrada.

— Não tenho certeza, mas acho que já o encontramos antes.

— Quando matei todos aqueles feéricos — sussurrei o que ambos estávamos pensando. — Tem alguma coisa errada comigo. — Estranhamente, não hesitei em expressar o medo imediato que subia como gelo pelo meu corpo. Não depois de testemunhar a lembrança de Lan.

— Não, Órfã — ele disse, com firmeza. — Não. Mas esse não é o momento para descobrirmos. Eu não estava mentindo, estamos sob ataque.

Levantei o queixo, pensando que ele havia feito o mesmo enquanto esperava a Oráculo entregar sua sentença todos aqueles anos atrás.

E foi ele quem entregou a minha.

— Os Seelies estão aqui. Você não tem mais tempo. Precisamos sair de Unimak.

# 4.

— Os maus não têm descanso — rosnei, pegando a pilha de roupas que Faolan jogou em mim.

Eu ainda estava com a camiseta dele, mas não tinha nada para lutar. Rapidamente, vesti a calça de couro, uma camisa folgada e, por cima, um colete feito de couro fervido. As botas vieram em seguida. Graças à deusa, elas serviram bem e não eram novas.

Por cima de tudo *isso*, coloquei uma capa grossa de lã do mesmo bordô--profundo que parecia estar por toda parte naquele castelo amaldiçoado. Lan rapidamente envolveu a parte superior do corpo com um pano de linho, depois vestiu uma camisa, um colete e uma capa no mesmo estilo que a minha.

Ele me estendeu a mão ao se dirigir para a porta, e embora parte de mim quisesse segurá-la, balancei a cabeça.

— Não. Seja lá o que tenha me dominado, aconteceu quando eu estava perdida na nossa magia. Não pode acontecer de novo, Lan. Eu poderia ter matado outra pessoa.

Sua mandíbula se contraiu, e ele baixou a mão.

— Fique perto então.

Dei um passo adiante para ficar bem atrás dele, perto o suficiente para que, se me inclinasse para a frente, meu corpo encostasse no dele do peito ao quadril. Isso me lembrou de um exercício de treinamento que Bres tinha nos mandado fazer algumas vezes: imitar os movimentos de outra pessoa o mais perto possível dela, sem tocá-la. Isso ajudava a aprender o estilo de luta de alguém. Muitas vezes, observar um oponente era nossa única opção, mas *sentir* a maneira como a energia de uma pessoa mudava era o padrão de excelência.

— Já brincou de Coelho? — murmurei. Sim, não me pergunte por que era chamado assim... não fazia sentido.

Ele olhou para trás, os olhos brilhando de um jeito que eu queria desesperadamente ver — e não tinha me dado conta dessa necessidade até aquele momento.

As luzes no castelo piscaram e se apagaram.

— Essa é a nossa deixa. — Ele começou a avançar, e eu estava bem atrás dele, totalmente concentrada na sua figura e lendo seus movimentos.

Eu não conseguia enxergar os cantos e curvas do castelo, mas não me importava. Eu não voltaria nunca mais para aquele lugar.

Descendo três lances de escadas, paramos em frente a uma porta de madeira espessa enegrecida por algum incêndio do passado. Faolan parou antes de entrar em um pequeno aposento.

— A saída é por aqui? — sussurrei.

— Ainda não — ele respondeu suavemente, e se ajoelhou.

Eu encarei a escuridão da sala, notando a silhueta dela um segundo antes de sua magia se acender.

A rainha Elisavana estava diante de mim, vestida da cabeça aos pés em couro preto, que se ajustava a cada curva de seu corpo. Duas espadas estavam cruzadas nas suas costas, presas em uma bainha no peito, e seu escudo sobre elas. O cabelo da rainha estava preso em uma trança apertada, que dava ao seu rosto já angular uma aparência mais dura do que nunca.

*Não é alguém para irritar.*

— Vossa Majestade. — Me peguei me ajoelhando. — Lamento que esteja sob ataque por minha causa.

— Bobagem — ela disse. — Eu já estava ficando entediada mesmo, e Adair não tem coragem para realmente entrar em guerra. Muito menos o Inútil.

Engoli em seco.

— Josef?

— Inútil combina mais com ele, não acha? — ela perguntou, e meus olhos encontraram os dela.

Aquilo era uma piada? Não sabia que ela tinha senso de humor.

Os lábios dela se contorceram.

— Eu queria vê-la antes que vocês partissem. Acredito que está prestes a embarcar em uma jornada que vai transformar você de todas as maneiras que puder imaginar. E talvez eu desejasse... bem, deixa para lá. Você precisa de armas. — E assim, ela desprendeu a bainha com as duas espadas do peito e me passou.

Lan inspirou fundo, mas não disse nada.

Minha boca se abriu. *Sem chance.*

— Suas próprias armas, Vossa Majestade?

Então a rainha sorriu.

— Eu tenho mais armas do que preciso, Kallik. Pegue-as. Use sem remorso. Pois se precisar desembainhar sua lâmina, deve fazer isso sem sombra de dúvidas. Sem nenhum pensamento além de sobreviver e proteger aqueles ao seu lado.

Posicionei a bainha no peito, apertando-a e prendendo as fivelas de cobre.

Ela me entregou o escudo em seguida.

— E isso. Deixe-o proteger você de seus inimigos.

Em geral essa era a função dos escudos, mas achei que não seria educado apontar isso, então apenas aceitei o presente com um silêncio atordoado.

— Leve-a de volta para o continente, capitão — a rainha Elisavana ordenou. — E então deixe-a liderar. Mate qualquer um que a impeça de alcançar seus objetivos.

Ok, aquilo era um pouco intenso.

— Com prazer — ele murmurou, em um tom áspero, como pouco antes de nossas magias se tocarem, e meus joelhos ficaram *ligeiramente* fracos. Apenas ligeiramente. Nada com o que eu não pudesse lidar.

Para me distrair do calor se formando nas minhas partes baixas, coloquei o escudo nas costas. Será que o arnês o seguraria de alguma forma? Como a rainha o tinha prendido? Minhas sobrancelhas se ergueram quando o escudo simplesmente ficou lá sobre as espadas. E ainda tinha espaço suficiente para retirá-las das bainhas. *Uau*. Eu tinha ouvido falar de escudos assim. Aquilo ali era uma magia de respeito, que eu nunca conseguiria invocar por conta própria.

A rainha passou por nós.

— Eu vou ter uma conversa agradável com Adair. Tem alguma mensagem que você gostaria de transmitir, Kallik?

Hesitei. Por que ela estava sendo tão educada? Mas eu não estava totalmente perdida, então assenti.

— Diga a ela que o cabelo dela é um desastre, e eu sempre achei que ela usa maquiagem humana demais. E o nariz dela é torto. Para a esquerda.

Ela soltou uma risada baixa.

— Encantador. Então você conhece bem as fraquezas dela.

Eu fiz uma mesura, enquanto a rainha saía da sala rindo. Rindo. Enquanto seu castelo era atacado por minha causa.

— Vamos lá. — Lan se levantou e seguiu até o final da pequena sala, onde se encostou em uma parte da parede de alvenaria. O rangido de engrenagens rasgou o ar, e uma brisa fresca me atingiu, soprando meu cabelo comprido.

Faolan seguiu primeiro, descendo até sumir de vista. Eu enfiei a cabeça pela saída. A queda era de um pouco mais de três metros.

Bem. Não tinha nada que eu pudesse fazer.

Pulei.

Aterrissei suavemente, o escudo quase sem peso nas minhas costas, e corri atrás de Lan pela cadeia de montanhas, indo sentido nordeste, a julgar pela posição das estrelas.

Não pude deixar de notar mais uma vez as diferenças marcantes entre as florestas das cortes. Exceto que... a flora Unseelie não era tão ruim quanto eu pensava, e uma olhada mais de perto, sob a luz da lua, revelou uma variedade de tons ricos. As cores eram mais profundas, mais intensas, e em lugares inesperados, lampejos de prata, ouro e cobre captavam a fraca luz.

Percebi que havia tanta beleza ali quanto no mundo Seelie, ou no mundo humano da minha mãe. Franzi a testa, deixando meus pensamentos vagarem enquanto corríamos. O movimento do meu corpo, o impulso do meu sangue nas veias e o batimento constante do meu coração eram quase uma meditação, me permitindo ver as coisas por meio de uma lente diferente. Minhas emoções se dissiparam, e tudo o que restou foram as peças do quebra-cabeça que eu precisava entender com mais clareza.

E rápido.

Tudo isso teria sido muito bom se eu não tivesse sido interrompida de maneira rude.

Três sombras se aproximavam de nós.

Eu tinha ambas as espadas prontas antes mesmo de respirar fundo.

As sombras tremularam e mudaram de posição, suas vozes se misturando como um estranho coro da meia-noite.

— *Ela carrega as lâminas da rainha.*

— Nos deixem passar, guardiões das sombras — Faolan disse, com firmeza. — Recebemos permissão da própria rainha.

As três sombras soltaram um rugido baixo.

— *Ela não é uma de nós. Não podemos deixá-la passar.*

Atrás de nós veio o estrondo de uma explosão que sacudiu o chão sob nossos pés.

Eu oscilei, mas mantive ambas as lâminas erguidas.

— Sem tempo para isso. Desculpa, pessoal.

Agitei as lâminas para a frente, em um movimento circular, uma após a outra, cortando facilmente a primeira sombra e depois a segunda.

Elas se despedaçaram, gritando como um par de porcos indo para o abate. A terceira sombra fugiu.

Guardei as duas espadas e peguei Faolan me encarando intensamente.

— O que foi, você discorda? Estamos com tempo sobrando?

Ele balançou a cabeça, e voltamos a correr.

Eu xingava e resmungava enquanto pulávamos troncos caídos, nos esquivávamos de galhos baixos cobertos por um musgo espesso chamado barba-de-velho, e atravessávamos poças espessas de água turva.

Quando chegamos à praia, eu estava *acabada*. Já estava exausta antes, e naquele momento tudo o que eu podia fazer era me esforçar para continuar em pé.

Aceitaria de bom grado a masmorra Seelie, se isso significasse dormir um pouco.

— Nosso transporte vem para cá, só precisamos esperar. — Lan deu as costas para mim enquanto eu dobrava o corpo no chão, os joelhos afundando na areia fria.

Eu pisquei, mas, uma vez fechadas, minhas pálpebras não se abriram mais. E foi isso. Caí de lado, a exaustão me dominando de uma maneira inédita.

A pessoa que vinha nos pegar poderia tanto me deixar dormir quanto me matar em um piscar de olhos, porque não havia a menor chance de eu sequer abrir os olhos no futuro previsível.

# 5.

O calor me envolveu à medida que o sono se dissipava do meu corpo. Eu lutava para manter os olhos fechados e os ouvidos alheios ao mundo exterior, enquanto permitia que qualquer que fosse a quantidade de cobertores ao meu redor me impedisse de me mover um único centímetro. Uma rajada de ar gélido bagunçou meu cabelo, indicando que não estávamos mais em Unimak, e eu não tinha a mínima vontade de ficar no frio quando tinha aquele casulo de cobertores para me aconchegar.

Vozes cortavam o ar, femininas e leves.

— Eles precisam nos manter em ritmo estável para o norte. Não queremos nos virar para leste ainda. Muitas ilhas pequenas para contornar.

As palavras estavam em tlingit.

Não reconheci a voz, mesmo entendendo as palavras. Por um instante, pensei que eu tivesse morrido e estivesse com minha mãe novamente. Mas a exaustão não ia me matar, e não era a voz da minha mãe.

Com cobertores em volta do meu corpo, me sentei lentamente, algumas dores e desconfortos se fazendo presentes. Ainda assim, me sentia surpreendentemente bem, apesar das muitas situações nas quais quase morri.

O balançar embaixo de mim fez sentido quando dei minha primeira olhada para onde estava — em um velho barco de pesca navegando no que eu presumia ser o Mar de Bering. Levantei e fui até a amurada, ouvindo a água bater no casco e o rangido da madeira. A água era escura e girava de maneiras estranhas, como se tinta de lula tivesse sido despejada nela. Até mesmo a espuma que se formava nas ondas que batiam na embarcação era escura.

A mulher que acabara de falar se inclinou ao meu lado sobre a amurada, estendendo a mão em direção às ondas como se quisesse tocá-las.

— Os espíritos estão irritados — disse ela, ainda em tlingit, à minha direita.

Fiz uma careta e respondi:

— Eu sei.

— Mas você entende por quê, Pequena Faísca?

Ela inclinou a cabeça para me olhar, e eu a olhei de verdade pela primeira vez.

A mulher tinha a cor do povo da minha mãe, mas era mais alta, mais esguia... poderia ser minha irmã, só que seus olhos eram azuis. E seu corpo tremeluzia dentro e fora de foco.

Nos últimos tempos, os espíritos estavam com o hábito de falar em tlingit comigo de várias maneiras — no rádio, *através* de outros feéricos, e agora...

— Você não está viva?

Ela balançou a cabeça.

— Não. Mas... você precisa de mais ajuda do que um espírito pode lhe dar. — Seu sorriso era largo. — E parece que estou aqui para te ajudar.

— Mas quem é você? — perguntei. — Você se parece... — Eu não queria dizer que ela se parecia comigo, caso interpretasse como um insulto, mas ela sorriu sabiamente.

— Porque somos parentes, embora eu esteja morta há cinquenta anos — ela respondeu. — Talvez mais. O tempo aqui é estranho.

Sua imagem tremeluziu enquanto as pessoas se mexiam no convés, formas adormecidas que eu não tinha notado antes.

— Você pode me ajudar? — perguntei, em um sussurro. — Eu tenho que encontrar Underhill. — E provar que não matei meu pai.

Não era uma lista longa, mas era um pedido praticamente impossível. Bem, eu resolveria o problema de Underhill e depois lidaria com toda a coisa de ser suspeita de assassinato. Tinha de começar por algum lugar.

A mulher assentiu.

— Posso ajudar a te guiar e te ensinar, Pequena Faísca, e quem sabe você possa fazer o que eu não pude.

Franzi a testa, apertando a borda da amurada.

— O que você quer dizer?

Ficando ombro a ombro comigo, ela olhou para a água girando no mar, formando ondas onde não deveria haver nenhuma.

— Você não é a primeira a procurar a verdadeira Underhill. Você nasceu por um motivo. Para um propósito. — Ela se virou na minha direção e levantou a mão, como se estivesse prestes a tocar meu cabelo. — É pelo mesmo motivo que eu nasci, mas morri antes de poder reabrir Underhill... e por isso meu espírito é atormentado, está preso, viajando de um lado para o outro nessas ondas até encontrar uma maneira de cumprir meu destino fracassado.

Pela bola esquerda de Lugh e a direita de Balor, ela estava falando sério?

— Você... você também destruiu a falsa Underhill?

Será que havia algum clube para pessoas como eu?

Sua risada sussurrou pelo ar.

— Não, mas nasci mestiça, como você. Exilada. E então me deram um motivo para ir atrás de Underhill. E, como você, enfrentei inimigos que não podia ver, inimigos que queriam me impedir de reabrir o lugar a todo custo. — Ela desapareceu. — Estarei com você, Pequena Faísca. *Você não está sozinha.*

Olhei para onde ela estava havia apenas um instante.

O movimento no convés continuava, e, ao ouvir passos atrás de mim, eu me virei, esperando encontrar Faolan.

— Drake? — Mal vi os cortes em seu rosto, o olho roxo e as olheiras profundas de fadiga quando ele me envolveu em um abraço apertado com um apenas braço.

— Pensei que chegaríamos tarde demais para conseguir ajudar você — ele murmurou. — Sinto muito por ter sido um idiota quanto ao Yarrow, Alli. De verdade.

Eu o salvei do idiota que lhe custou a mão esquerda. Isso afetou o orgulho dele, algo que nem todos os caras estavam dispostos a admitir. Mas Drake era simples e, depois de Cinth, a pessoa mais franca que eu conhecia.

Eu o abracei também, um pouco rígida no início, mas seu cheiro de pinho, neve e couro me atingiu, e me peguei enterrando o rosto no pescoço dele. Ele tinha um cheiro bom, de segurança, e aquele era o primeiro toque "normal" meu desde que tudo desmoronou, já que não havia nenhuma mágica maluca entre nós.

— Você está bem? — Drake perguntou baixinho, recuando para poder me olhar.

Eu o encarei e assenti, adicionando um sorriso lento para dar ênfase.

— Sim, estou bem. Feliz em ver você.

Eu podia sentir o peso de um olhar intenso em mim. Faolan estava em algum lugar por perto, me observando. Porque era seu trabalho, seu juramento à rainha. Era *por isso* que ele ficava por perto, e eu não podia esquecer que sua lealdade era com a governante Unseelie.

Lan poderia me beijar em um momento e me trair no próximo. Me trair *novamente*. Mesmo com o que eu sentia por ele, eu tinha de me lembrar disso.

— Órfã — Lan me chamou por trás.

Apesar de estar decidida, senti um aperto no peito com o som familiar de sua voz. Eu só precisava de um segundo para me recompor, senão Faolan veria a desilusão estampada no meu rosto. Porque a verdade era que, sim, eu estava irritada com Lan por me trair. Eu estava irritada com a possibilidade de ele fazer isso novamente. Mas, por causa das violentas reações, eu sentia uma confusão enorme sempre que nos tocávamos.

Engoli em seco.

— Ei, Drake? Você sabe onde está Cinth?

*Ela* era a pessoa com quem eu devia conversar sobre toda essa besteira.

O rosto de Drake ficou pálido.

Meu coração acelerou.

— Cinth está neste barco, certo?

Se não, eu juro por Lugh que pularia no mar e nadaria de volta para Unimak.

Lan falou para as minhas costas:

— Não deu tempo de levar Cinth até o ponto de encontro. O navio chegou minutos depois de você apagar. Mas ela está em segurança. Eu me certifiquei de verificar com Rubezahl, para que você não criasse problemas.

43

Cerrei os dentes com seu tom despreocupado. Minha dor no coração diminuiu, a irritação tomando o lugar da tristeza. Raiva. Eu precisava de mais disso. Ficar com raiva dele era muito mais fácil do que entender aquela confusão toda. Eu me virei.

— É mesmo?

Ele levantou uma sobrancelha, impassível diante da minha resposta curta.

— É. Se você já terminou de papear, Órfã, precisamos descobrir qual será nosso próximo passo. — A voz de Lan era tão fria quanto o vento.

Por mais que eu não quisesse estar em sua companhia ainda, precisávamos mesmo descobrir o próximo passo.

Fiquei na ponta dos pés e dei um beijo no rosto de Drake.

— Eu preciso ir, mas foi muito bom ver você.

Drake se inclinou.

— Vá ter sua conversa. Mas só para você saber, meu quarto é a primeira porta à direita no final da escada... se quiser continuar nosso papo.

Arqueei a sobrancelha.

— É mesmo?

Deixando Drake, segui Lan pela lateral da cabine de comando. Ele segurou meu antebraço e saiu me puxando para longe da vista de todos.

# 6.

—*Não me toque* — exigi, me desvencilhando dele enquanto o pânico me atingia.

Ele se aproximou de mim, e eu recuei até me recostar na parede. Olhei para ele com raiva.

— Estou falando sério. Não. Você sabe o que acontece.

Lan apoiou as mãos na parede atrás de mim, me encurralando.

— Aquilo foi agradável, Órfã?

Por um momento, deu um branco em mim.

— O quê?

— Beijar o pária.

Eu o encarei boquiaberta.

— Está falando do beijo que dei no rosto dele?

Faolan me lançou um olhar furioso.

*Sério?* Senti a raiva crescer rapidamente dentro de mim.

— Foi, Lan. Beijar Drake foi agradável. Muito agradável.

— Você descreveria nossos beijos como "agradáveis"?

Agradáveis? Não. Eles eram... arrebatadores. E era exatamente essa a questão.

— Eu não perco a cabeça quando estou com Drake.

O olhar sombrio de Lan começou a cintilar com um brilho parecido ao de uma pedra preciosa.

— Entendo. Ele é... seguro.

Eu enrubesci.

— O que ele é não importa. Foi apenas um beijo no rosto. Também não é da sua conta. Você me apunhalou pelas costas. Loucura ou possessão à parte, por que diabos eu beijaria *você* de novo?

Ele inspirou, inclinando-se até que nossos narizes quase se tocassem.

— Não faço ideia, Órfã. Nenhuma mesmo.

Seus olhos estavam escuros e duros. Será que o garoto que tanto quis esconder a magia Unseelie para agradar aos pais ainda estava lá dentro? Meu estômago revirou quando a lembrança de seu treinamento e suas recentes chicotadas vieram à tona, mas cerrei os punhos para me impedir de sentir pena dele. Ele me machucou. Além disso, não podíamos nos tocar sem que eu me transformasse em uma assassina.

Virei o rosto, fixando o olhar no mar turbulento.

Lan se afastou e, de repente, eu conseguia respirar de novo. Ele foi até a amurada.

— As ordens da rainha foram claras. Eu tenho que levá-la para um lugar seguro, e então você deveria liderar o caminho. A oferta de Rubezahl de enviar um navio para buscá-la não envolvia contar o destino, então não posso dizer onde vamos atracar. Mas isso não importa se você souber para onde precisa ir.

Eu já havia percebido pela presença de Drake que aquele era um navio de párias.

— Você estava em contato com Ruby?

— Eu estava em contato com Cinth, que estava em contato com Rubezahl — ele disse, voltando-se para mim.

Se Ruby tinha enviado aquele navio, então eu podia supor que iríamos atracar no santuário dos párias, ou em algum momento acabaríamos lá. O gigante havia tomado medidas significativas para impedir que membros das cortes Unseelie e Seelie descobrissem a localização do santuário. E ele deixou claro que mataria Faolan antes de permitir sua entrada no refúgio seguro.

Mais importante ainda, eu tinha outros lugares para onde precisava ir.

— Preciso chegar em um lugar.

— Na porta? — Lan perguntou.

Eu me assustei e me virei para olhá-lo.

— O quê?

— Não te culpo por não lembrar. Você estava ferida e sedada na época. E falava com todo mundo sobre uma porta.

Os detalhes eram confusos, mas eu me lembrava de murmurar a respeito disso depois de ter sido presa, antes de ser entregue aos Seelies. No entanto, quanto eu queria contar para Lan? Ele já tinha me dado algumas informações sobre a entrada para Underhill um tempo antes, cortesia da rainha, mas eu ainda não sabia por que ela estava me ajudando, e isso me fazia hesitar. Mesmo que ela tenha me dado suas espadas e seu escudo superlegal.

A lealdade de Faolan era com a rainha.

E a minha lealdade? Bem... Eu não tinha tempo para pensar a respeito disso. Com os párias, suponho. Mas eu não podia realmente me alinhar com eles até resolver minhas coisas.

— Tem uma porta, sim, e preciso chegar nela — respondi, bruscamente, estudando mais uma vez a espuma branca da água escura agitada. — É onde eu estava na noite do equinócio de primavera.

— Então a próxima pergunta é: onde exatamente esse navio vai atracar, para que possamos ir até lá? — Faolan indagou. — Alguma ideia?

Eu poderia descobrir aquilo. Mas talvez eu não pudesse compartilhar a resposta.

— Deixa comigo. Vou ver o que posso descobrir.

— Vai ser muito mais fácil se trabalharmos juntos, Órfã — ele disse, contraindo a mandíbula.

— Concordo — falei, sorrindo sem humor. O problema é que não seria apenas ele com quem eu estaria trabalhando. Embora a rainha tenha me ajudado, eu não tinha certeza se confiar nela era inteligente. — Fica aqui.

Rindo do murmúrio irritado dele, contornei a cabine de comando e observei quem estava no convés. Alguns feéricos selvagens estavam na outra extremidade, segurando seus arcos e suas flechas e lançando olhares desconfiados para o resto da tripulação. O kelpie terrestre que nos ajudara a escapar da corte Seelie estava ao lado deles, as pernas encolhidas sob o corpo e todas as seis asas curvadas ao redor de si enquanto dormia.

Caminhando pelo convés, acenei com a cabeça e cumprimentei com murmúrios várias pessoas que reconheci de nossa jornada pelo Triângulo em direção ao santuário. Embora não houvesse muito tempo, eu ajudei a treiná-los.

— Chefe Kallik — cumprimentou um loiro magro.

Eles tinham se apegado a esse nome estúpido como malditas cracas.

— Yoland, tem algum jeito de entrar em contato com Rubezahl nesse navio?

Yoland assentiu.

— Ele tem um avatar a bordo. Um papagaio-do-mar.

Era melhor do que eu esperava.

— Obrigada.

— Fico feliz em ajudar, chefe Kallik.

Forcei um sorriso e procurei pelo avatar de Ruby. Depois de uma rápida busca ao redor de várias caixas de madeira e cordas enroladas, encontrei a ave. Ela mantinha vigília no topo do cabo de âncora enrolado. Ou pelo menos eu achava que era ela.

— Rubezahl? — perguntei.

O papagaio-do-mar olhou para cima e a voz suave do gigante saiu de seu bico curto e alaranjado.

— Kallik de Casa Nenhuma, ou devo dizer Kallik da Casa Real, fico muito aliviado em vê-la viva e bem.

Eu me sentei de pernas cruzadas ao lado do avatar.

— Obrigada. É bom ainda estar viva e bem. Por um tempo, eu não tinha certeza se esse seria o caso.

— Hyacinth me contou tudo. Fico feliz por termos conseguido chegar até você a tempo.

Dei um suspiro.

— Obrigada, Ruby. Eu sei que não foi a jogada mais inteligente em termos políticos, já que você já tinha as cortes em cima de você.

O papagaio-do-mar bateu o bico.

— A coisa certa a se fazer é a coisa certa a ser feita.

Concordei. Era por isso que consertar Underhill vinha antes de limpar meu nome. Não podia deixar a loucura se enraizar ainda mais no nosso mundo, não quando eu estava tão perto de encontrar uma maneira de detê-la.

— Como estão aqueles no santuário?

O papagaio-do-mar balançou a cabeça.

— Não estão bem. Meu tempo é dedicado a manter a mente deles estável e saudável. É por isso que não pude ir resgatá-la pessoalmente.

Franzi os lábios.

— Você acha que o fechamento do reino feérico está afetando mais aqueles no Triângulo do que outros?

O papagaio-do-mar arrepiou as penas, e se ajeitou na corda.

— Não, minha jovem. Acredito que as cortes estão fazendo esforços coordenados para conter seus súditos loucos e mantê-los longe do público.

Não me estranharia isso vindo de Adair. Embora eu não pudesse imaginar Elisavana fazendo o mesmo — mas os Unseelies já eram meio loucos de qualquer maneira, pelo que pude ver.

— Eu preciso consertar Underhill, Ruby.

— *Nós* precisamos — o papagaio-do-mar disse.

— Não — falei, com uma voz mais firme. — Eu.

Papagaios-do-mar podiam franzir a testa? Era uma visão estranha.

— Aconteceu alguma coisa. Conte tudo.

— Como você sabe, fomos atrás de Yarrow. Suponho que tenha ouvido falar da embarcação humana.

Yarrow incendiou barris e mais barris de Vislumbre, uma planta mortal que explodia se em contato com qualquer coisa, a bordo de um cruzeiro e matou inúmeras pessoas — homens, mulheres e crianças — no processo. Um massacre cometido com o simples objetivo de incriminar os párias e encobrir o rastro de incompetências do rei.

— Ouvi falar — ele disse, com seriedade. — Foi uma sorte que meu pessoal tenha chegado ao santuário pouco depois. As vidas perdidas na explosão do navio selaram nosso destino... e o dele, pelo que ouvi.

Os sons da criatura cinza brilhante se alimentando do corpo moribundo de Yarrow voltaram à minha mente.

— Selou, de fato.

— Algo com o que Drake pode ter dificuldade.

— Ele pareceu feliz em me ver — falei, com suavidade.

— Você o faz feliz. Seu passado o assombra mais do que a maioria, mas ele é um bom homem. Um excelente homem. E, uma vez que conquiste a confiança dele, ele vai até o fim por você.

Ruby estava me dando conselhos de relacionamento? Se ele estivesse fisicamente presente, eu poderia ter julgado o significado daquilo com base em sua expressão, mas não tive tanta sorte.

— Vou dar o meu melhor.

— Agora... — O papagaio-do-mar se mexeu e se acomodou novamente. — Você fez contato com Underhill.

Respirei fundo.

— Fiz. Na lua cheia do equinócio de primavera. Um caminho se revelou para mim. Segui até uma porta entalhada em uma árvore. Mas os Unseelies soltaram cães atrás de mim, e fui impedida de chegar nela. — Meus punhos se cerraram. — Underhill queria que eu abrisse aquela porta, eu sei. Os espíritos ficaram frustrados por eu não ter conseguido chegar. Preciso voltar para lá.

Ruby não respondeu de imediato, e, quando o fez, pude perceber que escolheu cuidadosamente suas palavras.

— Underhill deve considerar você digna.

Aquilo ecoava o que a rainha tinha me dito.

— O que isso significa?

— É uma antiga tradição do reino feérico, jovem. Diz que uma entrada pode ser revelada a um feérico considerado digno.

Minha boca secou. Eu já sabia disso, mas ouvir as palavras do bico do papagaio-do-mar me deu esperança.

— Não sei por que a primeira entrada fechou, mas, qualquer que seja o motivo, mesmo que eu tenha destruído a falsa Underhill, de alguma forma fui escolhida para abrir a nova.

— Ou talvez você tenha sido escolhida porque despedaçou a ilusão — Rubezahl refletiu.

Pensei sobre aquilo.

— Você acha que a Underhill verdadeira ficou irritada com a falsa?

— Você fala de Underhill como se fosse uma pessoa.

Uma pessoa? Não exatamente. Mas uma entidade, talvez. Underhill era definitivamente feminina.

— Você não?

— É, eu também faço isso. E, assim como uma pessoa, acredito que o reino feérico às vezes age de acordo com suas emoções. Devido ao seu poder supremo, essas emoções são naturalmente voláteis e imprevisíveis. Uma irritaçãozinha qualquer pode transformar seu reino de um oásis em um deserto árido num piscar de olhos. E *raiva* pra valer... imagine o que isso poderia inspirar.

O fechamento de Underhill? Era isso que ele queria dizer?

— Parece que faz sentido.

O papagaio-do-mar me observou, e eu me perguntei se Rubezahl estava sentado ao lado de uma fogueira, bebendo um de seus chás enquanto falava comigo.

— Devemos levá-la até essa porta, Kallik da Casa Real — ele disse.

— Acho que prefiro Kallik de Casa Nenhuma — murmurei.

Uma gargalhada retumbou da pequena ave, e eu pisquei diante daquela incongruência.

— Eu também preferia — o gigante respondeu. — Mas o que preferimos nem sempre muda a verdade. Diga, jovem, como você está?

A suavidade repentina de sua voz quase fez lágrimas brotarem nos meus olhos.

Meu pai estava morto. Aquele que me evitou até quase seu último suspiro. Eu queria que ele não tivesse mudado de ideia no final. Queria que tivesse continuado hostil e distante. Porque agora vários "e se..." martelavam minha cabeça. Isso era o mais cruel em tudo aquilo — se ele não tivesse morrido, teríamos tempo para criar novas lembranças. Para consertar as coisas.

Adair provavelmente tinha contratado um assassino para matar meu pai quando ele me nomeou herdeira do trono Seelie. Ela nunca escondeu seu desprezo por mim, e devia saber do meu ódio por ela. Acho que governar por intermédio do tio Josef parecia uma aposta mais segura para Adair no final das contas. Ainda não achava que o tio Josef tivesse instinto assassino para participar conscientemente do plano. Mais provável que ele tenha sido um peão nas mãos dela.

E minhas emoções eram uma confusão quando se tratava de Lan. Da rainha Elisavana. De Underhill.

— Estou me mantendo firme por enquanto — falei. — Mas muita coisa aconteceu. Não tenho certeza se processei a maior parte ainda. É perigoso me distrair agora. Só queria que Cinth estivesse aqui. Ao mesmo tempo, se ela está segura em Unimak, quero que fique lá, porque o perigo está me seguindo como um mau cheiro ultimamente.

— Sua amiga está completamente segura — Ruby disse. — Falei com ela esses dias. Quer saber o que ela disse?

Era a mesma coisa que me perguntar se o céu é azul.

— O quê?

— Ela está insatisfeita com as mentiras que Adair está espalhando. Nas palavras exatas de Hyacinth: "É melhor essa vadia parar logo com essas merdas que está falando da minha garota".

Eu ri.

— É a cara dela.

— Sua amiga, embora seja uma chef, tem muitos contatos e muitas pessoas que a amam. Ela optou por permanecer em Unimak e espalhar a verdade *com segurança*. Em seu nome.

Isso abalou minhas estruturas.

— Ela fez isso? — Minha voz estava abafada.

— Fez, jovem. E quanto a sentir falta dela, tenho certeza de que podemos encontrar uma maneira de contornar a distância física entre vocês. Afinal, somos feéricos.

Engoli o aperto na minha garganta.

— Obrigada, Ruby.

— De nada. Agora, tenho certeza de que você já adivinhou o destino dessa embarcação.

— O santuário.

O papagaio-do-mar abaixou a cabeça.

— Isso. Mas você prefere encontrar a porta novamente. As preferências nem sempre têm voz, mas, nesse caso, posso ajudar você.

Eu não fazia ideia de onde estava na noite do equinócio de primavera, o que era parte do problema. Mas se eu refizesse meus passos, os espíritos poderiam me ajudar a chegar até lá. Não havia grandes vias navegáveis perto da nova porta para Underhill, então eu teria de fazer a maior parte do percurso a pé, de qualquer maneira.

— O cais onde Yarrow explodiu o navio. Podemos chegar lá?

— Podemos. Darei a ordem ao capitão.

Um alívio inundou meu peito. Afinal, às vezes, uma pessoa só precisa de um pouco de ajuda.

— Agradeço muito.

O papagaio-do-mar ficou em pé e deu alguns pulinhos para alcançar o convés de madeira. Olhou para trás, na minha direção.

— Os espíritos dos quais você falou... você os viu desde então?

Pensei na mulher que apareceu não muito tempo antes. Enquanto meu encontro anterior com os espíritos não parecia pessoal, a visita dela foi. E eu não estava pronta para compartilhar isso.

— Não desde o equinócio de primavera.

Gritos se elevaram quando uma sirene soou. Fiquei de pé em um pulo, olhando ao redor antes de correr até um grupo que se reuniu no convés.

Abri caminho entre eles.

— O que é isso? O que está acontecendo?

Drake, encharcado, foi puxado por sobre a amurada, despencando ofegante e trêmulo no convés.

Yoland estava ao meu lado.

— Eu o vi, chefe Kallik. Ele estava parado na amurada e, de repente, as pernas dele subiram, sobre a cabeça, e ele caiu na água. Nunca vi nada assim.

Estreitei os olhos.

Eu também não tinha visto nada parecido.

Mas certamente tinha sentido. Assim como já vi vestígios disso. Bastou uma rápida olhada para descobrir que uma das caixas de madeira com suprimentos agora estava apodrecida e se desfazendo — resultado de magia Unseelie.

Yoland correu para ajudar os membros da tripulação a levantar Drake, e eu fui furiosa até onde Faolan estava recostado na cabine do piloto, onde eu o deixara.

— Isso foi estúpido e perigoso! — Eu me preparei para dar a maior bronca da vida dele. Mas Lan se afastou da parede, parando ao meu lado, e aproximou a boca do meu ouvido.

— Acho que ele estará ocupado se aquecendo e não poderá se encontrar com você até chegarmos ao cais. Que pena.

Fiquei boquiaberta. A arrogância extrema daquela declaração me deixou perplexa.

— Você não pode controlar o que eu faço.

Ele abriu um sorriso presunçoso.

— Acabei de fazer isso.

Senti as bochechas quentes. No dia anterior, eu finalmente tinha sentido que Lan estava derrubando algumas de suas barreiras. E quando ele foi chicoteado, eu me senti tão... protetora. Mesmo com a loucura que acontecia sempre que nos tocávamos, eu não tinha considerado de verdade nada romântico com Drake. Mas isso foi *antes* de Lan erguer suas barreiras de novo e agir como um idiota.

Agora ele simplesmente me deixava irritada.

A frustração pulsava nas minhas veias como fogo.

— Vamos ver.

# 7.

A tremedeira de Drake após seu mergulho inesperado no Mar de Bering, que era basicamente gelo líquido sobre pó de fada, deixou os feéricos selvagens um tanto perdidos.

Avancei a passos largos.

— Ele tem que ser despido. Tirem as roupas molhadas e o ponham na cama — gritei, para que as palavras atravessassem o vento cada vez mais forte. Uma nuvem de tempestade trovoou bem acima da nossa cabeça, imitando meu mau humor.

— É pra já, chefe Kallik! — Yoland exclamou, e os outros ajudaram a tirar as roupas molhadas de Drake em questão de segundos antes de tirá-lo rapidamente do convés.

Eu olhei para Lan.

— Você é um idiota. — Para os outros gritei: — Ponham água para ferver. Façam um café bem forte e cheio de açúcar. Tragam para mim na cabine de Drake.

Dei as costas para Lan, indo em direção às escadas que levavam às cabines. Ele agarrou meu braço, sem tocar diretamente na pele, mas minha magia se agitou mesmo assim. Eu me afastei, o medo percorrendo meu corpo. Perder-me em nossa magia combinada era uma má ideia sob quaisquer circunstâncias, mas seria um desastre se acontecesse em um barco no meio de um mar de gelo.

— Qual parte de *não me toque* você não entendeu? — rosnei.

— Aonde você pensa que está indo? Você não vai aquecê-lo.

Minha expressão endureceu como gelo.

— O que você acabou de dizer?

A mandíbula de Lan tremeu.

— Envie um dos outros para ajudá-lo.

A vontade de enfiar o dedo no peito dele era tão forte que tive de cerrar minhas mãos ao lado do corpo.

— Vamos deixar uma coisa bem clara. Você não tem voz no que faço ou com quem faço. Se eu quiser aquecer cem homens, então farei exatamente isso.

Em vez de ficar tão furioso quanto eu, Faolan sorriu.

— Está bem, Órfã. Claro. Por causa do meu juramento à rainha, eu precisarei estar na sala também. Para garantir sua segurança. Espero que isso não acabe com o clima.

Claro que acabou.

Apontei um dedo para o rosto dele, chegando o mais perto que ousava.

— Tente. Minhas espadas precisam de um pouco de sangue nelas.

Ele me deu uma piscadinha.

*Uma piscadinha.*

Um fragmento de compostura era o que me impedia de atacar Lan, mas eu me agarrei a isso, contendo minha raiva. Drake precisava da minha ajuda agora mais do que nunca. E não era como se os outros soubessem o que fazer. E me dava uma satisfação estranha estragar o grande plano de Lan de manter Drake acamado até chegarmos ao porto.

— Nada a dizer, Órfã? — ele zombou.

Minhas emoções em relação a esse bastardo eram contraditórias. Não muito tempo antes, eu quis atacar o general que o açoitava. Agora, eu adoraria empurrar Lan para fora do barco. Olhei bem firme para ele.

— O barco vai mudar de direção. Vamos atracar em algumas horas. — E eu passaria todo esse tempo com Drake. *Sem* Lan na cabine.

— Onde?

— Onde Yarrow explodiu o navio. Vou refazer o caminho a partir daí. — Dei as costas para ele novamente.

Seu rosnado me seguiu.

— Para onde você vai, Kallik?

Rá. Ele estava irritado. Ótimo. Olhei para trás.

— Você sabe qual é a melhor maneira de aquecer alguém com hipotermia, não sabe?

Sua carranca indicou que ele não fazia ideia, e dei a ele um sorriso lento.

— Calor corporal, pele com pele.

Não me dei ao trabalho de esperar a reação dele. Não me importava. Não, isso não era verdade, eu *não podia* me importar. Me importar tornava meu coração muito pesado. E perceber isso me frustrava tanto quanto sua empáfia de empurrar Drake para fora do barco e tentar ditar o que eu poderia fazer.

Eu tinha tantos outros problemas em que me concentrar — problemas enormes. Eu tinha de focar no meu objetivo e esquecer tudo o mais.

Minha garganta apertou enquanto eu descia apressadaas escadas e me enfiava no minúsculo quarto de Drake.

Ele estava envolto em cobertores, totalmente imóvel.

— Está se aquecendo? — perguntei, tirando meu pesado manto e colocando-o em cima dele. A cama era pequena pra caramba, mas isso não importava. Estávamos prestes a ficar bem próximos e íntimos.

— N-não. — Seus olhos verdes me observavam enquanto eu continuava a tirar camadas de roupas até ficar só com a roupa de baixo, que na verdade não era muita coisa.

— Sorte sua que estou aqui para ajudar então. — Puxando as cobertas, me deitei na cama com ele, ofegando quando meu corpo tocou o dele. Não havia aquela atração desesperada entre nós, mas eu poderia muito bem estar abraçando um iceberg.

— Você vai ficar com friiii-oooo — ele disse, batendo os dentes.

— Ah, por favor. Vou deixar você quente e animado em pouco tempo. — Eu me aconcheguei perto das costas dele, envolvendo a parte superior de seu corpo com os braços. Nos encaixamos bem, e não demorou muito para que sua imobilidade se transformasse em um tremor que abalava os ossos, à medida que a hipotermia ia recuando aos poucos. Essa era a coisa. Se uma pessoa perdesse muito calor, ela parava de tremer... era quando o corpo começava a desistir. E embora fôssemos feéricos e pudéssemos sobreviver a muita coisa, eu não podia deixar Drake ficar doente quando estávamos indo para um território desconhecido.

Não podia fingir que praticidade era a única razão para eu estar ali. Sim, eu precisava dele forte e inteiro. O resto... Os pés congelantes de Drake podem ter amenizado a pior parte da minha raiva de Lan, mas a frustração ainda ardia dentro de mim. Lan e eu não podíamos ficar juntos por um milhão de motivos. Na maior parte do tempo, eu nem tinha certeza se queria estar com ele. Por outro lado, Drake estava bem ali. Um homem que poderia me fazer rir. Um bom homem, como Ruby tinha dito. Nós podíamos nos tocar — mesmo que fosse para salvá-lo da hipotermia. Se eu tentasse isso com Lan, eu estaria matando algum feérico inocente. Talvez tocar parecesse uma coisa simples e pequena, mas uma vida sem tocar o homem que você ama? Isso me parecia uma existência fria e vazia.

A porta rangeu ao se abrir, e Yoland pôs a cabeça para dentro. Ele imediatamente corou e se retirou.

Claro, o tremor na cama parecia outra coisa.

Eu ri.

— Yoland, não é nada disso. Traga o café, por favor.

Sua cabeça voltou a aparecer, ainda corada.

— Desculpa, parecia...

Eu o fiz se calar.

— Está tudo bem, é perfeitamente compreensível. Quer dizer, se a água fria não tivesse congelado e diminuído os pacotes.

— Ei — Drake protestou.

Yoland segurou o riso e entrou no quarto. Juntos, conseguimos servir um pouco do café fervente para Drake. Nosso paciente sorveu sem reclamar demais.

Assim que a xícara foi esvaziada, aqueles olhos verdes foram para os meus, e ele arqueou uma sobrancelha.

— Só para constar, meu pacote está bem, mas concordo que provavelmente esse não é o momento que eu gostaria que você estivesse verificando essas coisas.

Revirei os olhos enquanto os dois riam.

Yoland recolheu a xícara, falando por cima do ombro.

— Voltarei com mais café em dez minutos.

Drake me envolveu com seus braços ainda frios, me puxando para o peito dele.

— Sabe, se eu soubesse que era assim que conseguiria te atrair para minha cama, eu mesmo teria pulado.

Eu sorri.

— Se você tivesse pulado, eu teria dito para Yoland te aquecer.

Seu olhar percorreu meu rosto.

— Você é como um sonho. Simplesmente apareceu na minha porta e na minha vida. Eu não achava... que uma mulher como você fosse possível.

Franzi a testa, deixando uma mão vagar pelas suas costas enquanto a outra se acomodava em seus cabelos úmidos.

— O que quer dizer com "mulher como eu"?

Ele levantou o braço com a mão ausente.

— Mulheres não são exatamente fãs dessa história de mutilação. Os feéricos sabem que isso significa que sou desonrado e desfigurado, e até mesmo as mulheres humanas... Descobri que elas querem um homem que possa ser tudo para elas. Normalmente, ter duas mãos está na lista.

— Você luta bem, e já o vi cortando lenha — apontei. E, na verdade, eu mesma poderia fazer essas coisas.

Ele sorriu de lado e me puxou para mais perto, jogando uma perna sobre os meus quadris para que eu pudesse sentir que ele não estava mais sofrendo com o frio.

— É isso que quero dizer, você não vê minhas partes ruins. Você só... me vê.

Drake se inclinou e me beijou, suavemente a princípio, e eu me segurei um pouco, de repente me sentindo... infiel? Não, aquilo não era justo comigo, com ele ou mesmo com Lan. Eu não pertencia a ninguém. Por mais difícil que fosse a situação com Lan, eu não podia me apegar a sonhos em relação a ele que não tinham base nenhuma na realidade. Não podíamos nos tocar.

Eu também tinha de pensar na minha felicidade.

Drake deslizou a mão pelo meu cabelo grosso e despenteado, enroscando os dedos, prendendo minha boca na dele. É, uma garota poderia se acostumar com isso.

Ele era bom de beijo. Eu me perguntava, o que ele sentia quando me beijava? Será que pensava tanto quanto eu?

Quando eu beijava Lan, não conseguia pensar em absolutamente nada. *Maldição!* Nem ali eu conseguia tirar aquele idiota da cabeça.

Nem morta que eu ia deixar isso acontecer.

Respirando lentamente, inclinei o rosto para um beijo mais profundo, tentando encontrar aquela faísca que eu queria — de que precisava. Drake rosnou, e o som desceu pela minha espinha como um raio.

Ele rolou sobre mim, virando o corpo para que conseguíssemos ficar naquela cama pequena. Seus quadris pressionavam os meus, enquanto ele beijava meu pescoço até a clavícula. Eu encarava o teto. Estava gostando, mas...

— Para — sussurrei.

*Maldição.*

Eu não conseguia tirar Lan da cabeça.

Drake imediatamente se afastou, os olhos arregalados, o corpo obviamente pronto para a ação.

— Eu machuquei você?

Lágrimas surgiram nos cantos dos meus olhos, mas balancei a cabeça e o chamei para se deitar comigo.

— Não. Não. Eu só estou... — Como diabos eu explicaria para ele? Que não estava pronta porque estava tentando terminar com um cara com quem nunca namorei, com quem nunca fiz sexo, em quem mal conseguia tocar, mas que, de alguma forma, tinha pegado um pedaço do meu coração. — Está acontecendo muita coisa agora — falei, sem graça.

Drake me puxou para perto, me aconchegando no braço e me segurando firme.

— Não se preocupa. Teremos tempo depois. — Ele me beijou na lateral da cabeça e acariciou minhas costas, como se não estivesse com uma ereção e um caso sério de tesão acumulado.

Minhas bochechas queimavam de vergonha, e eu estava feliz que ele não conseguisse ver meu rosto.

— Você é um bom homem. Um dos melhores que conheci — eu disse, suavemente, o balanço do barco me envolvendo em um estado sonolento.

— Duvido disso. — Ele riu, a respiração roçando o meu cabelo. — Mas aprecio o voto de confiança.

Yoland voltou com outra xícara de café, e Drake a bebeu sozinho dessa vez, enquanto eu me vestia.

Ficamos ali conversando por mais uma hora — sobre treinamento, sobre a vida antes de toda aquela loucura e sobre nada. Como se estivéssemos em um encontro. Foi... bom. Gostoso. Honesto.

Tão diferente das minhas interações com Lan. Tão fácil. Sem caos. Sem possessão. Sem traição.

— Posso sentir você franzindo a testa no meu peito — Drake disse. — Quer falar sobre alguma coisa em particular?

Soltei um suspiro sem querer.

— Talvez? Eu não sei. É... estranho.

Será que eu realmente ia falar sobre Lan com Drake?

— É sobre o Faolan, não é? — ele perguntou. — Eu vejo como ele te observa e, quando você nem percebe, como você olha para ele.

Inclinei a cabeça para ver seu rosto.

— Eu não...

Ele sorriu.

— Ele é o cara que toda garota quer, Alli. O *bad boy*. Mas, como eu já fui esse cara, sei que ele nunca vai ficar por perto. Ele vai encontrar uma maneira de estragar tudo, e eu ainda estarei aqui quando ele se for. Porque eu não sou mais esse tipo de cara.

Fechei os olhos e tentei conter as lágrimas.

— As coisas são complicadas. Temos uma história. Nós andávamos juntos quando éramos crianças. Ele mudou, no entanto. Sua... lealdade à corte Unseelie, e o fato de ele *ser* Unseelie. Bem, você sabe que não tem futuro nisso. Ele não tem uma impressão muito boa de mim, de todo modo.

— Nem me importava se isso fosse verdade ou não. Eu precisava acreditar que Lan pensava em mim como uma mestiça ou algo horrível. Porque estar com ele *me transformava* em algo horrível. Eu não estava mentindo quando dizia que não tínhamos futuro.

— O azar vai ser dele quando você finalmente o deixar ir — Drake disse, dando um beijo na lateral da minha cabeça. — Azar o dele. Quando estiver pronta, vou te abraçar apertado, e nunca mais soltar. Até lá, vou ser um homem paciente.

Virei-me para ele, suas palavras suaves fazendo o que nenhum confinamento forçado poderia ter feito.

Então, é claro, foi quando tudo deu errado.

O barco balançou para bombordo, nos jogando no chão, o som de gritos acima do convés acelerando meus batimentos cardíacos. Fiquei em pé, vesti o restante das minhas roupas, a capa, e prendi minhas armas em menos de um minuto. Drake estava logo atrás de mim quando corremos para o convés superior, o barco inclinando com força para estibordo e fazendo com que nós dois perdêssemos o equilíbrio.

— O que está acontecendo? — gritei contra os ventos fortes da tempestade que varria o oceano, respingando água salgada pelo convés. O medo martelava no meu peito diante da visão de tanta água enfurecida, mas deixei isso de lado.

Os feéricos selvagens se agarravam ao barco, os olhos arregalados fixos no oceano furioso. Como eu não tinha sentido isso antes?

Eu me apoiei no corrimão para me manter em pé enquanto lutava para ir até a popa. Olhava na direção para onde todos olhavam.

Aquilo... não era possível.

Uma onda se erguia acima de nós, silenciosa como um túmulo, avançando. Mas não por muito tempo. Com centenas de pés de altura, a água escura e as formas mais escuras dentro dela prometiam uma morte fria para todos nós. A menos que fizéssemos algo a respeito.

Meu peito se apertou, e minha respiração ofegava. *Concentre-se, Alli.*

Tínhamos um minuto no máximo para nos mexermos. Mas se alguém tinha uma conexão específica com a água, não estava se oferecendo para lidar com aquela situação.

Deusa mãe, estávamos em apuros.

A tempestade ribombou, um relâmpago cortou o céu, indo direto para a onda. Eu encarei enquanto a onda... se afastava do relâmpago.

Como se tivesse sido ferida? Como se o estivesse evitando?

A figura da mulher de antes apareceu ao meu lado, seus cabelos imutáveis pelos ventos cortantes.

— Você tem algo que pode parar a onda, Pequena Faísca. Só precisa ser corajosa. Mais corajosa do que eu.

Pequena Faísca. Kallik. Raio.

Eu a encarei.

— O que você quer dizer?

Ela inclinou a cabeça na direção de Faolan.

— Não é natural — Lan gritou sobre a água enfurecida, expressando em voz alta o que eu acabara de ver com meus próprios olhos.

Olhei para ele, de repente me dando conta do que ela queria dizer: a magia entre nós poderia deter aquela onda.

Ou pelo menos nos daria uma chance.

Quem quer que estivesse mirando em mim, em nós, e controlando aquela onda não pararia por conta própria, e para realizar algo assim, tinha de ser alguém realmente poderoso.

Tropecei e escorreguei pelo convés, e Faolan estendeu a mão para mim. Agarrei-o e o puxei para perto, aproximando seu rosto do meu e pressionando nossos lábios.

Ele tropeçou e tentou se afastar, mas nossa magia girava e dançava ao redor um do outro. Não havia controle sobre ela. Nenhuma maneira de direcioná-la.

Mas droga, eu tinha de tentar.

Gavinhas de cor índigo e a mais profunda tonalidade de rubi se acenderam, e eu não pude resistir ao chamado da magia que se elevava entre nós, mais quente e mais selvagem do que nunca.

Em vez disso, abracei cada pedaço dela, mesmo que aquilo pudesse se provar um erro fatal.

Gemi ao sentir sua boca na minha, cativa pela sensação de suas mãos no meu corpo, tão diferente de com Drake. Como um fio elétrico *versus* uma lareira acesa.

Uma forte rajada atingiu o barco e nos tombou, mas Lan e eu mal percebemos. Minhas pernas se enrolaram em volta de seus quadris, e ele me prendeu contra seu corpo enquanto caímos.

A queda durou tempo suficiente para eu perceber que não estávamos mais no barco.

Nossa cabeça se chocou na água, e fomos empurrados para debaixo da superfície do oceano. Isso deveria ter roubado nossa respiração, mas a magia... a magia nos mantinha em um casulo. Não havia necessidade de respirar, não havia necessidade de temer.

Não podíamos parar.

Por que deveríamos parar?

A magia transbordou e se espalhou, e a água ao nosso redor ficou calma.

Uma voz que não era minha ecoou na minha cabeça, um poder como nenhum outro se chocando no interior do meu crânio, me fazendo querer arranhar minha mente para me libertar.

*Agora você está segura. Venha até mim.*

Um gemido escapou de mim à medida que uma mudança ocorria. O inegável poder magnético estava tomando controle. Estava prestes a me queimar viva.

Tentei me afastar de Lan, mas ele me segurou firme, como se sua vida dependesse disso. E provavelmente dependia.

Ele não sentia a magnitude da magia da mesma maneira — não devia estar sentindo, ou não estaria lutando contra mim dessa forma.

Gritei com a dor lancinante no meu peito.

Meus pés encontraram uma superfície rochosa e arenosa, e eu me impeli contra ela, lutando para chegar à superfície enquanto empurrava Lan e nossa magia combinada.

Chutando-o.

Finalmente, ele cedeu e me soltou, e emergimos na superfície, ofegantes, a parte humana de mim muito contente em respirar novamente.

Só que, no instante em que fiz isso, o frio me atingiu com uma intensidade mortal, e eu me engasguei. Lan apareceu ao meu lado, e seu olhar horrorizado encontrou o meu.

Precisávamos sair da água.

Só que...

— Os outros — gritei acima do barulho, sem ter certeza se ele podia me ouvir.

Mergulhar novamente ia contra cada instinto pulsante dentro das minhas costelas. Mas eu mergulhei.

A temperatura glacial perfurou meu crânio, apertando-o como um tubo de pasta de dente na mão de uma criança. Olhei através da água, me virando para procurar outros passageiros.

Nada.

Um *nada* sem fim.

Ou meus olhos feéricos não conseguiam penetrar na escuridão densa ali embaixo, ou Lan e eu fomos os únicos lançados para fora da embarcação.

Mesmo que houvesse alguém ali embaixo, meu tempo estava se esgotando.

— Está vendo alguém? — perguntei para Lan, quase sem fôlego, quando ele também reapareceu acima da água.

Não tinha certeza se ele tinha ouvido até que ele balançou a cabeça em negativa.

A costa não estava longe, e nadamos com força, Lan ficando para trás comigo, embora fosse de longe o nadador mais forte.

Minhas pernas queriam ceder quando encontraram terra firme, mas as obriguei a funcionar, cambaleando até a praia. Tirei as roupas com dificuldade entre os sacolejos furiosos do meu corpo congelado.

Tinha de haver uma centelha de calor em algum lugar. Em qualquer lugar. Precisávamos de fogo. Atrás de mim, podia ouvir Faolan também tirando a roupa, o som dos tecidos molhados batendo na praia rochosa.

Ele fez um som aliviado, e eu repeti o mesmo som enquanto ele usava a energia que encontrara e dirigia sua magia rubi-escura para um pedaço de madeira flutuante. Eu cambaleei para coletar o máximo de material seco que pude, e entre nós dois, tínhamos uma fogueira acesa em questão de minutos.

Eu me sentei diante do fogo ao lado dele, quase nua e tremendo furiosamente. Pela deusa, o que acabara de acontecer?

Lan finalmente falou, com dentes batendo:

— Que raios foi isso, Órfã?

Eu pestanejei, meus cílios quase duros de tão congelados pelo vento.

— Eu acho... Eu acho que foi Underhill.

# 8.

—O que você quer dizer com "Acho que foi Underhill"? — Faolan questionou, em uma voz agitada, encolhido e o mais próximo possível do fogo.

Aquela onda era mágica, disso eu tinha certeza. E antes que tudo saísse do controle, ela estava impulsionando a embarcação em direção ao nosso destino.

Em outras palavras, em direção à porta que eu tinha visto entalhada na árvore.

— Underhill q-quer que eu vá até a p-porta. Agora. — Embora as palavras saíssem com uma cadência irregular devido ao tremor violento, elas ressoavam certeza.

Ruby não havia dito que acreditava que o reino feérico era volátil e agia com base na emoção? E que as ações de Underhill não eram proporcionais devido ao seu poder absoluto?

A onda tinha ajudado sua causa antes de atrapalhar.

No entanto, será que isso era realmente verdade?

Olhei ao redor.

— Onde estamos?

Lan tremeu violentamente, mas suspirou depois.

— Estávamos a um dia da cidade em que íamos atracar. Tínhamos que contornar uma grande massa de terra para chegar lá. Acho que estamos nessa massa de terra agora.

— Uma península? — perguntei, minhas suspeitas ganhando força.

— Foi o que o capitão deu a entender.

Inspirei, ainda tremendo, e abracei meu próprio corpo com mais força, ousando me aproximar um pouco mais das chamas gloriosas.

— Então eu tenho quase certeza de que Underhill nos jogou para fora do barco de propósito. Se eu estiver certa, estamos mais perto da porta aqui do que se o barco tivesse atracado onde o navio explodiu.

Lan olhou ao longe.

— Não consigo ver o barco.

Observando atentamente o horizonte visível — que, no escuro, não era muita coisa —, cheguei à mesma conclusão. Também vasculhei a costa em busca de corpos lutando para respirar, mas éramos os únicos na praia.

— Eu não consegui ver ninguém debaixo d'água. Você acha que estão bem?

— Eu também não. Não temos como saber agora. Não podemos entrar naquela água de novo. É uma armadilha mortal. — Faolan disse essas palavras com uma calma perturbadora.

Mas ele estava certo.

Os outros membros da tripulação também eram feéricos, e eles não estavam distraídos no momento por...

— Lan — falei, franzindo o cenho.

— Hum?

— Será que, seja lá quem quer que está interferindo em nossa magia, é um ser tentando manter Underhill fechada? —

Em cada encontro até aquele momento, a ligação das gavinhas de Lan com as minhas tinha sido sedutora e agradável, até ser interrompida. Só *então* a conexão se tornara furiosa e mortal. Dessa vez, ela me machucou fisicamente enquanto ainda estávamos juntos, o suficiente para sobrepujar a parte boa.

O que quer que estivesse acontecendo... sim, estava ficando cada vez mais forte.

Os olhos escuros de Lan não tinham aquele redemoinho incessante, e eu sabia que ele devia estar tão exausto quanto eu.

— O que te faz pensar isso?

Deveria contar a ele sobre o espírito da mulher? Hesitei.

— Kallik, tenho percebido que você não confia mais em mim. Ou talvez nunca tenha confiado...

As palavras saíram em borbotões dos meus lábios:

— Eu diria que você foi uma das poucas pessoas em quem realmente confiei. Por um tempo.

Afinal, ele tinha parado de me visitar. E começado a me ignorar.

Agora, eu entendia que ele tinha seus próprios problemas com a seleção. Em parte.

Mas isso não justificava me trair por causa da rainha. Mesmo com o juramento dele, eu não conseguia entender.

O fato de Lan fazer isso me *magoou* pra caramba.

— Então eu sinto mais do que você pode imaginar por ter quebrado essa confiança — ele disse rapidamente, desviando o olhar.

Ele sentia?

— Percebi que as coisas estavam acontecendo com você naquela época.

Lan olhou de volta para mim.

— Quando? Estamos falando das ordens da rainha?

*Ahn...* Eu neguei com a cabeça.

Seu olhar escuro percorreu meu rosto.

— Você quer dizer antes... Quando eu fui para a corte Unseelie?

Dei de ombros.

— Acho que sim.

Lan me encarou, abrindo e fechando a boca uma vez. Torci para que ele dissesse quaisquer palavras que estivessem em sua mente, para explicar o que o levara a ir embora de forma tão repentina.

Mas as palavras não vieram.

Ele se recostou.

— Parece que teremos que continuar a pé daqui. — Levantando-se, ele foi até suas roupas e, apelando para a minha visão mágica, eu o vi extrair uma corrente lenta de energia vermelha do fogo para secá-las. As poças de água mais próximas dele ganharam um tom verde-pútrido em resposta.

Certo. A porta.

— Não sei se minha teoria está certa. Podemos acabar indo na direção totalmente contrária.

— Seus instintos estão certos.

Uma ruga se formou entre minhas sobrancelhas.

— Você está doente? Não estou acostumada com você concordando comigo.

Isso me rendeu um sorriso torto.

— Dá para culpar um cara por fazer isso? Você fica bonita quando está brava.

Faolan, lisonjeador. Fiquei boquiaberta, depois me ocupei rapidamente com minhas roupas, esperando que ele terminasse de secar as dele primeiro para não apagar o fogo. Enquanto eu tirava energia das chamas, e minhas roupas começavam a soltar vapor, olhei disfarçadamente para como Lan estudava as poças de água pútrida, que estavam se transformando em um líquido cristalino graças à minha magia Seelie.

Sua mandíbula se contraiu, e ele desviou a atenção para as estrelas enquanto eu terminava de me secar e de me vestir. O calor substituíra o frio, mas a última coisa que eu queria era deixar o calor de nosso fogo.

— Da última vez, corri para o sudoeste a partir da cidade em que íamos atracar — falei baixinho, me aproximando até ficar ao lado dele. — Então precisamos correr para o nordeste, suponho.

— Abra o caminho, Vossa Majestade. — Ele se afastou e fez um gesto para que eu fosse na frente.

Não foi a primeira vez, desde que vi a lembrança dele sendo selecionado pela Oráculo, que meu coração se contorceu ao perceber quantas barreiras Lan erguia. Em todos os momentos. Ele se escondia atrás de sua língua afiada, do olhar frio e de suas palavras ainda mais duras.

Estaria ele se lembrando de quem era meu pai ao me chamar de "Vossa Majestade", como uma forma de erguer essas barreiras de novo? Meus instintos sugeriam que era exatamente isso que ele estava fazendo. E se Lan estivesse certo quanto a meus instintos serem confiáveis, então era de presumir que estivessem certos quanto a *ele*. Nesse caso, a verdadeira pergunta era: eu deveria me dar ao trabalho de derrubar essas barreiras? Não podíamos nos tocar. Éramos de cortes opostos. Ele tinha um juramento que não podia ser quebrado. Um juramento que poderia me machucar várias e várias vezes. E mesmo se fosse possível derrubar as barreiras dele... e depois? Havia tantas *outras* barreiras para ficarmos juntos que não vinham nem mesmo de Faolan.

O que eu sabia de verdade? Que meu coração estava muito pesado ultimamente.

Desviei a atenção para as árvores e levei a mão até o cabo de uma das espadas, passando a mão por cima do ombro. Eu ainda estava com as armas presenteadas pela rainha amarradas às costas, mas lamentava a perda do escudo, que até onde eu sabia poderia estar no fundo do mar naquele momento.

— Vamos. — Comecei a correr, forçando minhas pernas e meus braços, que reclamavam por se movimentarem. Olhei de relance para as estrelas, tracei meu curso e então me deixei entrar em um ritmo que fui aumentando à medida que meu corpo aquecia e os músculos se soltavam.

Com um ouvido nos movimentos de Lan, para ter certeza de que ele estava acompanhando, aumentei a velocidade, e logo estávamos em disparada pela floresta onde eu fizera o máximo para salvar os humanos no navio, onde lutei contra Yarrow e depois matei aqueles feéricos.

Será que eu estava redondamente enganada? Parecia que eu estava me agarrando a ilusões: espíritos, caminhos cintilantes, luas cheias e equinócios. Para onde diabos eu estava correndo?

Saltando sobre um pequeno riacho, sussurrei:

— Eu preciso de ajuda.

Um filete de algo semelhante a eletricidade percorreu meus braços, escapou dos meus dedos, e então lá estava ela, a mulher do barco.

Eu a observei aflita, parte de mim estranhamente calma, quando ela ofereceu um sorriso caloroso.

Talvez eu não devesse confiar naquele sorriso. Afinal, se a minha teoria sobre alguém interferindo na minha magia e na de Lan tinha algum fundamento, então eu era o peão em uma batalha entre Underhill e algum outro ser poderoso. O espírito da mulher foi quem sugeriu que eu tocasse Lan e contrariasse o poder da onda. E olha onde isso nos levou.

Ao mesmo tempo... era quase como se eu a conhecesse. Será que era porque ela tinha passado pela mesma situação em que eu me encontrava? Eu não tinha como saber.

Deixando tudo isso de lado, ela era minha melhor aposta, a menos que eu quisesse dividir toda aquela área em pequenas partes e procurar ao longo de vários *anos*.

— Para onde? — perguntei, silenciosamente, para ela.

Ela apontou para o chão.

Diminuindo um pouco a velocidade, olhei ao redor. Aquele definitivamente não era o lugar certo. Olhei para ela, confusa, bem ciente da proximidade de Lan. Dei de ombros e fiz uma careta silenciosa com a qual esperava transmitir meu ponto de vista.

Ela apontou para o chão novamente, mas quando abriu a boca, ela empalideceu e se virou para olhar atrás de mim. E então ouvi.

— Temos companhia — sibilei olhando para trás, correndo para a árvore mais próxima.

Uma flecha passou assobiando perto da minha cabeça, e Lan inspirou bruscamente.

Um medo avassalador tomou conta de mim quando me virei, esperando o pior.

— Acertaram você? — Ele quis saber, me examinando freneticamente.

Eu desabei, puxando-o para trás de uma árvore — tomando o cuidado de tocar apenas sua capa.

— Pensei que tivessem te atingido.

Eu me afastei e olhei ao redor da árvore.

— Para onde eles foram? — ele murmurou.

A flecha tinha vindo da nossa frente.

— Ouvi vários passos, então tem mais de um.

Um ruído se fez ouvir acima de nós. Olhei para cima, e um grito ficou preso na minha garganta quando um feérico selvagem se jogou em cima de Lan.

— Eles estão nas árvores! — Avancei para agarrar os ombros do feérico, mas Lan se virou e empurrou o homem no chão da floresta.

Um olhar para sua expressão enlouquecida me disse tudo o que eu precisava saber.

— Eles estão loucos...

Algo pesado atingiu minhas costas. Deixei o impulso me lançar para a frente e me jogar no chão, para que eu pudesse rolar e ficar em pé de um pulo.

Era uma mulher... a primeira mulher feérica selvagem que eu já tinha visto. E não havia um único traço de sanidade em seu olhar.

— Mais duas nas árvores. Fique atento a elas.

Lan grunhiu, batendo o cabo de sua espada contra a têmpora do homem com um som pesado.

Eu peguei uma das espadas que tinha ganhado de presente, e girei para a esquerda enquanto um assobio vinha de cima. *Droga*. Uma flecha se cravou no solo onde eu estava havia um segundo. Tirando energia verde das árvores ao meu redor, implorei que seus galhos formassem uma treliça acima de nós, expelindo um turbilhão de índigo. Estalos furiosos e a chuva de folhas indicaram que as árvores tinham feito exatamente o que pedi.

— Obrigada — sussurrei, recuando enquanto a mulher me golpeava. Ela acabou dando uma brecha, então fui para trás dela e girei minha espada, segurando o cabo com firmeza enquanto desferia um soco forte em sua mandíbula.

Ela desmoronou, os olhos revirando.

Mais passos fizeram com que Lan e eu nos virássemos para nordeste novamente. Meu coração martelava.

Uma linha de feéricos selvagens — completamente *enlouquecidos* — avançava sobre nós. Uma vila ou uma comunidade inteira deles, uma espécie de exército.

— Confesso que não estou nada animada com essa multidão — comentei, guardando a espada.

Lan guardou sua espada também.

— Correr agora e viver depois?

Me parecia uma ideia muito boa.

Eu fui na frente, ziguezagueando entre as árvores para desviar das flechas. Elas acertavam as árvores atrás de nós, e eu odiava que Lan estivesse na retaguarda, mais próximo do perigo.

Que hora para ter perdido meu escudo.

Puxei energia azul das rochas embaixo de mim para ajudar em nossa fuga, e logo — como acontecera no passado — meus pés mal tocavam o chão.

O espírito da mulher corria ao meu lado, acenando para chamar minha atenção.

— *Você precisa dele.*

Hein?

Olhei para trás.

Ah, droga. Onde estava Lan? O medo inundou meu peito quando parei bruscamente e voltei correndo pelo caminho por qual tinha vindo.

Eu o encontrei quase no topo da última elevação.

— Você está bem?

— Só tentando te acompanhar — ele disse, secamente. — Eles pararam de nos perseguir já faz um tempo.

— Pensei que você estivesse comigo. — Fiz uma careta.

— Duvido que qualquer coisa viva pudesse ter te acompanhado — ele resmungou, com um grunhido.

É, talvez ele estivesse certo. Olhei ao redor em busca do espírito da mulher, mas ela havia desaparecido novamente.

— Por que eles pararam?

Lan se sentou em uma pedra.

— Não faço ideia. Olhei para trás, e eles simplesmente pararam. Todos eles.

Soltei um suspiro.

— Eu tinha esquecido completamente que poderia ter feéricos loucos por aí. Seria impossível para Ruby ter chamado todos eles para seu bando. — Havia mais motivos do que nunca para encontrar aquela porta.

E se minha amiga-espírito estivesse certa, então Lan precisava estar comigo. Como apoio, talvez, sendo o protetor que ele prometera à rainha que seria. Isso significava que minha amiga-espírito sabia que estávamos indo em direção ao perigo. Na verdade, isso não era surpresa — tínhamos de passar por um pequeno exército de feéricos selvagens de alguma forma. Minha preocupação era que o perigo fosse maior depois.

— Em que direção eles foram? Teremos que contorná-los — falei.

— Se dispersaram em todas as direções.

Droga.

— Passar por eles será um trabalho árduo — Lan continuou. — Precisamos descansar, ou correremos risco. Eu fico de vigia.

Sim, e ele estava quase caindo de sono. Quando foi a última vez que ele dormiu? E ainda tinha de se recuperar de todas aquelas chicotadas.

— Eu dormi no barco, não estou com sono. Eu vigio primeiro.

Ele me olhou com uma expressão séria, mas a fadiga em seu rosto era tão visível que ele parecia prestes a ceder.

— Tem certeza?

— Tenho. Acordo você em algumas horas.

Dei uma volta ao redor do nosso abrigo noturno, depois que Faolan juntou folhas e galhos em uma grande pilha como barreira contra o chão, e então puxou sua capa firmemente ao redor de si para descansar. Pelo que eu podia ver, tanto com meus olhos quanto com minha magia, estávamos sozinhos.

Ao encontrar uma pedra que dava para a direção em que tínhamos visto os feéricos selvagens pela última vez, eu controlei minha respiração e sintonizei com os sons da floresta.

Um cruza-bico pairou na minha frente, e, se não fosse a pedra, eu provavelmente teria caído, mas me controlei a tempo de ouvir a ave falar.

— Kallik. — Era a voz de Ruby, aliviado. — Você está em segurança.

Com o coração batendo forte o suficiente para escapar do peito, eu respondi:

— Faolan e eu estamos seguros — corrigi, ainda que ele não tivesse perguntado sobre meu protetor Unseelie, e, na verdade, eu não esperasse que ele se importasse. — E os outros que estavam no barco? Conseguiram se safar?

A ave arrepiou suas penas e abaixou a cabeça.

— Estão todos a salvo. Eles logo alcançarão seu destino, mas Drake achou melhor atracar antes de chegar à cidade, considerando o que aconteceu lá não muito tempo atrás.

Drake estava bem — alívio fluiu através de mim, me aquecendo.

E foi inteligente da parte dele evitar outro encontro com a cidade que Yarrow havia agitado. Eu não tinha prestado atenção nas notícias humanas ultimamente, mas duvidava que estivessem muito felizes com a gente, simplesmente porque já não estavam felizes com a gente *antes* de nossa espécie explodir um navio.

— Estamos tentando encontrar a porta — sussurrei para ele. — Mas tem feéricos loucos na floresta. Fomos atacados não muito tempo atrás, e eles estão rondando entre nós e a entrada. Bem, se estivermos no lugar certo.

— Voei para sudeste para encontrar você — ele disse.

Estávamos indo na direção certa. Bom saber.

— Planejamos continuar em breve. Espero que, no máximo, em algumas horas.

A ave assentiu sabiamente.

— É melhor não demorar muito em um lugar. Qual direção você vai tomar? Eu enviarei os que estão no navio para ajudá-los na floresta.

Não tinha certeza se fazia sentido termos companhia ali. Primeiro, eles não seriam capazes de nos acompanhar. Segundo, quanto mais barulho fizéssemos, maiores as chances de sermos vistos. Além disso, algo me dizia para não ter uma plateia quando eu encontrasse a entrada.

— Não. Obrigada, mas não. É melhor Lan e eu continuarmos sozinhos. Se formos cuidadosos, não há razão para ficarmos longe um do outro. Por favor, avise a Drake e ao capitão que nos encontraremos lá assim que pudermos.

— Os humanos e as cortes estão atrás do nosso povo, jovem — Ruby informou, com ar grave. — Vou pedir para a tripulação permanecer atracada mais um dia. Se sua missão se estender além disso, preciso levá-los para o santuário.

Era verdade.

— É, eu não pensei nisso. Claro que não é seguro para eles também.

— Acredito que saiba onde fica o santuário.

Eu assenti.

— Então sabe o que fazer se encontrar dificuldades para chegar no barco a tempo. — Suas palavras não diziam tudo, e eu sabia exatamente por quê.

O homem dormindo atrás de mim não seria bem-vindo no santuário.

— Entendi.

O cruza-bico inclinou a cabeça.

— Eu tenho algo para você quando chegar. Algo que, acredito, vai te deixar feliz.

Eu ergui uma sobrancelha.

— Cerveja de ogro?

Rubezahl soltou uma risada profunda e rica.

— Isso dá muita dor de cabeça no dia seguinte. Não, esse presente eu acho que você vai gostar mais. Até lá, cuide-se e tome cuidado. Você é mais necessária para o que está por vir do que imagina.

Fiquei olhando para o cruza-bico enquanto ele voava pela noite escura.

O que diabos *aquilo* significava?

Eu já estava metida nessa história muito mais do que queria. Olhei sentido nordeste, para o lugar que, àquela altura, estava *desesperada* para alcançar. A resposta estava lá, eu sabia. E um exército de mortos-vivos e um inferno de fogo escuro não poderiam me impedir.

# 9.

Deixei Faolan dormir por quatro horas, vigiando enquanto eu refletia sobre o que estaria nos aguardando. O fogo queimava baixo, e eu o alimentava com gravetos, a fumaça subindo enquanto a madeira úmida lutava para pegar fogo. Eu quase conseguia ver imagens na fumaça, como quando Cinth e eu éramos jovens e olhávamos para as nuvens, buscando formas que não estavam exatamente lá, até que as imaginássemos.

Passei a mão pela fumaça, dissipando-a, sentindo uma onda de saudade de Cinth. Queria que ela estivesse ali para me apoiar. E talvez cozinhar para mim. Meu estômago roncou alto. Eu estava morrendo de fome.

Olhando ao redor, avaliei o que poderia haver para comer na floresta. Não havia movimento, nenhum coelho ou veado, e de qualquer forma não poderíamos comer um veado inteiro de uma vez. Eu não desperdiçaria uma morte assim.

O equinócio de primavera já havia passado, mas isso dificilmente significava que estávamos na estação de pujança ali no Alasca.

Será que eu poderia apressar as coisas?

Olhando através da lente da minha magia, estudei a área, não em busca de inimigos, mas de qualquer sinal de sementes ou plantas enterradas no solo ainda congelado.

Não muito longe da fogueira, senti a pulsação de vida de um pé de mirtilo.

— Bingo — sussurrei.

Ajoelhando-me ao lado do fogo e apoiando as mãos na terra congelada, alimentei a semente com um filete da minha magia índigo. Retirando energia da fogueira e das outras plantas ao redor, continuei alimentando o pé de mirtilo, até que ele explodiu de seu invólucro de semente e irrompeu pelo solo agora macio e quente.

— Vamos lá, plantinha — sussurrei, incentivando-a a crescer cada vez mais com minha magia, até virar uma arvorezinha coberta por flores rosa-choque. Não era um pé de mirtilo, mas isso não ia me deter.

Suor escorria pelo meu rosto com o esforço — cultivar coisas não era minha especialidade, mas no fim valeria a pena se tivéssemos algo para comer. As flores murcharam, pétalas caíram, e frutas apareceram — pequenas e do tamanho de uma ervilha no início —, mas continuei direcionando energia para a planta até que as frutas ganharam um tom dourado profundo e ficaram do tamanho dos meus dois punhos juntos.

Deixei a magia desvanecer e soltei um suspiro pesado.

Certamente não era um pé de mirtilo, embora tenha sido isso que as sementes eram no início. Passei os dedos pela casca aveludada da fruta mais próxima de mim e a colhi. Trouxe-a até o nariz, inspirei fundo, e o cheiro quase me fez ficar de joelhos. Toques envolventes de brisa de verão, rum temperado e comida caseira, tudo envolto em uma única fruta. *Como?*

Talvez eu não me importasse, pelo menos não naquele momento.

Mordi a fruta, e uma onda de sabores e suco abraçou minha língua. Mais do que isso, a energia percorreu meu corpo como se eu tivesse acabado de tomar dez xícaras de espresso, sem o gosto amargo.

Arrisquei cutucar a perna de Lan com o pé, empurrando-o um pouco, mas recuei antes que uma conexão pudesse surgir.

— Acorde, você vai querer experimentar isso.

A planta já estava encolhendo, caindo sob o feitiço mortal do frio. Eu colhi o restante das frutas — havia apenas sete — e entreguei uma para um Lan sonolento.

Ele deu uma mordida, e seus olhos se arregalaram.

— O que é isso?

— Eu posso não conseguir cozinhar, mas pelo jeito consigo cultivar frutas. — Eu ri, me sentindo mais leve desde o início de toda aquela confusão.

— Você cultivou isso? — ele perguntou, com a boca cheia. — Isso é... Eu nem sei o que é isso.

— Começou como um pé de mirtilo. — Terminei o restante da minha fruta, e meu estômago estava feliz. Mais do que isso, meu corpo parecia capaz de continuar por dias, viçoso como uma corrente de margaridas. — Você tem uma sacola? Precisamos levar essas frutas com a gente — eu disse.

Lan as pegou, e nossos dedos se tocaram. Nossa magia se acendeu, e eu recuei, tropeçando sobre a fogueira. Brasas foram chutadas pelo chão da floresta, e eu rolei para sair delas antes que queimassem meu manto e minhas vestimentas de couro.

A reação de Faolan não foi muito melhor, e eu o encarei perplexa através da clareira.

— Que foda — ele murmurou, balançando a cabeça.

— Na verdade, acho que isso é a pior coisa que poderíamos fazer. — Forcei um sorriso, mesmo que uma pequena parte de mim lamentasse o fato de que realmente não poderíamos nos tocar sem que o caos se instalasse. Talvez eu não pudesse confiar por completo nele depois de seu juramento à rainha, mas ter a escolha de estarmos juntos tirada de nós parecia tão... cruel e definitivo. Se um simples toque causava anarquia, melhor nem pensar em nós dois rolando nus por aí.

*Essa* ideia atingiu minha cabeça como um golpe de martelo e, no mesmo instante, pude ver Lan nu novamente, se aquecendo perto do fogo. Minha mente alterou *um pouco* a cena — estávamos nos ajudando a aquecer. *Ah, sim.*

— Órfã, você está bem? Parece que não consegue respirar — ele disse, com preocupação evidente em sua voz.

Engoli em seco e mantive a cabeça baixa.

— Estou. Só me dê um segundo.

Poderoso Lugh, eu precisava transar com alguém.

As imagens de Lan nu não ajudavam em nada, e tentei pensar em outras coisas. Como os feéricos selvagens. Underhill. O longo caminho que tínhamos pela frente. O fato de que eu estaria perdida se a corte Seelie pusesse as mãos em mim.

Sim, isso resolveu.

— Vamos lá. — Eu me levantei e limpei a calça, sem olhar para o rosto dele. Porque eu tinha a sensação de que, se ele olhasse nos meus olhos, saberia o quanto ainda me afetava. Lan precisava acreditar que eu era impávida, para que pudesse ser forte por nós dois. Se ele fraquejasse, eu também fraquejaria.

Fui na frente, sentido noroeste, ambos revigorados e cheios do que quer que aquela fruta tenha nos dado. Eu não sabia quão longe estávamos da porta, e poderíamos ter de enfrentar os feéricos selvagens mais uma vez.

Um estalo de galhos mais adiante, e eu soube que tínhamos nos deparado com eles.

*Sério?* Quer dizer, foi legal da parte deles nos deixar dormir e tudo mais, mas *sério*?

— Devemos simplesmente matá-los? — Lan perguntou, me surpreendendo. Não por causa de suas palavras, necessariamente, mas por ter me perguntado.

— Não é culpa deles que foram tomados pela loucura. — Minha própria experiência com a possessão e suas consequências estavam vivas na minha mente. Embora tivesse quase certeza de que meus lapsos recorrentes de sanidade fossem de natureza diferente da loucura que afetava outros feéricos, minha experiência me fez sentir uma nova empatia por aqueles que sofriam com o fechamento de Underhill. — Se estivessem em seus juízos, isso não estaria acontecendo.

A questão era que os feéricos que se aproximavam de nós naquele momento não estavam mais com armas ou mesmo agressivos. Eles farejavam o ar como animais procurando... comida.

Ah, droga.

— Acho que estamos no cardápio — falei, horrorizada.

Saí correndo, empurrando Lan à minha frente.

— Apenas vá. Vá!

Ele não discutiu enquanto fugíamos da área tomada pelos feéricos selvagens. Tentamos outro caminho.

*Tentamos.*

As longas horas seguintes consistiram em repetições do mesmo cenário: nós dois investindo pela área a que *queríamos* ir, apenas para sermos expulsos com flechas e armas disparadas na nossa direção. Não chegaríamos a nenhum lugar desse jeito.

Horas se passaram, e minha frustração só cresceu.

— Maldição! — exclamei, depois da nossa sétima tentativa de passar pelos feéricos selvagens. — Tem mais alguma coisa acontecendo aqui.

Aquilo não tinha nada a ver com a loucura que eu havia enfrentado antes. Pouco antes do meu primeiro encontro com Ruby, um grupo de gigantes me atacou simplesmente porque me viu. O mesmo aconteceu com Ivan atacando aquele outro pária. Não havia razão nem lógica em suas ações.

Esse padrão já não existia mais. Eles estavam, em vez disso, nos conduzindo, ou protegendo algo, mas havia uma clara unidade em seus movimentos.

— Concordo — Lan grunhiu.

Eu me agachei, respirando fundo e sugando uma quantidade de ar da qual eu realmente não precisava.

— Acho que isso não é Underhill. Talvez quem está mexendo com a gente esteja fazendo o mesmo com esses feéricos.

Ele apertou os lábios.

— Ou Underhill está ficando impaciente e irritada.

Merda. Eu não tinha pensado nisso. Meu tom de voz ficou sombrio.

— Como diabos vamos passar por eles?

— Está pronta para matá-los? — Faolan perguntou, os olhos escuros com uma expressão divertida.

Uma expressão *divertida*.

Eu o encarei.

— Não. Deve ter uma maneira de distraí-los. Só não a encontramos ainda.

— A menos que eles gostem de frutas, não temos nada — ele comentou, e então nossos olhos se encontraram. Ele tirou uma das frutas douradas, cultivadas pela minha magia, de sua bolsa. — O que acha?

— Podemos tentar com uma delas, ver se funciona. Se funcionar... podemos simplesmente usá-las como granadas, lançando-as sempre que eles se aproximarem. — Parada ali, o cheiro da fruta me atraía enquanto se espalhava pelo ar. É, talvez isso funcionasse.

Lan assentiu.

— Depois que chegarmos na porta, e daí?

— Daí nós entramos — falei.

— Só isso? — Ele franziu a testa. — Você acha que será tão fácil?

Dei de ombros.

— Não tenho ideia. — Quer dizer, eu esperava que fosse fácil, mas na verdade não tinha ideia de como abrir uma porta que estava fechada por mais tempo do que qualquer um estava disposto a confessar. Segundo o que o espírito tinha me dito, essa situação estava se desenrolando havia décadas, talvez mais.

Cada um de nós carregava duas frutas quando começamos a correr para o que eu naquele momento apelidara de "território proibido".

Assim como antes, os feéricos selvagens vieram até nós empunhando armas, mas não fizeram muito mais do que isso. Até que viram as frutas que carregávamos. Eram quatro feéricos, três homens e a mulher de antes.

Eles começaram a farejar o ar de maneira estranha novamente.

— Jogue ali. — Apontei para longe do nosso caminho, e Lan jogou uma fruta por cima dos galhos das árvores. Eu me encolhi, pensando que a bela fruta acabaria amassada ou se abriria, mas não, ela pousou em um monte de musgo como uma oferta perfeita.

Os feéricos selvagens correram atrás do presente dourado, e eu saí correndo para dentro do território, indo mais longe do que tínhamos conseguido até aquele ponto.

Ia dar certo!

Corremos por cerca de dez minutos antes que o próximo grupo de seis nos encontrasse. Gritando e berrando, eles puxaram a corda dos arcos antes de eu levantar uma das frutas.

— Vocês querem isso? — Eu a balancei para a frente e para trás, e eles a seguiram com a cabeça como cães babando por um petisco.

Se era isso que eles queriam, então eu não questionaria.

Joguei a fruta para a esquerda.

Mais uma vez, eles seguiram a trajetória da baga dourada, o cheiro enchendo o ar e exigindo a atenção deles, e mais uma vez Lan e eu aproveitamos a oportunidade.

— Se eu soubesse que você podia cultivar frutas assim — Lan comentou, enquanto pulávamos um tronco juntos —, tenho certeza de que minha rainha teria te aceitado anos atrás. Você poderia ter sido uma jardineira e evitado toda essa confusão.

Eu ri.

— Dá para imaginar? Eu, uma jardineira? — Eu teria de abrir um negócio no mercado clandestino, de qualquer maneira... Não havia como essa fruta não conter algum tipo de droga que eu criara sem querer.

Ele riu comigo, e fluía uma leveza entre nós que era... agradável.

Mais um grupo de feéricos selvagens, e o mesmo resultado quando lançamos a fruta. O que era tudo muito bom, mas meus olhos estavam agora no solo e nas árvores ao redor. Eu quase podia ver o caminho prateado que me guiara até a porta, e senti um novo senso de urgência pulsando pelo meu sangue, me fazendo aumentar a velocidade.

— É por aqui.

— Órfã — Lan chamou. — Não tão rápido.

— Foi o que ela disse — retruquei, e o ouvi tropeçar atrás de mim.

Meu sorriso se alargou.

Underhill estava perto.

Minha jornada estava quase terminada. O peso sairia dos meus ombros. E talvez... *talvez* a mágica turbulenta entre mim e Faolan diminuísse? Quer dizer, havia uma boa razão pela qual nossas cortes haviam banido relacionamentos românticos, então era difícil saber o que em nosso toque era normal para um Unseelie e um Seelie experimentar, e o que era anormal por causa de Underhill ou dessa pessoa que me possuía. Mas, naqueles poucos momentos de risadas e frutas arremessadas para os feéricos selvagens, como se estivéssemos em um daqueles zoológicos feitos pelos humanos... eu senti esperança.

Desviei o olhar de Lan, rindo baixinho, com uma fruta ainda na mão, enquanto me virava para encarar o caminho.

Lá estava, logo à minha frente, esculpida na mesma árvore.

A porta para Underhill. A porta de verdade.

Escorreguei, brecando até parar e, de repente, minha boca estava completamente seca.

Lan diminuiu o passo ao meu lado, seu calor e seu cheiro me envolvendo.

— Estou com você, Órfã. Pode abrir a porta.

Ele também conseguia ver. Devia ser um bom sinal.

Parte de mim simplesmente não conseguia acreditar que tínhamos mesmo conseguido.

Respirando fundo, avancei, e meus pés não vacilaram até eu alcançar a porta. Eu me curvei e pousei a fruta dourada aos pés dela, uma oferta para Underhill.

Eu estava disposta a fazer qualquer coisa àquela altura.

Olhei através da minha lente mágica. Hum, não havia nenhuma energia emanando da porta, nenhuma magia formigante nem correntes elétricas.

Talvez eu tivesse de tocar nela?

Eu estendi as mãos e as mantive sobre a madeira, enquanto ponderava sobre tudo o que me disseram sobre a pessoa que reabriria Underhill.

Tinha de ser alguém digno, Ruby tinha dito.

*Será que eu sou?*

Eu era filha do rei, mas era uma mestiça. Eu era da Casa Real de um lado e humana do outro. Humanos não podiam entrar em Underhill sem consequências devastadoras. Basicamente, Underhill os devorava. Eu não tive problemas em entrar na terra natal dos feéricos no passado, mas a questão era: eu já havia entrado em Underhill *realmente*?

Não, apenas na falsa.

Será que eu poderia entrar quando o reino feérico não estivesse arruinado?

— Órfã, os feéricos selvagens estão chegando — Lan disse, suavemente. — Abra a porta.

*Abrir a porta* — como se fosse tão fácil assim.

— Acho que você deve tentar.

Arrisquei uma olhada para ele. Com minha visão mágica ainda ativada, eu podia ver a bela confusão dos fios rubi-profundo de Lan, mas eles não mascaravam sua expressão. Ele me encarava como se tivesse brotado uma segunda cabeça em mim.

— O quê? — ele explodiu.

— Ruby disse que a pessoa que reabrir Underhill deve ser digna. Eu sou uma mestiça, Lan. Eu sei disso. Você sabe disso. Underhill sabe disso. Pelo menos você é neto de Lugh. E se...

— E eu acabei na corte Unseelie. Só abra a maldita porta, mulher — ele rosnou quando o primeiro feérico selvagem o alcançou.

Eu empurrei a fruta na direção de Lan — desculpe, Underhill —, e ele a pegou. Depois a lançou o mais longe que pôde na floresta. Isso não nos compraria muito tempo.

*Ok, Kallik.*

Eu me ajoelhei diante da porta, afundando no solo amolecido pela primavera. Atrás de mim, os feéricos selvagens rosnavam por causa da fruta, mas então...

Silêncio reinou.

Lan respirou fundo.

— A fruta... ela parou a loucura deles.

Mesmo contra a vontade, eu me virei a tempo de ver os feéricos selvagens se aproximando, as mãos erguidas em súplica.

— Nós... nós não sabemos o que aconteceu. Nos pediram para vigiar você, para ajudar — disse o homem que liderava, sua voz suave, sua barba louro-escura e volumosa se movendo quando ele falava.

Meus olhos foram para suas mãos.

Mão, quer dizer.

Ele estava sem a mão direita. Assim como Drake. O que diabos...

Lan soltou um suspiro.

— A *porta*, Órfã.

Eu assenti. Os feéricos selvagens podiam parecer sãos por enquanto, mas quem sabia quanto tempo isso duraria. Focando novamente na minha lente mágica, eu me voltei para a porta. Digna. Eu tinha de ser digna.

Mordendo o interior da minha bochecha, estendi a mão de novo e a apoiei na porta de madeira, me preparando para... algo.

Um som de sopro? Um espetáculo de luz mágica? Dor excruciante?

O que eu não estava pronta era para o nada. Ou talvez fosse exatamente o que eu esperava.

Nada.

Porque eu não era digna.

Hesitei e passei a mão pela porta, a madeira sólida e suave sob minhas palmas.

— Não tem maçaneta. Não dá para abrir.

Lan permaneceu onde estava, observando os feéricos selvagens.

— Por que você não tenta a espada da rainha?

A rainha Unseelie *parecia* saber muito mais do que havia revelado da última vez que a tinha visto, e as espadas com que ela me presenteou poderiam ter um propósito maior. Valia a pena tentar. Eu estava sem ideias.

Talvez eu não fosse digna, mas certamente a rainha dos Unseelies era. Talvez a porta pensasse que eu era ela.

Retirando uma espada da bainha, senti os olhos dos feéricos pesando sobre mim. Outros se aproximaram, mas eu tinha de concordar com Lan. Os olhos deles estavam diferentes. Eu podia ver a estabilidade neles. A menos que eu estivesse enganada, de alguma forma a fruta os trouxera de volta da beira da loucura.

A fruta que eu *cultivara*.

Pensaria nisso mais tarde.

Colocando a ponta da espada naquilo que eu esperava ser a beirada da porta, pressionei-a na madeira, enfiando-a profundamente. A lâmina afiada atravessou a madeira com facilidade, e meu peito se apertou com esperança.

Um zumbido ecoou pelo solo, e a árvore começou a vibrar, como o ronco de um caminhão grande se aproximando cada vez mais.

Não deu tempo de me esquivar da explosão. Um impacto mágico feito de todas as cores, de todos os elementos, me jogou para trás, fazendo com que eu me chocasse contra o grupo de feéricos selvagens.

Atordoada, com os ouvidos zunindo e abalada, me sentei e olhei boquiaberta para a porta. Ou para onde a porta deveria estar.

*Não.*

O pavor me paralisou.

A porta tinha desaparecido. A árvore tinha um buraco bem no meio, e o resto era apenas destroços chamuscados.

Aparentemente, eu havia destruído a entrada para Underhill mais uma vez.

## 10.

Bem, aquilo era como se preparar para um espirro e não espirrar de verdade.
Ok, era bem pior do que isso.
Eu encarei os restos queimados da árvore.
— Eu não entendo. Ela me mostrou o caminho. Ou deixou seus espíritos me mostrarem o caminho. Eu não sei. Eu só... Ela tem falado comigo esse tempo todo, Lan. Eu...
Eu me virei para Lan, ainda boquiaberta, enquanto ele se movia para ficar na minha frente, bloqueando minha visão da entrada destruída.
— Por que ela não me deixou passar? — sussurrei, mais para mim mesma do que para ele. Embora eu já soubesse a resposta.
Estava faltando alguma coisa que Underhill exigia.
*Mérito.*
Ela me mostrou a porta, mas, de alguma forma, eu tinha estragado tudo.
A expressão de Faolan estava séria.
— O que você sentiu?
Hm. Rejeição.
— Talvez você estivesse destinado a fazer isso. — Minha guia espiritual não tinha dito que eu precisava dele? A minha ambição de recuperar

a reputação e meu nome e me lançar à glória tinha me deixado cega. Em outras palavras, eu agi como Yarrow teria agido.

*Merda.*

Cerrei os dentes, tentando ignorar os feéricos selvagens encarando a árvore aniquilada e depois olhando para mim.

— A entrada está destruída.

— Então vamos encontrar outra — Lan garantiu.

Ah, sim. Com certeza. Eu devia ter outra guardada no bolso.

— Não faz sentido. Eu provavelmente destruiria a outra também.

Ele suspirou, e eu percebi o tremor em seus dedos, que indicava que ele queria me arrastar para longe ou me estrangular.

Os feéricos selvagens começaram a murmurar, e eu rosnei, saindo da clareira para dentro da floresta. Eu não queria uma maldita plateia para cada um dos meus fracassos. Até aquele momento, eu tinha alcançado o exato oposto do que pretendia fazer.

Fora do alcance dos feéricos, recostei-me em um tronco de árvore e deslizei até o chão.

*Indigna.*

Em que sentido? Na minha integridade moral? Nos meus conhecimentos? No meu status de mestiça?

Faolan se sentou na árvore do outro lado.

— Precisamos resolver isso.

Fala sério.

— Você precisa me contar tudo o que escondeu de mim até agora — ele concluiu.

Levantei a cabeça e encarei sua expressão irônica.

— É uma longa história. Tem certeza de que tem tempo?

— Posso ajustar algumas coisas na minha agenda. Dou um jeito.

Devo contar a ele sobre os espíritos? Tenho certeza de que meio que gritei alguma coisa sobre eles na cara de Faolan um momento antes. E eu precisava realmente resolver essa situação. Eu ficaria "mais digna", nem que fosse necessário fazer isso. Lugh era testemunha de que eu queria me sentir assim.

— Você sabe o que aconteceu com a Oráculo — comecei. — Mas eu não contei sobre o contato que tive com Underhill.

Seus olhos se arregalaram antes que ele controlasse sua expressão.

— Visitas. Claro. Continue.

Relaxei um pouco, embora o pulsar suave em sua garganta indicasse que Lan estava se controlando.

— No início, eram mensagens estranhas pelo rádio na minha... — Olhei para ele. — Na língua da minha mãe. Depois, um feérico louco me entregou uma mensagem. No equinócio de primavera, eu vi um...

— Caminho — ele completou. — E isso te levou até a porta.

Eu respirei fundo.

— É. Você sabe como isso terminou. Quando estávamos no barco dos párias, uma mulher apareceu para mim. Ela disse que, uma vez, tinha recebido a mesma tarefa... restaurar Underhill... e tinha falhado. Underhill a enviou para me guiar, acho.

Lan olhou ao redor.

— Você não pode simplesmente perguntar a ela, então?

Neguei com a cabeça.

— Acho que ela não pode me contar tudo. Não sei por quê... Talvez a coisa que me possui quando nos tocamos esteja limitando o alcance dela?

Ele se aproximou.

— O que ela disse para você até agora?

— Perguntei onde estava Underhill. Ela apontou para o chão.

Uma ruga se formou entre suas sobrancelhas escuras.

— Onde?

— Lá onde os feéricos selvagens nos atacaram primeiro.

— Você acha que tem uma entrada lá?

— Não faço ideia. Sério. Não vi nenhuma porta. Mas também estávamos sob ataque, então não tive tempo para procurar de verdade. — Eu gemi e bati a cabeça nas mãos, forçando os dedos pelo meu cabelo... possivelmente para arrancá-lo. Eu estava indecisa.

— Então é a nossa melhor aposta... a menos que haja mais — incentivou Lan.

Murmurei, olhando para o chão:

— Eu deveria ter imaginado que isso aconteceria. Ruby me avisou.

Lan parou, tenso.

— Ele fez isso?

— Fez. Talvez ele soubesse que Underhill me rejeitaria. — Eu encarei a camada de folhas e o solo fértil sob meus pés.

— O que exatamente ele disse sobre Underhill? — Lan perguntou.

Olhei para ele de novo.

— Ele está ciente de que as cortes têm encoberto o declínio do reino feérico. Assim que cheguei aqui, ele disse acreditar que a maioria das respostas tendia a estar no... — Endireitei o corpo. — No entendimento da nossa magia.

Era isso?

Será que eu não tinha conseguido entrar porque não entendia minha magia? Quer dizer, havia tantas coisas que eu não entendia da minha magia. Como sua capacidade de despedaçar ilusões, o que acontecia toda vez que Faolan e eu nos tocávamos, e a maneira como eu tinha cultivado frutas incrivelmente poderosas que podiam *curar a loucura*.

Ruby não falava apenas por falar. Ele estava certo com muito mais frequência do que errado — talvez até o tempo todo.

Senti um tiquinho de alívio.

— Minha magia é o problema. Só pode ser.

— Porque Rubezahl disse que era? — Lan perguntou, em um tom gélido.

*Hum.*

— Não só por isso. É que faz sentido. — E era algo em que eu podia trabalhar. Com ajuda.

Felizmente, o protetor dos párias havia se oferecido para fazer exatamente isso.

— Ruby se ofereceu para me ajudar a entender minha magia algum tempo atrás. Ele sabia o que eu tinha que aprender.

Eu precisava encontrar Ruby.

Lan arqueou uma sobrancelha.

— Tenho certeza de que sim.

Ok, isso definitivamente era uma provocação.

— Você tem algum problema com ele?

— Se ele sabia que você ia falhar, por que não disse logo? — O olhar dele ficou sombrio. — Por que insinuar os perigos e não dar mais detalhes deles? Por que não enviar alguém para te ajudar?

— Porque ele está se atrapalhando com isso, assim como todo mundo? — Eu respondi, com um tom afiado. — Só porque ele tem algumas respostas, não significa que tenha todas. A única pessoa que provavelmente tem todas é a...

Lan sorriu.

— A Oráculo.

Eu abracei meus joelhos.

— A Oráculo que ninguém consegue encontrar entre suas aparições públicas.

— Você já tentou?

Eu retruquei:

— Teria mais sorte procurando outra entrada para Underhill.

— Como você sabe? Ela pode não estar no Triângulo, concordo com você, mas pode estar em outro lugar. Talvez seja só uma questão de espalhar a palavra ou se aventurar mais pelo Alasca. Poderíamos sair do Triângulo, talvez ir mais para o norte.

Sim, porque os humanos facilitavam *bastante* para nós voarmos. Mesmo usando nossa própria aeronave, o número de voos feéricos permitidos dentro e fora de um aeroporto humano era estritamente regulamentado. E se um feérico quisesse viajar nas aeronaves *deles*? Isso envolvia uma montanha de papelada, um grande F amarelo colado na frente das nossas roupas, sentar na parte de trás do avião em uma área isolada e entrar na aeronave por uma porta separada. Dava para pensar que eles aprenderiam algo com a própria história, mas não.

— Estou cansada de perseguir o vento. Com certeza não funcionou dessa vez. — Eu me sentei de pernas cruzadas e mantive o olhar no dele. — Lan, eu preciso entender melhor a minha magia. Quando fizer isso, posso voltar aqui até o solstício de verão e quem sabe encontrar outra entrada para o reino feérico. Mas isso não me dá muito tempo. Não posso perder tempo em um kelpie procurando a Oráculo.

Balançando a cabeça, eu me levantei e limpei as folhas da roupa.

Lan se juntou a mim, se aproximando.

— Tem certeza de que esse é o caminho certo?

Eu o encarei.

— Se você tiver uma ideia melhor, então fique à vontade para compartilhar. Sou toda ouvidos.

Ele abriu a boca.

— Uma ideia que não seja influenciada por qualquer problema que você tenha com o Ruby. Porque esse problema é *seu*, não meu.

A boca de Faolan se fechou, e ele pressionou os lábios.

Esperei que ele protestasse, mas quaisquer que fossem os pensamentos que estavam passando por sua cabeça, ainda não pretendia compartilhá-los.

Ele deu um passo para trás.

— Você vai para o ponto de encontro dos párias para consultar Rubezahl, então. — Era uma afirmação, não uma pergunta.

Assenti. Era o único caminho que eu conseguia ver.

— Então é melhor irmos — ele disse, olhando para o céu.

Meu estômago afundou. *Ah...*

— Lan, Ruby pode ter um problema com você lá.

Na verdade, eu sabia que ele *já* tinha.

— Estou ciente, Órfã. Minha aposta é que ele preferiria me matar a me deixar entrar.

— Quase isso — eu disse, desconfortável. — Então você vai precisar... esperar aqui. Podemos nos encontrar daqui a um mês ou dois, mais perto do solstício de verão.

— Isso não vai acontecer.

Revirei os olhos.

— Vai acontecer, sim, Lan. Ele não vai permitir que um espião Unseelie entre no santuário. De jeito nenhum.

A mandíbula de Lan se retesou, e ele se aproximou mais do que havia se atrevido desde a última vez que acidentalmente nos tocamos.

— Vou deixar isso bem claro, Kallik. Eu não posso deixar você partir sem mim.

Ah, certo.

— Seu juramento à rainha. — Havia consequências reais em se quebrar juramentos à realeza feérica. A menos que algo ou alguém o detivesse fisicamente, Lan tinha de cumprir suas ordens.

*Maldição*. Isso complicava as coisas ainda mais. Eu já tinha chegado à conclusão de que não podia matar Faolan. E ele já tinha provado que conseguia me encontrar praticamente em qualquer lugar.

Soltei um suspiro.

— Vamos apenas...

— Se agache — ele sibilou, me conduzindo até uma árvore.

Obedecendo sem questionar, inclinei a cabeça e ouvi um rumor de passos correndo.

— Parece que os feéricos selvagens ficaram loucos de novo. A fruta deve ter perdido o efeito — Lan disse.

— Ou temos novos visitantes — retruquei.

Pisquei para acionar minha visão mágica e olhei através das árvores. *Vermelhos, amarelos, verdes, azuis, rosa, índigos.* Uma mistura de feéricos. Sorrindo, me afastei da segurança da árvore e de Lan.

— Párias.

Correndo para longe de Lan e dos feéricos selvagens, que ainda pareciam em estado de choque, quase esbarrei em Drake.

— Kallik! — ele disse, alívio banhando suas feições.

Fui envolvida em um abraço apertado com um dos braços.

— Você está bem — ele murmurou no meu cabelo.

— E você também. Como soube que estávamos aqui? Disse a Ruby para não enviar você.

Ele me soltou, e eu observei os outros membros da tripulação. Alguém tinha ficado no barco?

— Rubezahl nos disse para atracar por um dia e uma noite, e, se você não chegasse, deveríamos continuar, mas então ouvimos a explosão.

*Que explosão?*

Drake olhou por cima do meu ombro, e segui o olhar confuso dele até a árvore. *Ah, aquela explosão.*

— Vocês ouviram da cidade? — perguntei, caminhando ao lado dele, de volta para a clareira.

— Pode acreditar que ouvimos — Yoland garantiu, juntando-se a nós.

— Vocês chegaram incrivelmente rápido. — Lan veio até o meu lado. — Como?

O ar pareceu esfriar quando Drake e Yoland o encararam.

— Fazemos de tudo pelos nossos — Drake retrucou com raiva, obviamente não considerando Lan parte do grupo.

Faolan estava certo. Eles realmente chegaram rápido, até mesmo pelos padrões feéricos. Mas isso não me incomodava. Talvez eu fosse considerada um dos párias agora, mas eles deixaram claro desde o início sua postura quanto à lealdade. Eu tinha de conquistar a confiança deles, e eu podia supor que qualquer método que tivessem usado para chegar tão rápido estava arquivado sob "mantenha segredo dos recém-chegados".

Tudo bem para mim. Ignorando Lan, Drake me lançou um olhar sério.

— Yoland estava de olho na cidade onde ancoramos, caso os humanos nos vissem e decidissem atacar. Quando a explosão aconteceu, um grupo deles entrou na floresta com armas. Decidimos mudar os planos.

Eu me virei para a floresta atrás de mim.

— Estão a uma hora de nós, ou algo assim — Drake disse. — Mas estão vindo, e precisamos ir. — Seu olhar vagou para a árvore novamente.

Eu percebi seu olhar curioso e fiz uma careta.

— Explicarei em outro momento. Enquanto isso, encontramos feéricos selvagens por aqui. Eles também precisam chegar ao santuário.

Era uma ordem clara, e Drake inclinou a cabeça, enquanto Yoland fez uma saudação completa. Eles deram algumas ordens à tripulação, e os feéricos selvagens que viajaram com a gente de Unimak se aproximaram daqueles que tinham comido a minha fruta da felicidade.

Faltava uma coisa.

Voltando à floresta, procurei Faolan.

— Lan? — chamei, suavemente.

Nada. Caminhei até a clareira, mas não havia sinal dele ali também. Passei a mão pelo rosto. O *maldito* tinha sumido de novo.

— Desgraçado — gritei, assustando um feérico selvagem ali perto. Eu não me importava. Sabia que Faolan estava me observando naquele exato momento.

E planejava me seguir até o santuário.

*E* eu não tinha como encontrá-lo ou impedi-lo.

— Hum... você está bem, Alli? — Drake perguntou, em voz baixa.

Eu? Bem?

Não.

Ruby havia ordenado que eu matasse Lan para garantir que ele nunca mais chegasse perto do santuário. Meu estômago se retorceu só de pensar nisso, porque eu não podia matar Lan. De jeito nenhum. No entanto, Ruby deixou claro que a ordem deveria ser cumprida.

Suspirei.

— Vamos levar todo mundo de volta para Rubezahl.

Se minha magia de alguma forma detivesse a resposta para aquela situação fodida, eu não descansaria até descobrir.

— Só mais uma coisa — Drake disse, fazendo uma careta.

Parei, sem saber se conseguiria lidar com mais um problema naquele dia.

— Sim?

— Pensei que você deveria saber... Ruby foi bem claro quanto a não permitir que o neto de Lugh nos siga. Se ele tentar fazer isso, será morto imediatamente. — Drake esfregou a parte de trás da cabeça. — Ele não é bem-vindo no santuário. Por suas ligações com a rainha Unseelie e tudo mais.

Eu assenti, observando a clareira mais uma vez, em busca de qualquer sinal dele.

— Obrigada por me contar. Ruby já tinha deixado isso muito claro para mim.

Me afastando de Drake, fui até o grupo que reunia membros da tripulação e os feéricos selvagens.

— Vamos, pessoal. Em silêncio, rápidos e alertas. Temos companhia.

Acelerando para uma caminhada rápida, eu tomei a frente, ainda atenta a qualquer som que pudesse me alertar para a presença de Lan.

— Espero que tenha ouvido isso, seu idiota — murmurei para mim mesma. — Eles vão matar você. Fique longe de mim.

A mais leve brisa roçou minha bochecha, e, embora devesse ser uma coincidência, senti meus olhos se fecharem por um breve segundo na esperança de que ele tivesse ouvido.

Havia um lugar onde Lan não poderia me seguir e permanecer vivo, porque era onde ficava um gigante poderoso o suficiente para vê-lo.

E eu estava indo direto para lá.

# 11.

Continuei guiando o grupo nas horas seguintes, indo para o norte e virando um pouco para o oeste. Tinha conseguido convencer Drake de que deveríamos continuar a pé, em vez de voltar para o barco, para seguir a melhor rota até o santuário. Me chame de covarde, mas eu não confiava na água naquele momento. Se eu estivesse em perigo, o que parecia mais do que provável nos últimos tempos, eu queria estar em perigo em terra firme e *seca*.

Talvez Faolan também tivesse me motivado. Ele era — se nada mais — um feérico de palavra. E seu juramento à rainha o colocava em uma situação complicada.

Eu não tinha dúvidas de que o desgraçado estava por perto, invisível.

— Onde você conseguiu a espada? — Drake perguntou enquanto atravessávamos mais uma área de arbustos espessos.

Toquei a empunhadura da espada que tinha sobrado. Das duas espadas e um escudo, isso era tudo o que me restava.

— Alguém que conheço — falei. Olhei para Drake, e vi as linhas se apertarem ao redor de seus olhos. Ciúme? — Não foi Lan, foi uma amiga. — A verdade provavelmente não seria bem recebida por um pária.

Sua expressão aliviou, e eu balancei a cabeça.

— Desculpe, é só que... ele tem duas mãos. — Ele me deu um sorriso irônico. — Então já está um passo à minha frente.

Algumas risadas ecoaram ao nosso redor.

— Rá, rá — retorqui. — E olha, é... complicado, como você disse, mas eu aviso quando entender. — Ele certamente tinha nos visto, a Lan e a mim, nos beijando no barco antes de sermos arrastados pela água, então a resposta saiu facilmente dos meus lábios.

— Eu sei. Ainda estou feliz em esperar, acredite em mim. — Ele se aproximou, baixando a voz. — Mas eu tenho alguma chance, linda? Alguma mesmo?

Uau, isso foi ousado. O que também era meio excitante. E se eu fosse honesta...

— Tem. — Ele estendeu a mão na minha direção, e eu ergui um dedo. — Mas...

— Mas?

— *Mas* preciso resolver umas coisas primeiro. O fato de que estou praticamente no exílio, e ambas as cortes dariam cabo de mim se pudessem. — Fiz uma careta. — Não é exatamente uma vida propícia para qualquer tipo de relacionamento saudável. — Sem mencionar Underhill e meus visitantes espirituais. *Argh.*

Drake me deu uma piscadinha.

— Continuo esperando. Entendi. Só me prometa que não vamos enterrar esse assunto de vez, ok? Não quero perder minha chance.

Não pude deixar de sorrir. Ele era tão despreocupado e desprovido de barreiras.

— Combinado. — Supondo que eu estivesse viva, e que ele ainda me quisesse quando soubesse a verdade, toda a verdade e nada além da verdade... que a deusa me ajudasse.

Quando a noite caiu, escolhemos um bosque de pinheiros para acampar, e os galhos se curvaram para dentro depois de alguns sussurros meus, seguidos de um obrigada. Minha magia índigo se misturou com o verde profundo dos galhos enquanto eu os entrelaçava em uma cobertura. Não era perfeita, mas ajudaria a nos esconder de olhares curiosos.

Um dos feéricos selvagens fez o mesmo com os arbustos ao redor da base da árvore, entrelaçando-os entre os troncos para criar quase que uma cabaninha.

— Só uma fogueira pequena — falei, enquanto rastejávamos para dentro. — Não precisamos arriscar demais.

Até aquele momento, não tínhamos visto sinal algum dos humanos. Eu queria acreditar que isso era bom, que talvez os rumores de misteriosos desaparecimentos no Triângulo os tivessem assustado e impedido que nos perseguissem, mas eu tinha um pressentimento estranho quanto à ausência deles. Talvez os acontecimentos recentes tivessem me transformado em uma desconfiada. De qualquer forma, eu não abaixaria a guarda.

Dois dos feéricos selvagens deslizaram para a penumbra. Havia poucas horas de luz do dia tão ao norte, e caminhamos na escuridão por vários quilômetros. Os humanos que nos caçavam seriam menos propensos a fazer isso.

Pelo menos era o que eu esperava.

O fogo nos aqueceu, e tive a chance de observar melhor o feérico selvagem que sofrera com a loucura em nosso primeiro encontro. O que estava à esquerda de Yoland parecia ter cerca de vinte anos a mais do que eu, com fios grisalhos em sua longa barba e rugas profundas esculpidas ao redor dos olhos inquietos.

— Como você está se sentindo? — perguntei, enquanto me sentava de pernas cruzadas.

Ele ergueu a cabeça.

— Estranho. Me sinto estranho. Markin é o meu nome. Você é Kallik, claro. Eu sou Markin. Markin.

Certo, tínhamos estabelecido que o nome dele era Markin. Eu não ri, no entanto. Os feéricos selvagens podiam ter modos... um pouco rústicos.

Eu o encarei, e minha pele arrepiou quando ele murmurou algo que não consegui entender, depois balançou a cabeça.

— Você pode me contar um pouco mais sobre como está se sentindo? — eu o incentivei, com o coração batendo mais rápido.

— Como se algo estivesse tentando entrar na minha cabeça. — Sua voz engrossou com um súbito sotaque irlandês.

Possessão ou loucura?

— Markin. Me escute. Você se sente irritado? Como se quisesse explodir sem motivo? Ou estão mandando você fazer algo que realmente não quer fazer?

Pode me chamar de conspiracionista, mas eu *sabia* que Underhill não era a única culpada pelas coisas que estavam acontecendo comigo e com outros ultimamente. Eu precisava entender aquilo.

— Não é a loucura. É al- alguma outra coisa. Algo que sussurra palavras que eu não entendo. — Seus olhos se voltaram para mim, arregalados. — Querem falar com *você*.

Que não sejam os malditos espíritos que me passaram para trás depois que fiz tudo o que pediram.

Minha garganta apertou, e eu me levantei lentamente.

— Eu vou lá fora. Drake, fique perto do Markin.

O olhar dele permaneceu em mim, mas ele assentiu.

Abri caminho pelas paredes de nossa cabana, densamente tecidas com arbustos, e saí para a escuridão da noite, inspirando profundamente.

Talvez eu tivesse entendido tudo errado.

Talvez Underhill não me quisesse afinal, talvez os espíritos me tivessem conduzido à porta por vontade própria.

Talvez...

Suspirando, eu me sintonizei com o chamado das aves noturnas e sorri para a brisa que parecia me empurrar pelas costas como um amigo faria de brincadeira. Deixei meus sentidos me guiarem pela calmaria do breu da floresta.

Mas quando os sons cessaram e meus olhos se prenderam a um escasso movimento à frente, puxei lentamente minha espada. Parecia que o dia ainda não estava encerrado.

O movimento era um lampejo de mágica cinza cintilante, semelhante àquela do monstro que devorara Yarrow. Ele se deslocava entre duas árvores, e eu comecei a segui-lo a uma certa distância.

Como eu só tinha visto esse tipo de magia uma vez, poucos dias antes, parecia ser muita coincidência para não significar algo.

Parei e controlei a respiração, tentando ouvir qualquer sinal de companhia enquanto invocava minha magia. Com certeza Faolan estava por perto

— agachado e me observando de longe ou simplesmente seguindo cada um dos meus passos.

Mas ele não era o meu foco.

O índigo profundo brilhou intensamente contra o preto da noite, e eu olhei através dele. A massa cinza cintilante não era a mesma criatura que devorara Yarrow — era ainda maior, quase do tamanho de alguns dos gigantes menores. E rumava em minha direção, seus passos quase tão pesados quanto os de um kelpie terrestre. Seus braços pendiam soltos ao lado do corpo, o nó dos dedos roçando os joelhos, e seu rosto era uma estranha mistura de lobo, humano e algo que eu não conseguia identificar. Cabelos longos cobriam grande parte de suas características.

Mantive a espada entre nós, não de forma ameaçadora, mas também não recuei.

— Ser antigo. — Fiz o sinal unindo o indicador com o polegar, a palma virada para ele. — Do que você precisa de mim? — Sim, superformal, mas a criatura parecia... velha.

Uma brisa pútrida se aproximou de mim, o cheiro nauseante fazendo com que meu estômago se revirasse. Eu reprimi as ânsias que apertaram minha garganta.

A criatura abriu a boca e soltou um rosnado baixo antes de falar em tlingit:

— *Siga-me.*

Com isso, se virou de costas e mostrou o caminho pela floresta, longe dos outros, longe do santuário.

Era perigoso, com certeza. Mas talvez aquela criatura pudesse me ajudar a entender os eventos que se desenrolavam ao meu redor. Esses espíritos definitivamente sabiam mais do que estavam revelando, e eu aceitaria qualquer migalha que me jogassem.

A besta me conduziu pela floresta, e as árvores ficaram mais esparsas. Em pouco tempo, estávamos diante de um lago em grande parte congelado. A extensão de gelo refletia a luz da lua e iluminava o mundo com um brilho etéreo.

— Você não pode estar falando sério — murmurei.

— *Siga-me se quiser encontrar Underhill* — a criatura disse, em um tlingit impecável. Onde diabos estava minha guia espiritual agora? Aquela que se parecia comigo? Um sinal de positivo ou negativo poderia vir bem a calhar naquela hora.

A criatura começou a atravessar o lago. O gelo estalou e tiniu, afundando sob seu peso, e a cada passo que a criatura maciça dava, eu prendia a respiração, esperando que ela caísse na água e encontrasse uma sepultura gélida.

Mas o gelo resistiu.

O que era um bom sinal. Dei um passo hesitante.

— Isso é loucura. — Eu estava seguindo uma criatura desconhecida para um perigo certo, e ninguém sabia para onde eu tinha ido, exceto, talvez, Faolan. *Loucura*. Cinth arrancaria meu couro se descobrisse.

Apenas uma coisa me fez dar o segundo passo.

Eu queria encontrar Underhill.

Eu queria que isso acabasse.

Guardei minha espada e deslizei pela superfície congelada, rezando para qualquer entidade que quisesse ouvir para não me deixar cair. Suor escorria em riachos pelo meu rosto e pela minha espinha apesar do frio, enquanto eu lutava contra o pânico que ameaçava parar meus pés. Se aquele gelo rachasse, eu despencaria na água e ficaria presa sob uma camada de gelo.

E me afogaria.

Meus pés pararam a três metros da margem.

— Não consigo fazer isso.

A criatura parou e ergueu a mão gigante, apontando para o outro lado do lago.

— *Você precisa, Pequena Faísca.*

*Pequena Faísca.* Por que os espíritos continuavam me chamando assim? E, que merda, algo mais reluziu do outro lado do lago, cintilando e capturando a luz ainda mais do que a neve e a superfície congelada da água.

— Não pode ser — sussurrei.

Uma porta.

Para Underhill?

— *Você deve abrir a porta antes do solstício de verão* — a criatura disse, e depois estremeceu como se... estivesse acordando. Ela pestanejou, grunhiu, e me encarou intensamente, um rosnado baixo saindo de sua boca.

*Filho da mãe.*

Comecei a suspeitar de que o que quer que estivesse controlando aquele cara havia sumido. Fiz o sinal de paz novamente, mas o rosnado da criatura sugeriu que ela não dava a mínima para mim e meus gestos gentis.

Eu devia correr em direção à margem mais próxima? Ou correr o dobro da distância, *passando* pelo monstro grandão, para alcançar a porta?

Minha fobia de água me instigou a buscar a saída mais fácil, mas quando a criatura deu um passo na minha direção, corri para a esquerda, optando pela porta. Eu esperava conseguir escapar com facilidade, por causa do tamanho daquela criatura.

Seus passos ecoaram no gelo atrás de mim enquanto eu me esquivava, e a superfície do lago cedeu. Ah, droga!

A parte em que eu estava rachou como um maldito iceberg, se soltando. Meus braços giravam enquanto o solo antes sólido se tornava mais parecido com uma prancha de surf mortal.

— Para com isso — gritei. — Você vai nos matar!

— Melhor assim — a criatura rosnou, e eu a encarei, chocada.

— Carrancudo do caramba — exclamei, e pulei do gelo solto para o que esperava ser uma superfície mais firme.

Bem, não muito.

Eu gritei quando o gelo deslizou para o lado e afundei até a cintura na água, a parte solta me prendendo contra a placa maior. Minhas pernas queimavam e rapidamente ficaram amortecidas, enquanto eu chutava para me libertar e subir novamente na plataforma de gelo.

Atrás de mim, a criatura continuava se aproximando, seus passos mais lentos agora que eu estava presa. Tentei sair várias vezes, mas o gelo escorregava das minhas mãos, me forçando de volta para a água.

— Me desculpa por duvidar de seus esforços, Rose! — eu gritei, pensando em como eu a tinha julgado tão mal. Ela poderia muito bem ter arrumado espaço para Jack naquela porta. Poderia ter tentado mais. Só que, enquanto o gelo lutava para me aprisionar, pude sentir nos ossos, que rapidamente congelavam, o que ela passou.

Jack que se dane. Era cada mulher por si nessas condições.

Os passos pesados pararam, e eu ergui os olhos para a criatura que estava ali como se não pesasse quase trezentos quilos ou mais, bem na beira do gelo.

— Morra — a criatura rosnou e levantou o pé, colocando-o em cima da minha cabeça para me empurrar para baixo da água. O frio intenso se fechou ao redor do meu peito, e o pânico fez com que a sensação de aperto ficasse ainda mais forte, enquanto eu chutava para me libertar mais uma vez.

A criatura tirou o pé, e o gelo se fechou sobre mim.

Não.

Não, *não*!

Desesperada, ignorando o choque e a dor do frio pesando sobre meu corpo, lutei para encontrar uma abertura. Se eu podia respirar debaixo da água? Podia, por um tempo. Mas o pânico tornava isso difícil pra caramba!

Bolhas saíam da minha boca, e uma correnteza me arrastou para baixo. Olhei para os meus pés. Não era uma correnteza.

Era uma mão.

Dela. Minha guia espiritual estava me puxando para baixo.

*Respire*. Essa única palavra não dita reverberou em minha mente. *O frio vai passar. Respire, Pequena Faísca.*

Fiz como ela disse e me obriguei a relaxar, deixando o oxigênio da água fluir através de mim.

Ela me puxou até que eu me recompus o suficiente para nadar atrás dela, meus músculos se contraindo com o frio. Lutando contra ele.

Minhas pernas estavam tão pesadas.

Será que ela tinha controlado a criatura por alguns minutos e depois perdera a capacidade de continuar? Aquele monstro queria que eu morresse.

*Por quê?* Por que tudo aquilo estava acontecendo?

Ela me guiou através do lago até a margem distante, e para fora da água, onde o gelo estava fino. Tropecei e caí de joelhos, me perdendo em pensamentos tão rápido quanto minha mente tumultuada os criava. Minha mente estava entorpecida, assim como o resto do meu corpo.

— Por quê? A porta. Sumiu — falei, ofegante.

Eu nem estava me referindo à primeira porta. Nem à segunda. Eu falava da que tinha avistado através daquele estúpido lago que quase me matou.

A porta reluzente havia desaparecido como se nunca tivesse existido.

— Eu precisava afastar você dos outros — minha guia espiritual disse, com suavidade. Sua magia se enrolou ao redor dela, índigo, assim como a minha, e ela acendeu um fogo. — Eles distraem você do seu objetivo. Do seu propósito.

— Era uma isca? — rosnei. — Um maldito show de luzes?

Ela desapareceu, o fogo crepitando no silêncio que se seguiu. Óbvio que ela desapareceu. Espírito estúpido.

Eu tirei minhas roupas. A rigidez dos meus dedos dificultava abrir os botões e desfazer as amarras de couro. Não havia sinal da criatura imensa que tentara me matar.

— Essa merda de ficar nua e com frio está ficando cansativa — sussurrei, me sentando ao lado do fogo, tremendo e congelando até a bunda.

— Nua de novo?

Dei um grito, levando a mão ao peito quando Lan apareceu e se sentou ao meu lado.

— Parece que é a minha sina — falei, com amargura. — Ou a sua, já que você é quem continua me encontrando assim.

Seus lábios se contorceram.

— É a minha sina, com certeza.

## 12.

Eu me mexi e fiz uma careta ao sentir uma pontada na lombar. Levando a mão às costas, localizei a pedra que estava causando o desconforto e a tirei dali, jogando-a para longe.

— Atirando pedras em mim enquanto dorme. Isso quer dizer alguma coisa?

A voz de Lan me envolveu.

Eu gemi.

— Que horas são?

— Já é quase noite.

*O quê?* Abri os olhos de repente. Me virei e olhei para o céu através da espessa cobertura de árvores. A julgar pela posição do sol, ele estava certo.

— Eu dormi quanto tempo?

— Um bom tempo, Órfã. Muito mais do que eu. Você precisava compensar o sono atrasado.

Precisava mesmo. E mesmo que o chão da floresta não fosse nada confortável, eu poderia me virar e voltar a dormir rapidinho.

— Conseguiu dormir pelo menos um pouco?

Ele sorriu de forma irônica.

— É difícil quando tem uma sinfonia de roncos no seu ouvido.

Eu não roncava... Roncava?

— Sim, Kallik. Eu dormi. — Lan me passou um cantil com água, e eu dei um gole no líquido gelado do lago à margem do qual tínhamos dormido. Do fogo da guia espiritual restavam apenas brasas, emitindo aqui e ali uma chama crepitante.

— Vamos falar sobre o seu ato de desaparecimento? — exigi, devolvendo o cantil.

Ele deu de ombros.

— Tem algo que você não compreende nisso?

— Só a parte em que você não me avisou nem me deixou opções de entrar em contato com você. A meu ver, isso indica tendências babacas.

— Talvez se você se comportar, Órfã, eu esclareça tudo um dia.

É. Bem que eu disse. Babaca.

Lan me encarou.

— Posso perguntar por que você estava encharcada de novo ontem à noite? Não era o momento nem o lugar para um mergulho.

Minhas sobrancelhas se ergueram.

— Você não viu minha luta com o pé-grande feérico?

Ele ficou imóvel.

Aparentemente não.

— Minha guia espiritual queria que eu me afastasse dos outros. Eles não são bem-vindos à minha festa em Underhill. Depois, me deparei com um grandalhão que não parecia gostar muito de mim.

Embora ele tivesse sido mais do que prestativo no início, quando estava possuído por Underhill — assumindo que sua capacidade de falar tlingit significava que ela estava no controle.

— Por que o espírito queria que você se afastasse dos outros? — ele perguntou, estreitando os olhos.

Foi a minha vez de dar de ombros.

— Sei lá.

Para ser honesta, ela tinha perdido um pouco da minha confiança depois da palhaçada da noite anterior. Ela aparecera para consertar o próprio erro e me salvar de um afogamento, mas tudo aquilo sugeria uma falta de confiabilidade. Se realmente houvesse uma porta para Underhill ali, então sim, talvez eu estivesse inclinada a ouvi-la. Mas daquele jeito? Eu não gostava nadinha de ser manipulada.

Um caribu apareceu na clareira, e Lan se endireitou, me olhando de soslaio.

— Oi, Ruby — falei, calmamente.

Seria hilário se não fosse ele, no entanto...

O caribu abaixou a cabeça maciça.

— Kallik da Casa Real, saudações. — O animal com chifres observou Lan. — E a você, neto de Lugh.

— É um prazer — Faolan respondeu.

Aquilo... tinha sido sarcástico. Embora, para ser justa, Ruby *quisesse* vê-lo morto.

— O que está acontecendo? — perguntei ao gigante.

O caribu se aproximou do fogo.

— Preciso de você no santuário, Kallik. Mas percebo que minhas expectativas em relação a vocês têm sido altas demais. — Os grandes olhos do animal se voltaram para Lan e depois para mim. — Também percebo que talvez minha proximidade com os párias e o jeito como temos sido tratados pelas cortes ultimamente tenham gerado um preconceito injusto em relação aos súditos de ambas as cortes. Todos nós fomos Seelie e Unseelie um dia.

— O que você era? — a pergunta escapou dos meus lábios.

O caribu bateu o casco no chão.

— Unseelie, jovem.

*Rá*. Eu teria apostado em Seelie.

Ruby falou novamente:

— Aqui está minha proposta. Se o neto de Lugh permitir que eu coloque um encanto nele ao sair do santuário, um que o faça esquecer a localização e o que ocorrer lá dentro, então eu permitirei que ele entre com você.

Reconhecer um erro era sempre algo muito bom e tudo mais, mas eu tinha a sensação de que essa mudança súbita de atitude tinha sido provocada por algo. O que diabos estava acontecendo no santuário?

— Você permite que eu entre no santuário? — Lan perguntou, com uma ruga entre as sobrancelhas.

— Com essa condição, sim. Minha disputa não é com outros feéricos, e eu não tenho nada a esconder da rainha Elisavana. Além disso, sua linhagem fala por si mesma — Ruby disse.

Lan resmungou.

— Então você ainda não conheceu minha mãe.

Estudei sua postura, notando o desaparecimento da rigidez que havia surgido com Ruby. Ele parecia surpreso. Se eu estava certa, Faolan não esperava que Ruby cedesse um centímetro sequer.

O caribu bufou, de um jeito semelhante ao riso de Ruby.

— Estou me referindo ao próprio Lugh. Às vezes, a grandeza pula uma geração. Como aconteceu com sua mãe.

Faolan piscou várias vezes.

— O encanto — eu disse para o caribu — não vai prejudicá-lo nem remover outras lembranças fora aquelas de seu tempo no santuário?

— Não, jovem. Juro pela deusa que ele não sofrerá nenhum dano e não perderá nada que não tenhamos discutido. Será necessário deixá-lo em um local longe do santuário, é claro.

— Algum problema com isso? — perguntei a Faolan.

Havia uma luz estranha nos olhos escuros de Lan enquanto ele observava o avatar.

— Nenhum. Agradeço por permitir minha entrada, de qualquer forma. Se vale alguma coisa, eu sei como é perder um lar. E sei quão difícil é deixar os outros entrarem depois.

Tentei não encará-lo enquanto as palavras ecoavam em meu coração.

Todos no orfanato haviam sentido algo semelhante em algum momento, mas *Lan* tinha experimentado a mesma coisa de outra maneira. Seus pais o renegaram e lhe recusaram um verdadeiro lar. No fundo, uma parte de Faolan sempre devia temer a perda seu lar Unseelie. Não é de admirar que ele mantivesse todos, inclusive a mim, à distância.

Eu me levantei.

— Vamos começar agora.

A guia espiritual podia não concordar, mas eu ainda sentia que a resposta para tudo aquilo residia na minha magia.

— Ruby, eu sei que as coisas estão loucas agora, mas, se não for pedir muito, eu realmente gostaria de ter mais algumas aulas de magia quando voltar.

O caribu abaixou a cabeça novamente.

— Será uma honra. Siga para nordeste a partir daqui. Drake e os outros alcançarão os portões até amanhã à noite, mas vou pedir a ele que permaneça na entrada para esperar vocês.

Eu verifiquei minhas armas, assentindo.

— Entendido.

Faolan jogou água no fogo e depois caminhou até o lago para encher seu cantil.

Quando ele estava longe demais para ouvir, abaixei a voz.

— Qual é o problema, Ruby?

— A morte do rei Aleksandr pôs momentaneamente uma corte contra a outra, mas Elisavana infelizmente convenceu a rainha consorte Adair e o rei Josef. Eles se preparam para uma batalha contra *nós*, e sua perícia é muito necessária.

— Isso não pode ser tudo — insisti.

O caribu olhou na direção de Lan.

— A loucura está se espalhando. Logo estará além do que eu posso controlar. Drake contou o que aconteceu com a última entrada para Underhill. Sinto que devemos explorar logo sua magia.

Soltei um suspiro. Foi realmente bom ouvir alguém que eu respeitava apoiar minha decisão.

— Sinto o mesmo. E olha, talvez eu possa ajudar com a loucura. Eu cultivei frutas que pelo jeito ajudaram alguns feéricos selvagens. Não sei se consigo fazer de novo, mas talvez você possa me ajudar? Pelo menos então teremos uma cura, além da sua harpa.

— Outra cura, você diz. É uma perspectiva empolgante, e estou ansioso para explorá-la. Confesso que estou exausto pelo esforço de manter meu povo com os pés no chão.

Estudei o caribu, tentando imaginar o gigante do outro lado. Ele devia estar meio fora de si de tanta preocupação agora, mas se alguém podia descobrir como replicar a magia, seria Ruby.

— Vamos resolver isso.

O caribu abaixou a cabeça.

— Eu agradeço, jovem. Você me dá esperança. Nos vemos em breve.

Se a guia espiritual me permitisse. Mas eu estava determinada a não me deixar desviar por mais criaturas cinzentas brilhantes e caminhos talvez reais, talvez falsos. Até aquele momento, seguir os guias espirituais não tinha feito nada para ajudar a situação. Eu poderia pedir ajuda a eles quando tivesse mais respostas, quando me sentisse pronta.

Mas eu definitivamente não seguiria outro pé-grande feérico através de um lago congelado.

Lan e eu partimos correndo, e embora eu estivesse meio devagar no começo, meu corpo e minha mente estavam muito mais lúcidos depois de ter dormido um pouco. Só precisava de mais uma semana, ou duas, de boas noites de sono, e eu ficaria feliz como alguém bebendo cerveja de ogro.

Mantivemos um ritmo rápido, parando apenas para beber água. Logo a luz do dia desapareceu, mas continuei avançando pela crescente escuridão, Faolan no meu encalço.

Nos revezávamos para ficar de vigia enquanto o outro dormia algumas horas, e depois retomávamos a corrida.

Em direção ao nordeste. Para o santuário.

Deixamos a floresta alpina para trás, os arredores se transformando em uma tundra ártica estéril, pontilhada por arbustos verdes e finos que estalavam sob nossos pés. Montanhas se erguiam ao nosso redor, seus declives cheios de pedras soltas e alguns picos ainda cobertos de neve.

Este lugar — onde quer que estivéssemos — parecia quase intocado. Eu não conseguia ver estradas nem trilhas. A vida selvagem era abundante, e uma sensação de admiração se espalhou pelo meu peito diante do sentimento pré-histórico e preservado que o local transmitia.

Eu me perdi profundamente no ritmo da corrida quando o sol começou a se pôr novamente, e, quando avistei Drake acenando, quase fiquei desapontada por ele estar tão perto.

Minhas pernas reclamaram quando as fiz desacelerar e parar. Faolan fez o mesmo ao meu lado.

Drake assobiou.

— Vocês dois foram rápidos. Chegamos ontem. Ruby disse que talvez vocês não chegassem antes do sol despontar. — Seu olhar se fixou em mim, mas eu estava tão cansada que só pude oferecer um sorriso fraco.

— Nós corremos muito.

— Você correu — Lan resmungou. — Eu dei duro para acompanhar.

Ele parecia meio exausto. Meu estômago resmungou, e Drake sorriu.

— Vamos lá, vamos levá-los para dentro.

Caminhei ao lado dele.

— O que é esse lugar? Nunca vi nada parecido.

Drake franziu a testa.

— Acho que os humanos chamam de Portões do Ártico. É um parque nacional. A única maneira de entrar é voando ou a pé. O que o torna perfeito para nós. — Ele olhou para Faolan, mas não disse nada.

Será que ele sabia do acordo que Ruby fizera com Lan? Eu presumia que sim, mas estava claro que Drake não gostava disso, e eu sabia mais ou menos o porquê.

Nós o seguimos em direção ao pé da montanha mais próxima.

— Os outros chegaram bem? — perguntei para disfarçar a crescente tensão. — Os feéricos selvagens também?

Drake assentiu.

— Eles ficaram aliviados por estar com outros párias, acho. Não gosto de pensar naqueles que ficaram lá fora, loucos e sozinhos.

Nem me fale.

Ele parou subitamente, e eu quase esbarrei nele. Tínhamos chegado? Olhei ao redor, mas não vi nada além de um pedaço de tundra igual ao resto que vi por quilômetros em toda direção.

Drake sussurrou algumas palavras. Tentei captá-las, mas elas se entrelaçavam umas às outras de uma maneira que soava como trabalho de encanto antigo. Drake acompanhava o canto com movimentos rápidos dos dedos de sua única mão, e logo desisti de tentar entender o que ele dizia.

Lan respirou fundo atrás de mim, e eu ergui a cabeça.

— Deusa do céu e da terra — sussurrei.

Grandes portões se erguiam diante de nós, altos demais para eu ver o topo e largos o suficiente para uma linha de frente de cem pessoas marchar em uníssono. Feéricos alados circulavam lá em cima, gritando advertências.

Com um rangido profundo, uma porta começou a se abrir para dentro.

Consegui fechar a boca quando a porta se abriu o suficiente para passarmos. Encarei os gigantes girando os enormes mecanismos do portão.

Ouvi risadas e gritos enquanto meus olhos incrédulos captavam as ruas de paralelepípedos lotadas.

Drake resmungou.

— É uma coisa e tanto, não é?

— É diferente — murmurei, em resposta. Eu esperava um refúgio com barracas e filas de comida. Aquilo era uma cidade. Uma cidade funcional, a pleno vapor e estabelecida. — Quão grande é esse lugar?

— O santuário aumenta de tamanho conforme necessário. Existem feéricos poderosos entre os párias, e eles criaram este lugar muito tempo atrás. Sempre tem alguns de nós aqui, indo e vindo, mas essa é a primeira vez que todos nos reunimos. Pra ser honesto, é bom fazer parte de um grupo maior de feéricos novamente. Deveríamos ter vindo para cá há muito tempo.

Ouvi a nostalgia em sua voz.

— Eu sei que Ruby está me esperando, mas antes preciso comer.

Ele piscou, e ouvi o rosnado baixo de Lan.

— Do jeito que seu estômago está reclamando, eu não ousaria levá-la a qualquer outro lugar primeiro — Drake brincou.

Dei um sorriso torto.

— Você é um homem sábio.

Um monte de cenouras voou na minha frente, e me virei, para dar de cara com um tumulto em uma barraca à minha direita. Duas mulheres estavam se atracando, e não demorei para perceber que não era uma briga pela última beterraba. Elas estavam tentando se matar.

Dois guardas armados — um dos quais reconheci do meu grupo de treinamento — chegaram rapidamente, separando-as e soprando um pó no rosto delas que fez as duas ficarem inertes.

A multidão soltou murmúrios tristes enquanto as mulheres eram levadas.

— Elas ficaram loucas? — perguntei baixinho.

A boca de Drake se curvou para baixo.

— Está acontecendo com mais frequência.

— O que acontecerá com elas? — Lan perguntou.

Drake se abaixou e pegou uma cenoura. Sacudindo a poeira dela, ele me entregou.

— Se isso sustentar você até uma refeição real, ficarei feliz em mostrar. Ruby estará lá, de qualquer forma. — Ele encontrou meu olhar, e vi nos olhos dele a mesma tristeza que tinha envolvido os párias outrora felizes ao nosso redor. — Estou avisando — ele disse, com suavidade —, não é uma visão bonita.

Àquela altura, eu não esperava nada diferente.

# 13.

Drake nos conduziu pela cidade sem fazer outra parada, passando pelos cruzamentos mais movimentados. Ele parecia estar com pressa. Não estava agindo normal.

Tentei afastar o desconforto que crescia dentro de mim, mas quanto mais adentrávamos a cidade, passando por multidões de pessoas e pelo menos tantas lojas quanto havia seres feéricos na corte Seelie, finalmente tive de pará-lo, pousando a mão em seu ombro.

— Drake, está tudo bem? Você está agindo... de um jeito estranho.

Ele me olhou, e a surpresa fez seus olhos verdes se arregalarem.

— Estou andando rápido demais? Desculpa, estava esperando vocês dois chegarem e não vejo a hora de um prato de comida e um banho. — Ele desviou o olhar antes que eu pudesse fazer outra pergunta. — Vamos, por aqui.

Lan estava bem atrás de mim, e enquanto Drake retomava a caminhada, nos guiando em direção ao que parecia ser uma réplica do castelo Unseelie, Lan soltou duas palavras que me gelaram.

— Tome cuidado.

Ele não precisava me avisar, embora eu agradecesse o esforço. Eu quase conseguia sentir a incerteza vibrando sob meus pés e no ar ao nosso redor, e me peguei observando tudo através da minha lente mágica. Com mais do que um pouco de apreensão, enviei minha magia índigo em redemoinhos, tocando os prédios e as pessoas.

Mas eles permaneceram do jeito que estavam, sólidos.

— O que você está fazendo? — Lan perguntou, baixinho, enquanto Drake se perdia à nossa frente por um momento.

— Minha magia pode dissipar ilusões. Eu... sinto que algo está errado. Como se o que estamos vendo fosse um cenário de um filme humano ou algo assim. — Não é que eu não quisesse que o santuário fosse o que eu estava vendo. A ideia de chegar a um lugar seguro depois de ser expulsa era maravilhosa.

Talvez o aviso do espírito para não ir ali estivesse se insinuando na minha mente. Ou talvez fosse a lembrança de voltar para a corte Seelie e enfrentar a execução no dia seguinte. Esfreguei meus punhos sem que ninguém visse: a dor se foi, mas a memória ainda estava marcada em minha mente. O ferro era assim, ele ficava com você muito tempo depois que a lesão física sarava.

Dei um pulo quando Lan passou um único dedo ao longo das cicatrizes deixadas pelos ferimentos e empurrou sua magia contra elas. As flores na banca à nossa direita murcharam à medida que o calor de sua magia aliviava a dor profunda... e nada mais.

Eu o olhei com os olhos arregalados.

— Por que eu não fiquei louca?

Ele me deu um sorriso irônico.

— Será que superamos isso?

Duvidava que fosse o caso.

— Você não acha que pode ser... a fruta?

Lan balançou a cabeça em negativa.

— Isso foi dias atrás.

Meu pulso se acelerou.

— Mas talvez ela tenha nos curado.

Ele pareceu cético, e eu tive de admitir que minha teoria era boa demais para ser verdade. Isso não me impediu de torcer para que a fruta pudesse mudar tudo.

— Não deveríamos testar isso aqui, apenas por precaução — eu me obriguei a dizer.

Faolan baixou a cabeça, até deixá-la perto da minha.

— Concordo. Mas, Órfã, nós vamos testar em breve.

Eu lutei para manter as mãos quietas. Conhecendo a minha sina, eu esbarraria nele e acabaríamos tirando a roupa e rolando no chão no meio da rua apinhada.

Eu só podia imaginar.

Hum, sim. Eu conseguia imaginá-lo nu e eu curtindo demais tudo aquilo. Lutei para respirar através da cascata de memórias: Lan tirando a camisa quando estávamos no castelo. Eu nua.

Trombei com tudo nas costas de Drake, quase me desequilibrando, e grunhi, mas ele me pegou pela cintura e me puxou para seu lado. Eu me mantive rígida em seus braços, incapaz de relaxar com meus instintos gritando, ao mesmo tempo que não conseguia acreditar que ele faria algo para me prejudicar.

— Decidi que a cenoura não vai dar conta — ele anunciou.

Eu examinei sua expressão, surpresa.

— Ok.

— Precisamos de comida. — Ele assentiu duas vezes. — Que tal pararmos e comermos algo antes de ver Ruby? Conheço um lugar. A comida não é tão boa quanto a de Cinth, mas é o mais próximo que você vai conseguir por aqui.

Ele tinha de mencionar Cinth.

Mesmo com os dedos coçando para pegar minha espada restante, ouvir o nome da minha amiga fez uma onda de saudades me atravessar. Tinha sido ela que planejara meu resgate, e eu não a via desde então.

Drake percebeu minha expressão.

— Ruby disse que tem algo para você da parte dela. Ela está bem, e tem mantido contato. — Ele me abraçou mais forte, e um palavrão foi murmurado atrás de mim.

Ignorei Lan, mas não retribuí o abraço de Drake. Empurrá-lo para longe também não parecia certo.

— Obrigada — acabei dizendo. — Eu aprecio o que estão fazendo.

O tempo podia revelar por que Drake estava agindo de maneira estranha. Até lá, eu continuaria escondendo minhas cartas.

Ele piscou novamente e nos conduziu pelas portas vaivém de madeira de uma taverna. O interior fracamente iluminado parecia o bar de um antigo hotel de mineiros do Alasca, com mesinhas de madeira e vários carteados acontecendo ao mesmo tempo. Um espelho longo fixado atrás do bar, e as garrafas de bebida alinhadas na frente dele refletiam o ambiente, enquanto o barman fazia sua mágica.

Não foi o que chamou minha atenção, no entanto.

Bem diante de nós estavam algumas mulheres. Mulheres eram uma raridade entre os párias. Com a baixa taxa de fertilidade da raça feérica, as cortes quase nunca exilavam mulheres que podiam reproduzir e ajudar a aumentar nossa população.

Mas isso também não foi o que chamou minha atenção. As três mulheres estavam claramente procurando clientes pagantes. A raiva queimou no meu estômago quando vi a derrota no rosto delas.

— Ruby permite esse tipo de coisa no santuário?

Drake deu de ombros.

— Todos estão fazendo o melhor que podem para sobreviver, Kallik. Como podem. — Então ele se afastou para os fundos, me deixando com meus pensamentos e uma grande pilha de raiva.

Fazendo *o melhor*? As expressões no rosto das mulheres me diziam que aquilo estava longe de ser o melhor para elas. Podia ver que queriam desesperadamente estar em outro lugar. O sexo era um presente, para ser dado àqueles que você escolhesse. Não para ser... abusado.

Drake voltou com duas bandejas de ensopado fumegante, pão e um prato de pão doce. Ele passou uma para mim e a outra para Faolan.

— Eu comi mais cedo.

Meus olhos se estreitaram. Ele acabara de me dizer que estava ansioso para comer e tomar um banho. E, antes ainda, havia dito que precisava comer.

Tinha alguma coisa acontecendo.

— Eu preferiria ver Ruby agora. — Minhas palavras saíram duras e frias como gelo.

— Em breve, eu prometo — ele disse. — Vocês deveriam comer enquanto a comida está quente. *Os dois.*

É mesmo?

Eu não ia comer nada até entender o que estava acontecendo.

Drake nos levou até uma sala nos fundos. Ao passar pelas três mulheres, soltei a alça da minha bolsa de quadril e deslizei uma moeda de ouro de Unimak para cada uma delas.

Do jeito que as coisas estavam indo, eu estaria morta em algumas semanas, então para quê eu precisava de dinheiro mesmo?

— Obrigada, minha senhora — a mais jovem e menor das três sussurrou. Eu podia ver o sangue humano em sua vivacidade, em seu físico, e também em sua magia fraca.

— Por que você faz isso? — perguntei, sem estar certa de se queria saber a resposta.

— Porque... — Ela olhou por cima do ombro para um homenzarrão atrás dela. — Esse é meu pai.

Peito largo, com uma barriga pendurada sobre o cinto e fumando um charuto grosso, ele me fez pensar que poderia ter algum complexo com o tamanho do próprio pinto. Seu cabelo acaju-escuro estava penteado para trás da testa, e ele me observava atentamente com olhos cinza-pálido.

— Algum problema? Ou você quer um emprego, mestiça?

Ao meu lado, Lan se enrijeceu e levou a mão à espada.

Eu ergui a mão e olhei de verdade para as três mulheres — na verdade, garotas. Todas tinham uma aparência semelhante, um pouco de feérico e muito de humano.

E estavam sendo prostituídas pelo próprio pai.

— Nicho de mercado — ele rosnou, dando um passo em minha direção. — Está dentro ou não? Se não, pode dar o fora e parar de olhar para as mercadorias.

Minha boca ficou seca.

Desgraçado.

Minha magia se enrolou ao meu redor. Mesas e cadeiras arranharam o chão de madeira enquanto as pessoas abriram caminho entre mim e a escória que estava na minha frente.

— Agora não — Drake disse, com suavidade, tentando me afastar. — A magia dele é forte. Ele foi exilado por atos criminosos.

— Ouça seu namorado, garotinha. — O homenzarrão riu. — Não vou pegar leve se brigarmos. Olhem para ela. Ela acha que pode me encarar?

A sala riu com ele, mas não era um riso fácil.

A tensão aumentou, e eu soltei um suspiro lento, desviando o olhar. Não conhecia aquele lugar, não conhecia aquelas pessoas. Havia uma hora melhor para agir.

Sua risada estridente me acompanhou enquanto eu e Lan seguíamos Drake até a sala dos fundos.

— Por que você nos trouxe aqui, de todos os lugares? — joguei a pergunta para ele, acompanhada de um olhar afiado. — Você devia saber que eu não ficaria bem com isso. Elas são filhas dele, e a mais jovem mal parece ter dezesseis anos!

Sim, eu estava gritando.

Drake se encolheu.

— Desculpe. É a melhor comida por aqui, e você parecia faminta. Ah, e eu estou com fome.

Ele empalideceu, parecendo de repente se dar conta de que só pegara duas bandejas e que acabara de dizer que já havia comido.

*Pois é.*

E eu querendo manter minhas cartas em segredo.

Bati com força na mesa.

— Chega dessa merda, Drake. Que diabos está acontecendo?

Ele baixou o olhar, então praguejou.

— Ok, eu sou um péssimo mentiroso. Ele realmente não deveria ter me dado essa tarefa.

— Que tarefa? — rosnei.

— Ruby sugeriu te trazer aqui antes de te levar até ele. Na verdade, ele insistiu nisso. Mas eu estava falando a verdade sobre a qualidade da comida! É a melhor da região.

Eu não me importava se a comida ali fosse melhor do que a de Cinth.

Por que Ruby queria que eu fosse logo ali?

Drake abriu a boca, e eu o fuzilei com o olhar até que ele ficasse em silêncio.

*Babaca.*

Eu me sentei à mesa para refletir. A única razão pela qual Ruby me enviaria ali, despreparada, seria para testar minha lealdade, a menos que sua posição o tornasse incapaz de intervir de alguma forma. Se fosse o primeiro caso, então eu poderia admitir que o teste envolvia resolver essa maldita bagunça. Se fosse o último, então ele queria que eu desse um jeito nessa maldita bagunça também. Ele provavelmente — e de maneira acertada — tinha presumido que ver outras mestiças forçadas à servidão sexual me enfureceria, como poucas coisas seriam capazes.

Qualquer que fosse o motivo, eu estava muito *mais* do que feliz em aceitar o desafio.

Decisão tomada, mergulhei na comida sem mais uma palavra, embora minha raiva tornasse difícil engolir a refeição. O pão doce era como cinzas na minha boca, e até o ensopado cheio de nata não descia pela minha garganta. Comi como se fosse uma missão, enchendo minha barriga, e depois levantei assim que a tarefa foi cumprida.

Com a raiva fervente me impulsionando, caminhei de volta para a parte principal do prédio antes que Drake pudesse se levantar.

— Kallik, não!

— Eu não diria a ela o que fazer — Lan disse. Eu olhei para trás enquanto ele dava outra mordida no pão doce, sem sair da cadeira.

Homem sábio.

— Você não vai impedi-la? — Drake exclamou.

— Não é com ela que estou preocupado. Aquele grandalhão gordo pediu por isso. — Lan colocou os dois cotovelos na mesa. — Vai lá, Órfã. Estou com você, se precisar.

Eu não precisava do incentivo dele, mas apreciava que ele soubesse que eu podia lidar com a situação por conta própria.

No salão principal, as garotas ainda estavam lá, assim como aquele bastardo que chamavam de pai.

— Jaros, ela voltou por você! — gritou um dos homens bêbados.

O homenzarrão se virou, me viu, e suas sobrancelhas se ergueram enquanto sua magia lampejava ao seu redor.

— Do jeito difícil, hein? Um desafio então. Magia primeiro, armas depois... se você ainda tiver alguma quando eu terminar com você.

A magia cinza cintilante girava ao redor dele tão rápido que dei meio passo para trás.

Droga. Magia cinza? Eu nunca tinha visto um feérico vivo com o poder dessa cor. Essa tonalidade normalmente estava associada a criaturas da morte, como o pé-grande, e as criaturas do além, como os espíritos que gostavam de aparecer e de me visitar.

Essa magia era extremamente rara, e a maneira como Jaros acabara de liberar as gavinhas cinza cintilantes não era um bom presságio para o que ele poderia fazer com ela.

*Prossiga com cautela.*

— Está com medo, olhem para ela — ele rugiu. — Vai ser divertido acabar com essa aí, rapazes. Formem uma fila e façam seus lances. Quero aproveitar e ganhar algum dinheiro enquanto estou nessa. Não entro numa briga de verdade há anos.

Ninguém se moveu.

Minha magia se enroscou quando a porcaria cinza cintilante dele bateu em mim. Fui lançada para trás, mas apenas meio passo.

— Isso é tudo que você tem? — resmunguei, e então paralisei à medida que a sensação de sua magia rastejava sobre mim, infiltrando-se na minha pele.

Uma luxúria simples e pura tomou conta de mim, e eu me inclinei para a frente, com as mãos nas coxas, enquanto soltava um gemido baixo, seguido por uma respiração ofegante que eu não conseguia controlar. Meus dedos puxavam minhas próprias roupas.

Luxúria, sim, mas sem prazer acompanhando, apenas uma necessidade gerada pela magia dele.

Eu teria ficado horrorizada se não estivesse tão preocupada com o que ele poderia fazer comigo sob sua influência. Com esforço, invoquei minha magia índigo, rezando para qualquer deusa que pudesse me ouvir e pedindo que minha magia não apenas quebrasse ilusões.

Atingi o chão de costas, e minha magia índigo deslizou para *dentro* da massa cinza cintilante ao meu redor.

O índigo começou a desvanecer, assim como tinha acontecido dentro da expansão escura da magia do guarda Unseelie outro dia. *Não!*, gritei para mim mesma, suplicando para minha magia. *Não desvaneça.*

A cor brilhou novamente, e suor se formou no rosto estúpido de Jaros.

Havia algo ali na confusão dos fios. Minha magia podia detê-lo — eu *sabia* que podia. Se apenas eu conseguisse descobrir como.

Sem ligar para os gritos e rugidos ao redor, rolei pelo chão, me contorcendo e rasgando minhas roupas. Meus olhos se fecharam, e minha mente se concentrou totalmente em evocar minha magia, enquanto Jaros comandava meu corpo com seu poder.

O índigo preencheu minha visão à medida que o poder fluía por mim como uma brisa fresca e cercava a névoa cinza... dissolvendo-a devagar, pedaço por pedaço, até não restar mais nada.

Rolei até ficar de joelhos e depois fiquei de pé, com metade das roupas penduradas, encarando Jaros. O charuto dele balançava na boca.

— Impossível.

Puxei minha espada.

— Primeira rodada para mim. Armas, seu bastardo nojento.

Em geral, eu evitava tirar a vida de um feérico, mas, no caso dele, eu abriria uma exceção.

Ele tentou correr, mas só conseguiu dar meia-volta antes de eu arremessar minha espada girando no ar. Ela o atingiu nas costas enquanto ele tentava subir as escadas para o segundo andar. Suas três filhas gritaram quando ele tombou para trás, rolando escada abaixo, morto antes de atingir o chão.

Minha fúria estava longe de se acalmar, mas o restante queimava em uma nova direção.

Eu tinha sido manipulada.

— Perfeito, jovem — a voz de Ruby ecoou pela sala. Um veado entrou no recinto, seus chifres emaranhados com musgo e vinhas, como se a fera estivesse ocupada com alguma tarefa quando Ruby assumiu seu corpo. — O restante de vocês, saia.

O prédio se esvaziou rapidamente, a maioria dos feéricos correu para obedecer a Ruby, embora Lan e Drake tenham permanecido, e as três filhas desapareceram por uma escada no canto distante.

Era exatamente o gigante que eu queria ver.

Minha mandíbula se retesou, e a dor em meu coração quase escapou pelos meus olhos. Quase.

— Por que você armou para mim?

O veado abaixou a cabeça.

— Peço desculpas pelo subterfúgio. Jaros tem sido um problema há um bom tempo, e eu queria lidar com ele pessoalmente, mas vi uma oportunidade...

Lan passou por mim.

— Aquele cara ia deixar a magia fazer o trabalho antes de cortar a garganta de Kallik. Ele poderia tê-la matado! Você a deixou entrar nessa luta às cegas.

Se minha magia não tivesse dissolvido a dele, Jaros poderia ter me violentado. Ou feito qualquer coisa que quisesse enquanto eu estava incapacitada. Foi pura sorte que eu tenha conseguido convencer minha magia a me ajudar.

— Eu tinha fé em Kallik — Ruby dela. — Era uma oportunidade para ver o que a magia dela faria se ela acreditasse estar em perigo. Eu estava pronto para intervir se a situação saísse do controle. — Ele pausou. — Com isso, o poder dela fluiu de uma maneira que ainda não tínhamos visto.

Ali estava — a confirmação de que toda essa bagunça tinha sido um teste.

O veado se curvou até ficar na minha altura.

— Vejo isso em seus olhos, jovem. Não era a minha intenção lhe chatear. Mas era crucial para mim testar uma teoria que eu tinha de suas habilidades feéricas. Essa é a única razão pela qual pedi a Drake para enganar você. Por favor, venha para o castelo, e discutiremos o que isso significa para o seu poder daqui para a frente. — O veado pestanejou uma vez, deu meia-volta e correu pelas portas abertas.

Todo o meu corpo tremia ali no meio da sala, o corpo de Jaros esfriando e enrijecendo no fundo da escada.

Caminhei até lá e retirei das costas dele a última espada que tinha ganhado de presente, registrando apenas vagamente o som úmido da carne antes de limpar a lâmina e guardá-la.

Drake se aproximou para pegar minha mão, e eu a puxei para longe.

— Você não pensou em me avisar? — perguntei, em voz baixa.

— Ele disse que você precisava vir sem saber de nada para reagir com sua magia. — Drake tentou novamente me tocar, e dei um passo para trás.

Não ia acontecer.

Eu me virei, olhei para Lan, e saímos da taverna, lado a lado.

— Ele acredita em você, Alli — Drake falou atrás de mim.

Ruby podia acreditar em mim, mas depois disso... eu tinha algumas perguntas sérias para o protetor dos párias.

## 14.

Avancei pelas portas do castelo, franzindo a testa para os guardas párias e pronta para desafiar quem se atravesse a me impedir. Sem surpresa alguma, eles não se mexeram. Talvez tivesse algo a ver com a maneira como minhas roupas pendiam em farrapos e meus dedos se agarravam à empunhadura da espada.

Lan caminhava ao meu lado enquanto seguia pelo corredor amplo.

— Rubezahl está esperando por você.

Olhei com cara feia para a pessoa que falou, mas meu estado de espírito mudou quando vi a feérica mística de cabelos brancos, que não encontrava desde a primeira vez que ela me conduziu aos aposentos de Ruby.

Ela inclinou a cabeça levemente.

— Kallik da Casa Real. Por favor, me siga.

Seu olhar se voltou para Lan, e ela ergueu uma sobrancelha.

— Rubezahl já esperava que você não concordaria em se separar dela. O neto de Lugh também é bem-vindo a nos seguir.

Como ela tinha chegado ali? Ela não viajou com a gente quando partimos para o santuário. Lembrando de sua habilidade de ler mentes, pensei: *Como você chegou aqui?*

Ela ergueu um ombro.

— Segui um caminho diferente.

*Enigmática.*

O canto de sua boca se inclinou para cima, mas quando viramos uma esquina e entramos em um grande corredor, ela bateu o braço na parede de pedra. Percebi sua careta.

*Você está ferida,* comentei.

Ela prendeu a respiração ao me lançar um olhar arregalado, mas não respondeu à minha pergunta, apenas agarrou o braço logo acima do cotovelo. Ela abriu uma porta e nos deu passagem.

Só consegui vislumbrar seu cabelo branco, que chegava até o chão, enquanto ela fechava silenciosamente a porta e se retirava.

— Obrigado por vir — Ruby disse, atrás de mim.

O aposento tinha um teto alto. E deveria ter, com o gigante de cerca de seis metros sentado tranquilo ao lado da lareira crepitante, sorvendo seu chá como se não tivesse acabado de me jogar em um teste idiota.

Meus punhos se cerraram.

— Que diabos está acontecendo?

— Vou explicar. — Ele indicou o banco em frente à lareira. Aquele lugar era quase uma cópia exata dos seus aposentos no Triângulo. — Por favor, sentem-se. — Os olhos azuis do gigante se desviaram para Faolan e depois voltaram para mim.

Eu me sentei e esperei.

Ruby suspirou.

— Sinto muito ter abalado sua confiança em mim, jovem. Espero que em breve compreenda que tive uma boa razão para minhas ações. Lembra quando falamos de magia instintiva?

Destravei minha mandíbula o suficiente para dizer:

— Você acredita que cada feérico tem uma habilidade instintiva única.

— Correto. Sabemos que você, por exemplo, tem a capacidade mágica de, sem esforço consciente, dispersar uma ilusão. Desde que confirmamos isso, tenho pensado profundamente em *por que* isso acontece. Para mim, compreender isso é fundamental para entender como podemos restaurar Underhill.

Estreitei meu olhar.

— E o que toda essa reflexão profunda te disse?

— Nada. Embora tenha me lembrado de algo que testemunhei quando era criança, quando minha mãe morreu. Uma criatura da morte se alimentou da sua magia moribunda e de seu corpo.

Inspirei fundo.

Rubezahl percebeu minha reação.

— Você já viu uma criatura assim.

*Sim*. Com Yarrow. Com a guia espiritual.

— Eu vi. Mas o que isso tem a ver comigo?

O gigante sorriu.

— Não tenha medo, jovem. Não estou comparando você à criatura em si, mas sim à maneira como ela devorou a magia da minha mãe.

Ele disse isso casualmente, como se estivéssemos falando sobre o tempo. Era possível que a mãe dele tivesse morrido séculos atrás.

Lan não tinha se movido da porta, onde permanecia à vontade.

— Você está dizendo que a magia dela *comeu* a de Jaros?

Ruby apertou os lábios.

— Estou dizendo que a magia de Kallik devora ou dissolve outras energias que ela inconscientemente considera falsas, perigosas ou corruptas. A ilusão de Underhill criada pelas cortes era uma mentira e também um perigo. A magia de Jaros era usada com a intenção de roubar a vontade e o controle de uma pessoa. O que é tanto perigoso quanto corrupto. Instintivamente, acredito que em momentos de alta emoção, a magia dela erode e, para usar sua descrição, come a magia de seu inimigo.

Passei a língua pelos lábios.

— Uma vez minha magia se infiltrou na de outra pessoa.

— Se infiltrou — Ruby murmurou.

Ergui um ombro e expliquei:

— É assim que eu vejo. Mas, da primeira vez que isso aconteceu, minha magia desapareceu antes de dissolver a magia do meu inimigo. — Lembrei de como o general Unseelie tinha limitado meu poder depois que tentei intervir em seu regime bárbaro de punição. Mas também sabia que ele não iria matar

Faolan, apesar do horror da surra. Será que era por isso que minha magia tinha se dissipado? — Isso pode responder a algumas perguntas, mas ainda não entendi como pode ajudar na restauração de Underhill.

— Talvez possamos descobrir isso juntos — o gigante respondeu, depois indicou a chaleira que assobiava sobre o fogo. — Chá?

Eu assenti.

— Por favor. É alguma mistura nova que você criou?

— Infelizmente, nos raros momentos livres que tenho agora, me vejo ansioso por dormir ou ficar quieto. A criação está além de mim. Chá, neto de Lugh?

Lan negou com a cabeça.

— Estou bem.

— O que está acontecendo aqui? Quão grave é a loucura? — perguntei, em voz baixa.

Ruby suspirou, e embora sua barba fosse cinzenta e longa, e suas articulações nodosas devido à idade, essa foi a primeira vez que eu realmente percebi como ele era velho.

— Descobrimos que a loucura se espalha bem fácil, em especial quando aqueles que já estão loucos realizam atos de violência contra os outros. Tivemos que começar a prender os loucos, como se fossem animais, para evitar que as coisas saíssem do controle.

— Sua harpa está ajudando em alguma coisa? — Aceitei o chá que me oferecia e dei um gole, apreciando a mistura de mirtilo e trufa que ele me dera uma vez.

— Que harpa? — Lan perguntou.

Olhei ao redor. Normalmente, o instrumento, com cerca de metade do meu tamanho, ficava preso aos quadris de Ruby o tempo todo quando ele não estava tocando.

— Meu instrumento ajuda a aliviar a insanidade deles — o gigante disse para mim. — Mas temo que aqueles em que a loucura já está enraizada nunca mais voltem completamente. Mas e a sua fruta? Acha que é uma cura?

— Não faço ideia — respondi. — Os feéricos selvagens que a comeram vieram para o santuário com a gente e não voltaram a afundar na loucura no caminho até aqui. Podemos observá-los para ver quanto tempo o efeito da fruta dura. Se não for uma cura, com certeza alivia os sintomas.

— Replicar sua fruta será uma prioridade, então, jovem. Me conte mais sobre a porta. Você a abriu naquela ocasião? Eu esperaria, se assim fosse, que você não estivesse mais neste reino.

Meu coração afundou.

— Cheguei até a porta, Ruby. Tentei abri-la. Fiz tudo em que pude pensar, mas a entrada explodiu.

O gigante franziu a testa.

— Underhill falou com você?

— Não. Só engoliu uma das minhas espadas e explodiu a maldita porta.

— Quem mais estava com você?

— Lan. E alguns feéricos selvagens.

A ruga na testa de Ruby se aprofundou.

— Será que foi a presença dos outros que ela rejeitou ou... — Ele encontrou meu olhar.

— O meu valor.

Lan fez um ruído de raiva, e o gigante sorriu novamente.

— Você e eu sabemos que Kallik é digna, neto de Lugh. Meu medo, e tenho certeza de que ele ecoa o de Kallik, se eu estiver interpretando corretamente o pedido dela para continuar nossas lições, é que ainda não seja digna do ponto de vista *mágico*.

Soltei um suspiro.

— Acho que sim. É a única explicação em que consigo pensar.

— Underhill ainda está tentando entrar em contato com você? — Ruby perguntou.

Bem, eu não tinha mais certeza se os espíritos eram do povo da minha mãe tentando me proteger de *dentro* de Underhill, ou da própria Underhill. Cada vez mais, parecia que Underhill não queria que eu encontrasse sua entrada, mas sim me matar.

— Está — respondi, deixando o resto de lado. — Os espíritos aparecem esporadicamente.

— E eles não revelaram mais nada?

Fiz uma careta.

— Não. Não sei o que os impede. Talvez estejam sendo sabotados por alguém, ou pode ser que sejam regidos por regras diferentes. — Tomei mais um gole de chá e senti o calor se espalhar por mim. Finalmente, pela primeira vez desde que saí de Unimak, senti algo parecido a paz. — A última mensagem que recebi deles foi que eu tinha que ficar sozinha. Com Lan. Longe de Drake e dos outros.

O gigante me observou por cima de sua xícara enorme, que ele segurava de maneira delicada.

— E ainda assim você veio para cá. Por quê?

— Confio mais nos meus instintos — concluí.

— E é o certo. — Ele pôs a xícara na mesa. — Mais um pouco?

— Por favor.

Rubezahl me serviu mais uma vez, dizendo:

— Agora, Kallik da Casa Real, me diga. Por que *você* acredita que a capacidade de sua magia de devorar a magia dos outros é importante?

Lan começou a circular lentamente pela sala, seus olhos pousando brevemente em mim antes de se desviarem para continuar inspecionando o espaço.

Inclinei a cabeça para trás.

— Eu não sei. Se eu pudesse descobrir como controlar isso...

— Em geral, controlar a magia significa ir contra nossos instintos — o gigante disse. — Pode ser impossível para você fazer isso, já que sua magia reagiu dessa maneira *apenas* por instinto.

*Sim*, fazia sentido.

— Não tenho outras hipóteses. E você?

— Fico pensando em uma das primeiras regras que ensinamos aos nossos jovens sobre magia. A *magia* não desaparece e só. Ou seja...

Lan interrompeu:

— Se você está devorando magia, para onde ela vai?

Engoli o segundo gole de chá e coloquei a xícara de volta na mesa.

— Boa pergunta. Não faço ideia.

Ruby se recostou na cadeira.

— Nenhuma ideia?

Revirei meu cérebro, mas estava tão vazio quanto a tundra fora do santuário.

— Não. Nada.

A decepção passou rapidamente pelo rosto do gigante, e me senti mal por isso. Agora que entendia suas razões para me lançar naquela situação difícil com Jaros, eu estava satisfeita. Não queria de jeito nenhum aumentar sua carga de trabalho, porque apesar do que o protetor dos párias sempre dizia, ele *era* praticamente o líder dos excluídos.

— Outro teste — falei em voz alta. — Você podia chamar seus melhores rastreadores de magia para me observarem. Será que eles podem nos dizer para onde a magia vai?

O gigante pestanejou.

— Uma ideia sensata.

Lan interveio novamente:

— É uma boa ideia permitir que a habilidade mágica dela se torne de conhecimento geral?

Olhei para ele. Ainda no lago congelado, Lan havia reconsiderado sua posição em relação ao gigante o suficiente para vir até aqui, mas estava claro que ele não o perdoara pelo exercício de treinamento com Jaros.

O que fez me lembrar de uma coisa.

— Ei, Ruby? O que você sabe sobre o que acontece quando a magia de um Seelie e a de um Unseelie se encontram?

As sobrancelhas espessas do gigante se ergueram.

— Isso todos sabem, jovem. Se ambos os feéricos se abrirem completamente um ao outro, suas magias entrarão em conflito, drenando uma à outra até que apenas o mais forte permaneça vivo.

Ali estava a razão pela qual Faolan e eu nunca poderíamos ter algo de verdade, mesmo que aquele toque anterior tivesse sido inofensivo. Assenti.

— Eu sei dessa parte. Mas você já viu isso acontecer? Algo está acontecendo com a minha magia e a de Faolan, e não tenho certeza se é o que acontece normalmente quando um Unseelie e um Seelie se tocam ou se é algo mais. A repercussão não foi tão forte no início. Nós nos tocamos, e ele absorveu uma das minhas lembranças. Aconteceu novamente, e nossas magias se emaranharam. Quando nos separaram logo depois, eu... matei o feérico intrometido. Foi como se uma força externa tivesse assumido o controle de mim. No começo, acreditei que fosse a loucura, mas minha raiva e minha volatilidade sumiram por completo... Então a mesma coisa aconteceu na vez seguinte que alguém nos separou. E no navio, quando Underhill enviou uma onda para nos apressar, e um espírito me disse que se Lan e eu nos tocássemos, poderíamos lutar contra o poder dessa onda. No entanto, quando *fizemos* isso, algo... bem, não tenho certeza, mas pareceu que algo ou *alguém* me possuía. Um espírito ou um ser que trabalha contra Underhill, não sei, mas pareceu que nós dois morreríamos se o domínio não fosse quebrado. Como se fosse irromper uma carnificina. Acho que estou perguntando se o que aconteceu é realmente possessão ou se é apenas porque somos de cortes opostas.

A expressão do gigante ficava mais grave a cada segundo que eu falava. Ele ficou em silêncio por um longo tempo. Dei uma olhada rápida para Lan, mas o encontrei em séria contemplação também.

Ruby me olhou com ar ansioso.

— Isso acontece toda vez que vocês se tocam?

*Sim.* A palavra quase escapou, até que me lembrei do que tinha acontecido mais cedo.

— Não toda vez. Quando chegamos aqui, Lan tocou no meu punho, e nada aconteceu. Você acha que passou?

— Ou apenas recuou. Pode estar esperando também — ele ponderou.

— Talvez você tenha exaurido o poder da pessoa. Ou talvez essa coisa recue na presença de outros.

Meu peito apertou.

— Você acha que alguém *está* me dominando então?

— Parece ser possessão. Há muito tempo, testemunhei um Seelie e um Unseelie unirem suas magias, e o resultado foi muito diferente da sua experiência com Faolan. O Seelie simplesmente enfraqueceu até morrer. Mas, com sua habilidade, não consigo compreender *como* você está sendo possuída. A menos que a pessoa seja extraordinariamente poderosa.

Exatamente o que eu temia. *Droga.*

— Não consigo me livrar da sensação de que está tudo conectado.

— Vamos confiar em seus instintos — Ruby murmurou. — Vou pensar mais sobre essa situação e ver o que posso descobrir.

Eu sorri para ele.

— Obrigada. Ei, Drake mencionou que você tinha uma mensagem ou algo assim de Cinth?

— Uma mensagem? — o gigante disse. — Não, temo que não.

Meu sorriso desapareceu.

— Ah...

— Tenho algo muito melhor do que isso.

Gelei.

— Ela está aqui?

Ele riu.

— Tão melhor assim, não, mas a resposta está em seu quarto. Não vou estragar a surpresa.

A curiosidade pulsava em mim. Naquele ponto, eu ficaria muito bem com menos surpresas, mas pelo menos aquela poderia ser boa.

Ruby inclinou a cabeça.

— Proponho que vocês mantenham distância enquanto resolvemos isso. Imagino que seu juramento à rainha Unseelie exige proximidade com Kallik?

Lan acenou com a cabeça.

— Exige.

Meus olhos se estreitaram. Então, quando Lan ficou invisível alguns dias antes, ele deve ter estado a uma distância a que podia me escutar na maior parte do tempo. Eu já tinha pensado nisso, mas agora estava confirmado. Espertinho.

Ruby inclinou a cabeça, ouvindo sons que eu não conseguia ouvir.

— Então você terá um quarto adjacente à dela. Devo voltar aos feéricos presos agora, jovem. Por favor, espere aqui até que alguém venha acompanhá-la, e volte aqui amanhã de manhã. Temos magia para discutir, é claro, e outras questões sobre as quais você deve ser informada.

Não parecia justo que eu pudesse descansar enquanto Ruby trabalhava sem parar, mas simplesmente assenti, confiando em sua sabedoria.

— Cuide-se, por favor.

O rosto dele se suavizou.

— Disso você pode ter certeza.

# 15.

Assim que Ruby saiu da sala espaçosa, e a porta foi fechada firmemente atrás dele, Faolan se aproximou de mim.

— Órfã... algo está estranho. Você estava furiosa quando entramos aqui, pronta para arrancar um pedaço de pele daquele gigante, por causa da situação em que ele colocou você e... depois você simplesmente cedeu.

Fiquei boquiaberta.

— Cedi? Você acha que eu cedi? Desculpa por ser capaz de ter uma conversa inteligente e adulta com alguém e entender outros pontos de vista.

Sim, minha voz pode ter aumentado um pouco. Os olhos de Lan endureceram.

— Não estou dizendo que você fez algo errado, Órfã, estou dizendo...

— O quê? — perguntei, ríspida. — Não tem feitiço aqui, Lan. Não tem nada me fazendo *ceder*.

Dei as costas para ele e vi que a porta estava entreaberta alguns centímetros. Minha raiva ganhou um novo foco.

— Quem diabos está aí?

Alguém pigarreou, e Drake entrou. Fechei os olhos e soltei um lento suspiro quando ele ergueu a mão no ar.

— Desculpa, abri a porta e ouvi vocês brigando. Não quis interromper...

— Tenho certeza de que não — Lan disse, suavemente. — Rubezahl disse que prepararam quartos adjacentes para Kallik e para mim.

A mandíbula de Drake deu um solavanco, e ele baixou a mão, segurando um caderno.

— Sim. Vou mostrar a vocês, ficam no último andar. Com uma boa vista de toda a cidade.

— Ou um lugar perfeito para manter uma princesa cativa. — Faolan nem abaixou a voz. Olhei feio para ele, mas não queria continuar brigando na frente de Drake.

Pestanejei e toquei com um dedo a lateral da cabeça quando uma onda de fadiga passou por mim.

— É, eu poderia aproveitar para dormir um pouco.

Drake ficou em silêncio enquanto nos conduzia pelo castelo, passando por muitas portas fechadas. Um estrondo sacudiu uma porta à minha direita no terceiro andar, e minha mão foi para a espada.

— O que...

— Acabamos de ficar sem espaço nas celas sob o castelo — Drake explicou. — Alguns dos mais loucos estão sendo mantidos nos quartos mais seguros do castelo e alguns estão em uma área de contenção, pelo que eu soube. O que as cortes Unseelie e Seelie não contam é que eles têm enviado aqueles que perdem a cabeça para o Triângulo há anos. No início, Ruby conseguia ajudá-los, mas as coisas pioraram muito.

Meu estômago se contorceu ao pensar em Cinth e seus pais. Se eles não tivessem matado seus hóspedes, se tivessem sido capturados mais cedo, provavelmente teriam sido enviados para cá. Eles poderiam ter tido uma chance.

Os outros prisioneiros ainda poderiam ter uma chance se... *se* Ruby e eu conseguíssemos resolver esse quebra-cabeça.

Estávamos no quinto andar do enorme lugar quando Drake parou de subir. Ele fez uma cara de lamento.

— Desculpa, mas Ruby achou que você ficaria mais feliz onde não pudesse ouvir ninguém surtando.

— Nesse quarto? — Lan apontou para a porta à nossa esquerda e, como Drake assentiu, ele entrou no aposento. Lan percorreu o quarto, sua magia escura se espalhando por todo lado. O quarto tinha pelo menos dez vasos cheios de flores silvestres e rosas, longos caules de narcisos e tulipas, em uma variedade de cores brilhantes.

As flores nos vasos murcharam quando Lan as absorveu, e o rosto de Drake ficou sombrio.

— Seu quarto é ao lado — Drake disse, e todos notamos que ele estava dispensando Lan.

Faolan se virou para mim, ignorando o outro feérico.

— Me chame se precisar de alguma coisa, Órfã.

Sem dizer mais uma palavra, ele entrou no quarto vizinho e, em seguida, fechou a porta.

Drake limpou a garganta.

— Pensei que você gostaria das flores, mas...

— Eram muito lindas — respondi. — Não lembro de alguém já ter me dado flores. Talvez Cinth. — Meu coração deu uma fisgada. — Deusa, sinto falta dela.

Ruby não disse que haveria algo ali de Cinth? Meus olhos varreram o quarto.

Drake limpou a garganta novamente.

— Eu tenho algo para você, quer dizer, é de Ruby, mas ele pediu para eu entregar. — Ele estendeu o caderno que segurava entre as mãos. — Está conectado a um caderno que está com Cinth. Vocês podem conversar. As palavras desaparecem assim que você as lê, então não precisa se preocupar com alguém te espionando.

Prendi a respiração ao pegar o caderno que ele me oferecia, com esperança e empolgação girando dentro de mim.

— Obrigada, Drake. Quero dizer, eu sei que é de Ruby, mas...

Ele estava olhando para o chão.

— Fico feliz que você o matou.

Por um segundo, pensei que ele estivesse se referindo a Jaros. Mas não. Raios, íamos fazer isso, não é?

— Eu não matei Yarrow.

A cabeça de Drake se ergueu, e seus olhos estavam mais do que um pouco atormentados.

— O quê?

— Para ser justa, eu não o matei. O pé-grande o devorou. Com magia e tudo mais — contei.

— O *kushtaka*. — Drake soltou o ar. — É disso que você está falando?

Eu congelei e o encarei.

— Como você conhece essa palavra?

Ele franziu a testa.

— *Kushtaka*? É assim que os locais chamavam o pé-grande.

A questão era que *kushtaka* era uma palavra tlingit. Mesmo que eu nunca a tivesse ouvido antes, reconheci pela cadência dela. Engoli em seco. Tudo estava interligado por fios malditos que eu não conseguia ver ou controlar completamente.

Segurei o livro contra o peito e coloquei uma mão na porta.

— Obrigada, Drake, pelo caderno.

— Espera, por favor, não me manda embora. Sinto muito pelo que aconteceu. Eu fiz um juramento para Rubezahl da mesma forma que você fez ao rei Seelie, e Lan, à sua rainha. Quando ele dá uma ordem, eu não tenho escolha. E ele me disse que eu não podia dizer nada.

Soltei um suspiro lento.

— Ok. Eu acredito em você.

O mais interessante era que Ruby fez os párias jurarem lealdade a ele... mesmo que não fosse um rei, e no passado tivesse sido firme em ajudar os párias sem governá-los.

— Podemos... recomeçar? — Drake perguntou.

Pestanejei algumas vezes antes de perceber que ele se referia à relação que tínhamos, qualquer que fosse. Isso é o que eu ganhava por beijá-lo por impulso. Uma vez. Duas vezes? Ok, talvez eu tivesse flertado com ele também. Muito. Drake podia ser despreocupado e descomplicado, mas o cara também estava meio confuso.

— Boa noite, Drake. Vamos conversar no café da manhã. Estou cansada, e vou escrever para Cinth antes de dormir.

Eu o empurrei para fora com uma mão, fechei a porta com a outra e encostei a testa nos painéis de madeira. Não ouvi passos, o que significava que ele não tinha ido embora. Girei a chave na fechadura, e talvez fosse coisa da minha imaginação, mas achei ter ouvido um suspiro pesado antes do som suave dos pés dele se afastando pelo corredor. Eu não queria magoá-lo, mas tampouco via um futuro para mim, quanto mais um futuro com um cara e um relacionamento real. E mesmo que visse, Lan era tudo o que havia em meus pensamentos naquele momento, uma barreira sólida para considerar qualquer pensamento romântico real com outra pessoa. Parece que meu coração escolheu a rota trágica, apesar de minha mente tentar interferir.

Me afastei e observei o ambiente. Sem a exuberância daquele monte de flores, as cores eram escassas. Piso de madeira nua e paredes não pintadas, tudo simples, mas bem-feito. A pequena lareira emitia um calor agradável, e eu podia ver uma banheirinha se destacando atrás da cortina, para dar privacidade. Era bom o suficiente para mim.

Antes de qualquer coisa, no entanto... sentei à única mesa e examinei o caderno. Couro bronzeado. A capa parecia antiga e bem desgastada. Desenrolando a tira de couro ao redor dele, eu o abri.

Não havia nada escrito, nenhum sinal de Cinth nas páginas. Vasculhando o quarto, encontrei uma caneta e rabisquei rapidamente um bilhete.

*Cinth. Aqui é a Alli. Você está bem?*

Pensei que teria de esperar horas, talvez até um dia inteiro, mas à medida que minhas palavras desapareciam na página, linhas começaram a surgir. Tudo em maiúsculas. Definitivamente, era ela.

Estremeci, ouvindo-a gritar como se estivesse ao meu lado.

*DEUSA SAGRADA! ALLI, VOCÊ ESTÁ BEM?*

Sorrindo, respondi rapidamente: *bem*. Franzi a testa para essa palavra.

*Mentira. Cinth, sinto sua falta, e nada está dando certo aqui.*

Eu queria desabafar, contar tudo o que tinha acontecido desde a missão de resgate dela. O barco, a onda gigante e Underhill explodindo novamente, mas eu não podia fazer isso com ela, pelo menos não naquele momento.

*Como vão as coisas em Unimak? Por favor, diga que está usando um disfarce.*

Como alguém conhecida por ser minha amiga, ela não estaria segura lá sem um disfarce.

Por um momento, não houve resposta, e então as palavras dela apareceram lentamente, com o que parecia ser um autorretrato. Ela tinha se desenhado como uma figura de palito com seios enormes e depois rabiscado cabelos pretos como azeviche por toda a cabeça, espetados em todas as direções.

*Acho bom você não se preocupar comigo. Estou superdisfarçada! Nem mesmo o Jackson me reconhece. Ou meus seios. O que é... louco. Mas os rumores estão correndo soltos aqui. Estou trabalhando como criada na cozinha do castelo, e entre isso e meus contatos, tenho conseguido fornecer muitas informações privilegiadas para Ruby.*

Interessante. Olhei firme para o caderno. Cinth estava completamente sozinha lá, assim como eu estava aqui. Ambas em perigo. Às vezes, discutir perigos era a última coisa que pessoas em nossa posição queriam fazer. Eu sabia exatamente o que ela queria saber.

Não tinha a ver com as lutas.

Não tinha a ver com o santuário.

Não tinha a ver com meu suposto propósito.

Eu escrevi lenta e deliberadamente:

*Lan ainda está comigo. ~~Nós nos beijamos~~. Não, não só beijamos, nós demos uns amassos de verdade, e nossa magia se enroscou de uma maneira terrível. Eu gostaria... Cinth, eu gostaria que pudesse ser diferente. Que fôssemos da mesma corte. Que nossa magia não estivesse causando tanta dor. Ficar com ele vai literalmente matar um de nós, mas eu simplesmente não consigo superar meus sentimentos por ele.*

Eu podia quase ouvi-la gritando do outro lado.

*Mas que maneira de partir!*

Comecei a rir alto com a mensagem dela, e meu riso se transformou em um soluço estranho, que eu não estava certa se gostava. Quase um soluço. Deusa do céu e da terra, como eu sentia falta da minha amiga.

Acho que fiz muito barulho, porque Faolan bateu na porta que conectava nossos quartos e pôs a cabeça para dentro.

— Você está bem?

Virando a cabeça para longe dele, eu rapidamente limpei os olhos.

— Sim, estou bem. — *Bem*. Lá estava aquela palavra de novo. — Estava apenas falando com Cinth. — Inspirei lentamente, contei até cinco e soltei o ar, lutando para conseguir controlar minhas emoções antes de me virar para ele.

As sobrancelhas dele se ergueram em incredulidade óbvia, e, quando segurei o caderno para que ele pudesse ver, suas sobrancelhas subiram ainda mais.

— Pensei que a rainha fosse uma das poucas que tinha um desses.

— Você já viu um caderno assim? — Me vi fechando-o um pouco, apenas no caso de ele poder ver as últimas palavras. Apenas no caso de elas decidirem permanecer e me humilhar.

Lan entrou no quarto, e com ele veio o cheiro de homem que acabou de tomar banho e algum tipo de sabonete de pinho? *Hum*. Era difícil não fechar os olhos para saborear o aroma.

Ele se aproximou e deu uma batidinha na capa com o dedo.

— Diários de viajantes. A rainha usava o dela para manter correspondências com as outras monarquias na Irlanda, na Rússia e no sul dos Estados Unidos. Eles não são mais feitos.

Eu olhei para o caderno, acariciando o couro macio e observando cuidadosamente onde Lan estava — e quão perto de mim. As últimas palavras de Cinth passavam pela minha cabeça. *De fato, que maneira de partir.*

— Por quê? Eles são muito úteis.

— Porque a pessoa que os fazia se recusa. — Ele deu um passo para trás, os olhos seguindo até os meus. — A Oráculo que os fez.

Quase joguei o caderno fora naquele exato momento. Não porque eu odiasse a Oráculo, mas me sentia traída por ela. Óbvio, eu não a conhecia, mas ela deixou que eu levasse a culpa pelo fiasco da falsa Underhill.

Eu me levantei e percebi que estava muito perto de Lan. Aquelas cores fascinantes rodopiavam em seus olhos de meia-noite.

— Eu deveria tomar um banho. — As palavras escaparam dos meus lábios.

Os lábios dele se curvaram.

— É, você está fedendo.

Eu bufei e dei a volta nele, caminhando até a pequena banheira, ajustando as torneiras até que a temperatura ficasse no ponto.

— Sempre o galanteador, não é?

— Você poderia esperar até que eu saísse do quarto pelo menos — ele rosnou enquanto se afastava.

Eu ri.

— Abrir a torneira da banheira agora é um ato indecente? Vou colocar na minha lista de coisas que possivelmente excitam os homens.

Faolan foi até a porta que ligava meu quarto ao dele.

— Duvido que funcione para alguém além de mim.

E então ele se foi, me deixando boquiaberta. Ele acabara de admitir que eu o excitava?

Olhei para a banheira enchendo e, antes que pudesse pensar melhor, segui Faolan até seu quarto.

Ele olhou para trás quando entrei, com irritação clara em seu rosto.

— O que foi agora? — ele perguntou.

— Você acabou de insinuar que eu excito você com tanta facilidade assim? — Sim, eu não ia usar meias-palavras dessa vez.

Sem chance.

Seu olhar ficou mais carregado.

— Você está mesmo perguntando isso?

Joguei as mãos para o alto.

— Essa é uma pergunta de sim ou não, Lan. Sei que nada pode acontecer entre nós. Eu sei. Você sabe. Mas droga... você não sabe nada sobre mulheres?

Seu rosto suavizou para uma expressão neutra.

— O que eu deveria saber, Órfã?

— Esquece. — Eu o deixei lá, sozinho, e voltei para o meu quarto, batendo a porta entre nós.

Dois segundos depois, ele estava de volta ao meu quarto, batendo a porta novamente.

— O que você quer de mim?

Fechei a torneira da banheira, vapor subindo da superfície.

— Quero saber se é apenas a magia que nos atrai. Se nossas magias não reagissem da maneira que reagem, e se fôssemos da mesma corte, isso... você e eu...

Eu não conseguia nem mesmo dizer alguma coisa.

Não ouvi ele se mover, mas senti ele se aproximar até ficar a poucos centímetros de mim, talvez menos. Seu queixo pairava sobre meu ombro, sua boca próxima ao meu ouvido.

Sua respiração era quente contra minha bochecha, e ficamos ali por um longo momento, a energia entre nós estalando e dançando conforme o impulso de me inclinar na direção dele crescia. Nossas magias incharam, mas não se tocaram completamente, deixando um cheiro de ozônio acre no ar.

— Lan? Me diga, por favor — sussurrei, não conseguindo fazer muito mais do que isso com o repentino aperto na minha garganta.

Eu era incapaz de me mexer, estava com medo de tocá-lo.

Ele virou o rosto, diminuindo a distância até que não houvesse mais nada além de um sussurro entre a pele dele e a minha.

— Num instante, Kallik.

# 16.

À luz da alvorada, eu puxei uma respiração cansada. Embora Faolan tivesse voltado para seu quarto a fim de dormir, suas palavras pairavam no ar do meu.

*Num instante, Kallik.*

Se não estivéssemos em cortes opostas e envolvidos naquela loucura, estaríamos juntos. Isso me fazia sentir alegria ou amargura extrema?

Eu tendia para a última opção, razão pela qual tinha virado de um lado para o outro na cama a noite toda, em vez de pegar no tão necessário sono.

Gemi.

— Por que eu?

Uma batida ressoou na porta, e Lan irrompeu do quarto dele, com a adaga em punho. Ele olhou para mim e desviou o olhar, e eu quase gemi ao lembrar da minha reação — ou da falta dela — na noite anterior.

Ele me deu o conforto que eu havia pedido. E eu fiquei chocada, em silêncio. Depois de me dar uma abertura muito generosa para responder, ele partiu.

*Belo trabalho, Kallik. Muito sutil.*

Outra batida soou, e Lan atravessou o quarto, abrindo a porta com força.

— O que foi? — ele rosnou.

— Rubezahl solicita a presença de Kallik da Casa Real.

Eu já havia jogado as cobertas de lado na cama, então prendi rapidamente minha bainha no peito, deslizando a arma para dentro. Caminhei até a porta.

— Aconteceu alguma coisa?

O feérico selvagem não respondeu, e, com um olhar superficial para Lan, segui o sujeito pelo corredor.

Faolan caminhava rápido atrás de mim pelo corredor, descendo as escadas e deixando o castelo. Uma luz suave banhava as ruas do santuário, e apenas alguns párias decoravam as barracas do mercado naquela hora do dia.

— O que Rubezahl quer? — Lan perguntou para o feérico selvagem.

O feérico selvagem olhou para trás e deu de ombros.

— Eu não faço perguntas a Rubezahl. Apenas obedeço às suas ordens.

*Um feérico selvagem, né?*

— É óbvio que ele disse para onde você devia nos levar.

— Disse.

Eu esperei.

— E que lugar é esse?

O feérico selvagem virou em uma ruela mais estreita, e, ignorando o rosnado de Lan, continuei atrás dele até pararmos diante de um muro — com cerca de três metros de altura. Era feito de portas e mesas quebradas e revestido de arame.

Mais preocupantes eram os gritos, gemidos e palavrões que ecoavam lá dentro.

O feérico selvagem sussurrou algo para os guardas, e uma portinha foi entreaberta para permitir nossa entrada.

Meu primeiro pensamento foi o de que se tratava de um curral. Centenas de baias de cavalos, mas as portas tinham sido substituídas por grades.

Horror percorreu meu ser no momento em que percebi o quê — ou quem — estava sendo mantido naquelas baias. *Feéricos*. Ou alguma coisa que se parecia com um. Definitivamente já tinham sido feéricos um dia. Agora...

Cabelos caídos estavam grudados em peles cinzentas.

Dentes faltando. Gengivas sangrando. Olhos vazios.

Dei meio passo para trás e esbarrei em Lan, meu peito arfando.

— São feéricos enlouquecidos.

O feérico selvagem olhou para mim.

— Os mais loucos deles, sim.

Eu observei uma mulher vestida com trapos tremer nas grades. Saía fumaça de sua pele, mas ela não gritava. Em vez disso, parecia fascinada pela maneira como a grade de ferro a machucava. Minha voz me traiu.

— Não há mais nada que possa ser feito?

— Parece que estão se transformando — Lan sussurrou, com voz rouca, e não era difícil identificar a mesma mistura de choque, pena e mais do que uma dose de horror em seu tom.

— Peço desculpas pelo despertar precoce — ressoou uma voz profundamente grave de dentro do curral feérico. Rubezahl saiu do curral de teto alto e se endireitou, nos observando solenemente. — Eu sei que vocês devem estar cansados.

Eu, cansada? O gigante parecia prestes a desmoronar.

— Aconteceu algo.

Ele assentiu, passando a mão pelo rosto.

— Receio que os afetados tenham piorado durante a noite. Veem o tom cinza em sua pele? Isso é novo. E a música da minha harpa não os alcança mais.

Meu coração afundou.

— Nada?

Ele negou com a cabeça.

— Sua harpa — Lan disse. — Como exatamente ela funciona?

— Assim como a lendária lança de Lugh funcionaria para você, se a carregasse — o gigante disse, cansado, sem notar o sobressalto de Lan.

Eu dei um passo à frente.

— Então, temos que tentar a minha fruta. — Ver aqueles feéricos e não fazer nada... isso simplesmente não era para mim. — Eu tenho que tentar de novo, Ruby. Agora.

O gigante abaixou a cabeça.

— Eu tinha esperança de que você estivesse disposta a fazer isso. Me diga, jovem. O que exatamente você fez para obter a fruta?

Franzi a testa, tentado recordar.

— Tinha uma semente de mirtilo. Eu a alimentei com minha magia. Eu só planejava cultivar alguns mirtilos para comer.

Rubezahl assentiu. Uma brisa suave girou ao redor do gigante, e seus olhos tremeluziram antes de ele estender a mão aberta.

Em sua palma maciça, uma pequena semente de mirtilo.

Os gemidos dos feéricos enlouquecidos ao nosso redor me impulsionaram, e peguei a semente, colocando-a no chão.

— Está bem.

*Isso poderia resolver tudo.* Envolvendo a semente com as mãos, drenei magia índigo para dentro do envoltório. Querendo não fazer nada diferente do que eu tinha feito antes, retirei combustível para meu poder do fogo de uma tocha entre duas baias e de um pequeno ramo verde de musgo próximo. Suor pingava da minha testa enquanto eu empurrava mais e mais magia na semente.

A semente se abriu, e uma planta explodiu para cima.

*Isso!*

Fechei os olhos, me concentrando em empurrar o máximo possível de magia para dentro da planta. Eu imaginava a pequena árvore coberta com flores rosa brilhantes que tinham produzido a fruta original. Só quando o suor escorreu pelo meu rosto é que eu olhei para a minha criação.

— Essa é a fruta? — Rubezahl perguntou. — Parece um...

— Um pé de mirtilo — falei, desanimada.

Lan cheirou o ar.

— Definitivamente não é a mesma fruta de antes. Órfã, você fez algo diferente?

Revirei meu cérebro.

— Não. Tudo está igual. Exceto que feéricos selvagens não estão nos perseguindo. — Eu sabia que replicar a fruta poderia não ser fácil. A esperança era realmente uma coisa complicada. Engoli em seco. Todos aqueles feéricos. Sofrendo. Eu não queria que esperassem nem mais um segundo naquele estado.

— Ainda não entendemos exatamente o que está acontecendo com sua magia e com Underhill — Ruby ponderou. — Mas talvez essa diferença seja importante. Você foi capaz de criar a fruta quando estava em perigo. Sua magia reage às suas emoções. Você claramente sente a mesma perturbação que eu ao olhar para os feéricos aqui. Acredito que deveríamos testar sua magia neles diretamente. Talvez não dê em nada, mas não saberemos se não tentarmos.

Passei a língua nos lábios.

— Não tenho o melhor... histórico nessa questão. Estamos falando de pessoas, Ruby. E se algo der errado?

O olhar de Rubezahl pousou pesadamente sobre a mulher que ainda segurava as barras de ferro, observando suas mãos queimarem.

— Posso não ter visto um mal desse tipo antes, mas esses feéricos estão enfraquecendo. Se não fizermos nada, não durarão muito neste mundo.

Em outras palavras, elas morreriam de qualquer jeito. Respirei fundo.

— Ok. O que devo fazer? Não sou curandeira. — Isso não parecia o mesmo que fazer crescer uma árvore a partir de uma semente.

Ruby fez sinal com o dedo para que eu o seguisse. Nos aproximamos da mulher na primeira cela. Quando chegamos a poucos metros dela, ela avançou contra as barras, mostrando os dentes, e meu estômago se revirou assim que um dente caiu no feno que cobria o chão. Ele estava enegrecido e irregular nas bordas. Apodrecido.

— Até agora, sua magia tem sido instintiva. — Ruby me lembrou.

Lan se aproximou de mim e falou baixinho:

— Tem certeza de que isso é uma boa ideia?

— Não, nem um pouco. Alguma outra sugestão?

Ele lançou um olhar rápido para Rubezahl, mas não falou mais nada.

Eu me concentrei na mulher, puxei energia marrom da terra e alimentei minha magia com seu poder, antes de esticar fios de índigo em direção à feérica que rosnava.

Minha magia roçou sua pele, e os olhos dela se encheram de sangue. Gavinhas pretas se estenderam para fora dela, em uma explosão que me fez cair de joelhos. Minha magia aumentou automaticamente em resposta à ameaça, sugando energia de tudo ao meu redor para contra-atacar.

Seus gritos ecoaram em meus ouvidos, e eu me concentrei nela, ofegando enquanto as gavinhas pretas começavam a tremer e desaparecer. Um leve tom verde brilhante emanou do breu um segundo antes de ela recuar das barras e desabar.

Eu cambaleei para a frente, para ver se ela estava respirando, quase esquecendo que sua prisão era feita de ferro.

— O que foi isso? — Lan exclamou, virando-se para Ruby.

Graças a Lugh, ela estava respirando. E...

— A pele dela — Ruby disse, maravilhado. — Voltou ao normal.

Era verdade. O tom acinzentado tinha desaparecido.

— A magia dela mudou no final também, você viu? O verde brilhante fluía através do preto.

O gigante abaixou a cabeça, concordando.

Aquela mulher já tinha sido Seelie, a julgar pela cor de sua magia no final. Eu estudei a palha agora apodrecida em sua cela. Um pouco de hera na parede explodiu em profusão em resposta à minha magia, cobrindo a maior parte do prédio. A magia dela deveria ter feito o mesmo, mas em vez disso apodreceu a palha.

— Como a magia dela exigiu um preço Unseelie? — perguntei.

Ruby e Lan seguiram meu olhar. O gigante murmurou:

— A magia dela era preta antes.

Olhei para ele.

— Seja lá o que está causando a loucura, é Unseelie.

Suas sobrancelhas se arquearam ligeiramente.

— Parece que sim.

— Mas Underhill é tanto Seelie quanto Unseelie — Lan argumentou.

— O poder dela é — Ruby respondeu. — Mas ela se isolou... ou alguém a isolou.

Eu franzi a testa.

— Mas como é possível alterar a essência mágica de um feérico?

— Deve sempre haver equilíbrio — ele murmurou. — Afora isso, suas ideias são tão boas quanto as minhas. No entanto, aprendemos alguma coisa.

Lan infundiu sarcasmo em sua voz:

— Que Kallik precisaria quase se matar para ajudar cada feérico louco a voltar do abismo?

Talvez, mas...

— É alguma coisa, de todo jeito. — Esfreguei as mãos nas coxas, as palmas formigando.

A expressão de Lan ficou incrédula.

— Você está brincando, Órfã. Quantos feéricos loucos existem? E você é mais forte magicamente do que todos eles? Mesmo que seja, quanto tempo essa "cura" vai durar? Essa mulher pode estar cinza de novo amanhã. Você não pode fazer isso.

Respondi, baixando a voz:

— Lan, eles precisam de ajuda. Olha para eles.

— E você não pode ajudá-los se estiver morta — ele respondeu, com o rosto inflexível. — Eu sei que Underhill fez você questionar seu valor, mas se matar não é a resposta.

Recuei como se tivesse levado um tapa. Lan achava que eu estava aproveitando a oportunidade para provar meu valor?

Espera, será que eu estava?

Ele me fez pensar, e fiquei observando por um momento os feéricos ao redor. Devia haver centenas ali — e mais no castelo. Todos aqueles que eu conseguia ver estavam acinzentados.

Fechei os olhos brevemente. Droga, ele estava certo.

— Talvez haja outra maneira — Ruby sugeriu.

Minha cabeça se ergueu.

— Qual?

Ele hesitou.

— Você mencionou sentir que, quando tocou o neto de Lugh, sua magia foi de alguma forma amplificada.

Meus olhos se arregalaram.

— É, foi. Quer dizer, foi... se ainda funcionar.

Lan balançou a cabeça.

— Minha magia é Unseelie.

— E por que isso importa? — Os gentis olhos azuis de Ruby suavizaram.

Faolan não respondeu.

O gigante continuou:

— Só importa que Underhill escolheu Kallik, e que sua magia parece fazer a dela atingir o potencial total.

Troquei um olhar rápido com Lan.

— Você realmente acha que é isso que está acontecendo?

— A palavra-chave é "acho" — Ruby respondeu, olhando para dentro da baia enquanto a mulher começava a se mexer. — Acredito que você só se permite acessar toda a sua magia na presença dele... especificamente com o toque dele. É uma teoria, claro.

Não era isso que parecia acontecer. Quando nossas magias se misturavam, parecia que a combinação me empurrava até o limite da insanidade, como se a dor de segurar tanto poder fosse me fazer explodir.

— Você quer que a gente teste essa teoria, suponho — Lan disse, de maneira seca.

A irritação ficou nítida no rosto de Ruby.

— O que eu quero é irrelevante. Quando você olha para esses feéricos, o que você quer fazer? Nada?

O olhar sombrio de Lan pousou na baia ao lado da mulher, onde um homem estava mexendo nas feridas do rosto manchado de sangue, cavando a carne ruidosamente. Meu estômago revirou. Quer dizer, eu já tinha visto algumas coisas em meus vinte e quatro anos, mas aquilo estava em outro nível.

— Precisamos tentar — implorei a ele, aproximando-me e quase estendendo as mãos para as dele. — Se não fizermos nada, isso vai continuar acontecendo, com mais e mais feéricos. Temos que encontrar a resposta.

Ele lançou um olhar por cima do meu ombro, então baixou a voz:

— Não quero que você se machuque. Nem o gigante tem certeza de que sua teoria está correta. Pode ainda haver alguém usando nossa conexão. Vamos mais uma vez conceder acesso a eles assim tão fácil?

— Mas e se ele estiver certo? Se não tentarmos nada, então ficaremos nessa situação para sempre. — *Sem ter certeza se nos tocar seria nossa morte.* — A solução para essa bagunça não é indolor. Além disso, Rubezahl está aqui.

Lan suspirou e disse mais alto:

— Você tem o poder de nos separar se necessário?

— Tenho. — O gigante parecia confiante.

Caminhando até o meio das duas fileiras de baias, encarei Faolan enquanto ele se aproximava de mim, os olhos mais escuros do que nunca.

— Kallik — ele sussurrou.

Me preparei e entrelacei nossos dedos antes de perder a coragem. Ambos ficamos tensos.

Mas...

Soltei um suspiro.

— Nada. — Assim como o dia anterior.

— Nada? — Ruby perguntou. — Tente abrir sua magia.

Nunca tinha pensado na minha magia dessa maneira antes, como uma porta que poderia ser fechada. Mas eu queria que aquilo funcionasse — precisava fazer *algo* —, então extraí energia do chão novamente e liberei meu índigo na direção de Lan. Sua magia rubra profunda acariciou a minha, embora de uma maneira diferente de antes. Isso me lembrou de como minha magia podia dançar com a de Cinth, mas talvez de forma um pouco mais íntima.

Ok, mais do que um pouco. Segurei a respiração, surpresa por nossa magia estar se tocando sem que nada explodisse.

Recolhemos nossas magias ao mesmo tempo e ficamos olhando um para o outro.

Aquilo realmente tinha acabado de acontecer.

— Rubezahl — o mesmo feérico selvagem que tinha ido me buscar gritou, correndo para nos alcançar. — Surto em massa na praça.

O gigante praguejou.

— Esperem aqui. Tem mais uma coisa que quero tentar.

Dei um passo na direção dele.

— Podemos ajudar.

Ele já estava a dez passos de distância.

— Os párias não podem se dar ao luxo de perder você também, Kallik da Casa Real. — O gigante saltou sobre a cerca em um movimento que desmentia sua idade e sumiu.

Lan segurou meu braço.

— Ele está certo.

O chão parou de tremer.

— Agora você resolve ficar do lado dele — rosnei, frustrada, me afastando para entrar ainda mais no edifício.

— Você interpretou a explosão na floresta como se fosse um sinal de que você é dispensável, mas não é.

Eu me virei para Lan.

— Você está todo sabichão hoje.

O canto de sua boca se ergueu.

— Sempre estou, Órfã. Só hoje você resolveu perceber.

— O que eu percebi é que você contradiz tudo o que Ruby fala.

— Sempre que você estiver envolvida, eu farei perguntas — ele garantiu. — Para mantê-la segura.

Pestanejei com o tom caloroso dele, e a raiva saiu do meu corpo em um suspiro. Ela estava direcionada à pessoa errada. Apontei para os feéricos à nossa volta. Alguns estavam deitados de lado, dormindo de forma ofegante e inquieta. Outros, com a pele ainda não muito fora do normal, nos observavam das sombras, abraçando as pernas.

— É difícil ver isso.

Lan assentiu, com ar sombrio.

— Eu sei, Órfã, mas isso acontecia muito antes de você se envolver. Você não foi a responsável por isso. Você pode ser parte da solução, mas não é parte do problema.

Coloquei os braços ao redor do meu torso.

— E se eu não puder fazer o necessário?

Talvez eu nunca tivesse pronunciado essas palavras em voz alta se não tivesse visto aquela cena. Acho que eu tinha uma ou duas barreiras próprias para derrubar.

Faolan se aproximou.

— Essa pergunta nunca passou pela minha mente.

Será que uma das barreiras dele estava desabando também? Talvez eu devesse continuar nessa linha. Inclinei o queixo para cima, examinando seu rosto.

— Você sabe... o que me disse ontem à noite? — Respirei fundo. — Minha resposta seria a mesma. Num instante.

Ele congelou por um momento.

— Seria mesmo?

Meus lábios se contorceram com sua surpresa, mas meu bom humor desapareceu. Porque, no final das contas, o que dizíamos não alterava nada entre nós. Nem o fato de conseguirmos nos tocar temporariamente.

— Se serve de consolo.

O pomo de adão dele subiu e desceu.

— Se serve de consolo.

Sorrindo, estiquei o braço e peguei sua mão.

O ar saiu dos meus pulmões dessa vez, e meu peito queimou de dor. Caindo de joelhos, só estava vagamente ciente de Lan fazendo o mesmo na minha frente.

Porque estávamos presos um ao outro, nossa magia se esforçando para se aproximar, se entrelaçar, se fundir. Índigo e rubi profundo, quase negro, preencheram minha visão, estreitando-se ao nosso redor em um aperto mortal.

Dessa vez, não era um passeio agradável, e não vinha com a vontade de nos tocar.

Só queria nos destruir. Nos empurrar além do que éramos fisicamente capazes.

A voz de Ruby chamou por mim.

— Kallik, aguenta!

Mas não havia como. Eu gritei à medida que a dor alcançava níveis excruciantes. Manchas pretas apareceram na minha visão, ouvi o estrondo distante de uma explosão, e tudo ficou escuro.

# 17.

Meus olhos estavam fechados contra a força da explosão, e na escuridão eu podia ouvir os gritos dos feéricos ao nosso redor. Feéricos que estavam loucos. Feéricos que eram selvagens. Seelie e Unseelie igualmente.

A única coisa que me ligava a algo parecido com sanidade eram os dedos entrelaçados nos meus.

A dor percorria meu corpo, mas eu não podia soltar Faolan.

Nunca.

Nunca mais.

Uma voz sussurrou em minha cabeça, em tlingit:

*Filha não reivindicada do rei, você abrirá minha passagem. De mel e cinzas, de penas e ossos, mais uma vez você encontrará o caminho para casa. Venha até mim.*

Merda, droga, maldição, "abrir minha passagem", *era* Underhill me possuindo o tempo todo.

— Estou tentando — gritei, na escuridão, quando outra explosão rasgou o ar, lançando Lan e eu para longe. Tentei alcançá-lo, talvez até tenha gritado o nome dele, e então bati em algo sólido.

O ar saiu dos meus pulmões, e eu rolei até parar toda largada.

A escuridão se foi, e eu estava deitada de costas no meio das baias, olhando para o céu que definitivamente tinha sido um teto de madeira antes de Lan e eu nos tocarmos. O que diabos acabara de acontecer?

Pedacinhos brancos caíam do céu. No início, pensei que fossem cinzas, como as que tinham caído em outra ocasião quando Lan e eu tocamos nossa magia, acompanhadas de todo aquele mel. Um dos pedacinhos pousou no meu rosto, mas não desapareceu. Eu o peguei e fiquei encarando aquela coisa, sufocando em uma inspiração áspera quando percebi o que era de verdade.

*Osso.*

Pedaços de ossos estavam caindo do céu. Piscando, fiquei de bruços com um gemido e me ergui até ficar de quatro, mantendo meu corpo imóvel enquanto a dor diminuía. Levantei a cabeça quando algo macio roçou meu rosto, se enroscando em meu cabelo.

Peguei a coisa.

Uma pena.

*De mel e cinzas, de penas e ossos, mais uma vez você encontrará o caminho para casa.*

Underhill estava me enviando sinais? Não havia por que penas e ossos estarem ali, especialmente flutuando no maldito ar. Não havia por que o mel e as cinzas estarem por perto naquela outra vez também. Em ambos os casos, eles apareceram depois que nossas magias se entrelaçaram.

Mel. *Seelie.*

Cinzas. *Unseelie.*

Penas. *Seelie.*

Ossos. *Unseelie.*

Eu poderia supor que minha magia tinha criado o mel e as penas, e a magia de Lan, as cinzas e os ossos, mas, fora isso, *devia* ser uma mensagem de Underhill!

Absorta na pena, eu não percebi que tinha companhia até que um par de pés entrou na minha vista... pés translúcidos.

Eu nem mesmo olhei para cima.

— Agora não.

Minha guia espiritual deu um suspiro pesado.

— Agora, Kallik. Você precisa ir. Encontre a Oráculo. Ela é a única que pode ajudar você agora. Os outros caminhos estão se fechando enquanto falamos, e você está em grave perigo.

Pisquei mais uma vez, e minha "amiga" desapareceu.

— Já foi tarde — resmunguei. — Toda vez que você aparece, minha vida fica uma droga ainda maior. — Além disso, Underhill acabara de sussurrar na minha mente. *Mais uma vez você encontrará o caminho para casa.*

Talvez isso significasse que eu estava perto.

Eu me levantei e olhei em volta, para os feéricos nas baias. Não estavam se mexendo. Nós os curamos? Deusa do céu e da terra, a dor teria valido totalmente a pena se eles estivessem bem, mesmo que fosse apenas uma medida paliativa que nos desse algum tempo.

Dei um passo, e esmaguei sob os pés os pedaços de ossos que continuavam a cair do céu. Uma rajada de vento formou turbilhões de penas entre as baias, e meu coração começou a bater forte enquanto eu olhava com atenção os feéricos enlouquecidos.

A maneira distorcida como estavam deitados.

Totalmente tortos.

Os peitos imóveis.

*Mortos.*

Levei as mãos à boca, enquanto meus olhos se arregalavam e percorriam a área.

— O que nós fizemos?

Nós.

Lan!

— Faolan — gritei. E se ele estivesse quebrado, como aqueles corpos? E se minha magia tivesse feito o mesmo com ele?

Eu cambaleei entre as baias, vendo embaçado os membros quebrados, os pescoços, os rostos e as barrigas rasgadas. Agarrei a borda de uma baia, o ferro queimando a palma da minha mão, mas me prendi a ela enquanto vomitava tudo o que havia no meu estômago, até não sobrar nada dentro de mim.

O ferro queimando me ajudou a me manter em pé enquanto o procurava.

Lan.

A voz de Ruby me alcançou primeiro.

— Kallik! Afaste-se disso.

Eu me virei e dei de cara com ele, no que antes era a fachada do curral. Seu chamado me fez lembrar de que eu tinha ouvido sua voz bem antes da explosão. Ele não tinha pedido para eu aguentar?

A memória era vaga e deturpada, e eu não me importava com nada naquele momento, exceto desejar que Lan e eu tivéssemos esperado pelo retorno de Ruby antes de nos tocarmos novamente.

Mas era tarde demais para esses pensamentos.

Ignorando Ruby, continuei avançando em meio à carnificina e à morte que eu causara, meus passos esmagando pedaços de ossos. Mesmo que eu soubesse que os ossos não eram dos feéricos enlouquecidos, e sim um subproduto do que seja lá o que estivesse acontecendo entre minha magia e a de Lan, aquele som só se somava ao horror geral da cena diante de mim. Eu estava em choque — a visão era quase incompreensível em sua devastação —, mas não conseguia pensar em nada além de Faolan.

— Lan!

Uma forma coberta de sombras estava à minha direita, no fundo de uma baia. O corpo de Faolan estava virado para mim, como se estivesse dormindo. *Deusa, por favor, que não seja o sono final.*

Com medo de chegar perto para confirmar a verdade, tropecei para a frente e caí de joelhos ao lado dele. Em seguida, pairei minhas mãos trêmulas sobre seu corpo.

— Deusa, por favor, me deixe tocá-lo sem causar esse caos novamente. *Por favor, Underhill. Seja misericordiosa comigo.*

Eu não deveria fazer isso. Já tínhamos causado tanto mal. Mas eu não conseguia me controlar. Não quando ele parecia...

Engolindo em seco, estendi a mão e agarrei os ombros de Faolan, depois o virei com o rosto de frente para mim. Seu peito subiu após um longo momento, e eu ousei tocar sua face.

Seus olhos escuros se abriram lentamente.

— Você tem penas no cabelo — ele murmurou, levantando a mão para afastar uma.

Ele estava vivo.

Lágrimas escorriam pelo meu rosto enquanto eu me sentava nos calcanhares e escondia as mãos. Underhill acabara de se mostrar misericordiosa comigo, mas eu não podia abusar.

— Lan... nós pioramos as coisas.

Ele se sentou lentamente, olhando além de mim para as baias.

— Nós machucamos eles?

— A explosão da magia de vocês matou todos. — A dor na voz de Ruby ecoou pelas baias até nós. — Arrebentou todos eles, juntamente com as proteções do nosso santuário. Não estamos mais escondidos. Os humanos e as cortes já nos localizaram.

*Não.* Olhei para ele, esperando ter ouvido errado. Nós tínhamos destruído as barreiras do santuário? Tínhamos matado todos os feéricos enlouquecidos que estavam ali. Os que precisavam da nossa ajuda.

Eu estava tremendo. Naquele momento, eu não queria mais nada, a não ser sentir os braços de alguém ao meu redor, saber que não estava sozinha. Com a cabeça baixa, lutei para conter os soluços que se acumulavam no meu peito. Porque, embora no fundo eu soubesse que aquele massacre não era apenas culpa minha, mas o resultado da interação da minha magia com a de Lan, eu não tinha dúvidas de que ele poderia ter tocado qualquer outro Seelie e não ter produzido... *aquilo*.

Algo em mim tinha feito a diferença.

Braços fortes deslizaram ao meu redor e me puxaram suavemente do chão até que eu estivesse acomodada em seu colo.

— Solte-a, Unseelie — Ruby rosnou. — Você já não fez o suficiente?

— A magia se foi — Lan rosnou de volta —, e o coração dela está partido.

Só por enquanto, talvez.

Mas dessa vez tinha provado que voltaria repetidamente, e que cada vez que nos tocássemos, pessoas poderiam morrer.

Aquele abraço era um momento roubado, e eu me agarraria a essa lembrança por dias, meses e quem sabe anos. Lembranças eram tudo o que poderia existir entre nós. Então, me inclinei na direção dele e enterrei meu rosto no canto do seu pescoço, sentindo o seu cheiro enquanto lágrimas escorriam pelo meu rosto.

Quantos estavam mortos? Muitos.

Eles precisavam da nossa ajuda. Da *minha* ajuda. E eu falhei com eles.

Os braços de Lan se apertaram ao meu redor.

— Vamos consertar isso, Órfã. Eu não sei como, mas vamos. Não desista.

Eu me afastei e vi que seus olhos estavam úmidos. Tive de virar o rosto porque vê-lo assim, vulnerável e lamentando, acabaria com o mínimo de controle que eu ainda tinha sobre minhas emoções.

Quando um massacre assim era a consequência, não havia opção *a não ser* desistir de nós.

— Solte-a — Ruby rugiu, e a raiva em sua voz me impeliu a ficar de pé e me afastar de Lan.

Um momento depois, Lan também se levantou, colocando-se entre mim e Ruby.

— Chega. Fizemos como você pediu e olha no que deu! — Ele fez um gesto com o braço, abrangendo a cena brutal. — Nenhum dos feéricos loucos aqui ainda está vivo, muito menos curado. Podemos ter sido a arma, mas você puxou o gatilho.

Acima das baias, o rosto de Ruby era inescrutável. Ele soltou um suspiro cansado.

— Venham. Precisamos deixar o santuário. Nossa única esperança agora é levar a batalha até aqueles que desejam nos ver mortos.

— Levar a batalha até quem? — perguntei. Suas palavras não faziam sentido. Não era possível que fosse o que eu estava pensando.

Os ombros de Ruby se curvaram ao mesmo tempo que os de Lan ficaram tensos.

— Ele pretende lutar contra as duas cortes — Lan disse, com suavidade.

— Eles virão atrás de nós — Ruby rebateu, e eu percebi que um bom número de feéricos havia se reunido atrás dele, contemplando os horrores ali dentro com o mesmo medo que enchia meu coração. Um deles era Drake.

— Nós não concordamos com a violência — Ruby continuou. — Mas tampouco concordamos com a violência contra nós. Precisamos nos proteger. O que foi feito por Kallik e Faolan não pode ser desfeito, então precisamos tomar uma decisão. — Ele se virou para enfrentar seu rebanho. — O que vocês querem que façamos, filhos da lua? Ficar aqui e esperar pelo massacre? Ou levar a batalha até os tronos de ambas as cortes, até Unimak?

Filhos da lua? Minha cabeça ainda estava confusa com a explosão e o luto, e, embora a frase fosse familiar, eu não conseguia identificá-la.

Levei a mão à cabeça, e meus dedos voltaram pegajosos de sangue. Isso explicava algumas coisas. Mas não o sentimento de desconforto com as palavras de Ruby. Ele estava errado. Aquele não era o caminho certo. Mas minhas palavras ficaram presas na língua à medida que a culpa martelava por dentro das minhas costelas.

Um grito se ergueu dos feéricos ao redor de Ruby. Os perdidos, os excluídos, os criminosos e aqueles que haviam sido injustamente expulsos.

— Vamos lutar! — As duas palavras foram ecoadas por aqueles ao nosso redor até que as baias tremeram com a força dos gritos.

Eu olhei para o rosto de Ruby e vi a tristeza nele. Balançando a cabeça, comecei a avançar para me juntar a eles, mas Lan ficou no meu caminho.

— Não — ele disse, em tom baixo. — Se eles forem para a guerra contra as cortes, vão morrer. Mesmo que você lute com eles, Órfã. O poder combinado dos Unseelie e dos Seelie não pode ser derrubado por dez mil feéricos párias. Você sabe disso.

Seus olhos se fixaram nos meus.

— Me diga que entende o que estou dizendo. — Ele pausou. — Por favor.

Aquela era a primeira vez que ele me dizia por favor, e o apelo suavizou minha resposta.

— Eu entendo — eu garanti, a fadiga me pesando. — É exatamente por isso que eu tenho que impedi-los.

Lan se moveu para o lado e fez uma pequena reverência.

— Depois de você, então, Vossa Majestade.

Minha tentativa de suavizar não deu muito certo.

Minha mandíbula se contraiu enquanto eu passava pelos cercados dos mortos, e minha alma se partiu mais uma vez.

Por que pensei por um segundo que tocar Lan daria certo? Maldita seja minha alma esperançosa.

Parei em frente a Ruby.

— Você não pode deixá-los ir para a guerra. Serão massacrados.

Ao lado dele, Drake se enrijeceu.

— Só porque não fomos treinados como você não significa...

Ergui a mão.

— É exatamente isso que significa. As duas cortes se uniriam para destruir vocês. Não levaria muito tempo para matar ou fazer cada um de vocês prisioneiros. Tudo bem que eu nem sempre concorde com o modo como as coisas são administradas lá, mas eles estariam dentro de seus direitos ao se defenderem. Aqui, vocês estão certos. Se eles atacarem, então vocês têm todo o motivo para revidar, e eu acredito que a deusa olha com bons olhos aqueles que se defendem. Não acredito que ela olhe com carinho para aqueles que promovem a guerra.

Nunca tinha falado algo assim. Era quase como se estivesse proferindo palavras que não eram minhas, embora eu realmente acreditasse nelas.

Ruby se abaixou.

— Palavras sábias, jovem. Mas eu não preciso ser convencido. Você precisará convencer os outros aqui. A raiva encheu o coração e a mente deles. Não acho que tenho forças para acalmá-los.

— Então, por que fazer essa pergunta enquanto as emoções estão à flor da pele? — perguntei, irritada.

Ele empalideceu.

— Eu não sou um líder. Meu papel é oferecer escolha àqueles cuja escolha lhes foi roubada.

Era a primeira vez que via o gigante parecer com dúvidas. Ele devia sentir pelo menos uma fração da culpa que pulsava através de mim. Ninguém estava operando com capacidade total agora.

— Vai se foder — alguém gritou do fundo da multidão.

— Só se pedir com educação — respondi. — Na verdade, talvez nem mesmo assim.

A multidão avançou. Como diabos eu acalmaria aquela turba?

Drake agarrou meu braço.

— E se você e Faolan fizessem aquela coisa no meio de cada uma das cortes? Uma explosão que eliminasse todos nas proximidades. Vocês poderiam matar milhares de feéricos em questão de segundos.

165

Fiquei boquiaberta, e olhei chocada para o garoto que eu pensava ser um dos bons.

Eu tinha pensado na possibilidade de tê-lo em minha cama, e agora ali estava ele... me jogando aos lobos. Pior, eu podia ouvir a alegria e a excitação na voz dele. A ideia de milhares de mortos não o deixava enjoado. E isso *me* deixava enjoada. Era quase tão chocante quanto o que eu acabara de fazer, e isso abalou minha fé nos párias.

A multidão aplaudiu suas palavras.

— Isso aí, vamos ver se eles sobrevivem ao poder da mestiça.

Eu não era mais uma pessoa para eles, apenas uma arma a ser usada?

Os dedos de Drake se apertaram em volta do meu braço enquanto Ruby se levantava e se virava para os outros, com os enormes punhos cerrados.

— Por favor, vamos ficar calmos.

Suas palavras pareceram apenas enfurecer a multidão.

Eu me desvencilhei de Drake e recuei até trombar em Lan. Como se ele tivesse me queimado, abri espaço entre nós.

— Órfã?

— Sim?

— Acho que precisamos dar o fora daqui.

Engoli em seco enquanto a multidão avançava novamente pelo curral destruído. O maldito espírito estava certo. Estávamos em grave perigo.

— Para onde? São muitos deles.

Lan recuou, seus passos estalando levemente acima dos urros e rugidos da multidão.

Ruby olhou para mim por cima do ombro, seus olhos tão tristes que eu poderia ter chorado. Ele sabia tão bem quanto eu que não podia deter aquela turba.

— Sinto muito, Kallik da Casa Real. — E a última palavra que disse foi apenas com os lábios. — Vá.

Calados, Lan e eu nos viramos e corremos, pisando em penas, em ossos e nos destroços do curral em direção à parede ainda de pé. O treinamento em Underhill me preparara, e os anos de treinamento de Faolan como guarda Unseelie o tinham preparado. Saltamos ao mesmo tempo, escalando a parede com quase nenhum apoio. Puxando uma gavinha azul-gélida do arame farpado acima, alimentei minha magia índigo e persuadi as farpas a se afastarem até que restasse apenas o arame liso.

— Obrigada — sussurrei, enquanto musgo crescia sob minhas mãos em resposta ao meu poder Seelie.

Paramos no topo, olhando para a multidão furiosa abaixo.

Os feéricos renegados nos olhavam boquiabertos, e eu duvidava muito que algum deles conseguisse nos seguir — talvez Drake, se ele ainda tivesse duas mãos.

Eu me virei e saltei os três metros de altura. Tínhamos de sair do santuário.

Lan aterrissou agachado ao meu lado.

— Temos no máximo alguns minutos antes que eles cheguem até nós de outra forma. Como saímos daqui? E, melhor ainda, para onde vamos?

Balancei a cabeça.

— Não sei como sair. — Mordi o lábio. Underhill acabara de falar comigo, mas nenhum caminho havia aparecido. Além disso, eu só tinha as palavras do espírito para me guiar. Um espírito que eu presumia ter sido enviado por Underhill. Ela tinha me dito para não vir para cá. E para correr. E... Respirei fundo. — A Oráculo. Precisamos ir até ela.

Lan hesitou.

— Ela tem um refúgio conhecido.

Ela *tinha*?

— E por que diabos estou sabendo disso só agora?

Lan balançou a cabeça.

— Depois. Precisamos sair daqui primeiro.

Sem dúvida. Mas, sério, por que diabos ele não tinha mencionado *isso* até aquele momento?

Ele fez sinal para eu segui-lo, e saímos correndo novamente na rua pela qual entramos no santuário.

Éramos rápidos, mas seríamos rápidos o bastante para fugir dos rugidos furiosos da multidão e de suas armas?

Gritos se elevaram à frente.

— Por aqui — sibilei para Lan, arrastando-o para dentro do primeiro edifício que vi. Meu nariz se contorceu com o cheiro de feno e esterco enquanto nos agachávamos nas sombras logo depois da porta.

Um grupo de párias passou correndo na direção do curral.

Lan os espiou.

— Estamos seguros.

Ao nos levantarmos rapidamente, eu parei.

— Espera. Você ouviu isso?

— *Isso mesmo, imbecis. Continuem andando. Eu vou chutar a cabeça de vocês.*

O rosto de Lan ficou sem expressão.

— O que você acabou de dizer?

— Não fui eu. — Realmente, não tínhamos tempo para isso, mas fui mais para o fundo do prédio e encontrei um único kelpie terrestre dentro de um estábulo escurecido, preso à parede por correntes de ferro.

Ele me lançou um olhar malévolo.

— *Vai se foder.*

Aquele não era como os outros kelpies terrestres que eu tinha encontrado. Ele estava seriamente irritado. E, mais importante...

— Você fala. Eu não sabia que vocês podiam falar.

— *Não me compare com os camponeses da minha raça, imbecil.*

*Caramba.*

Não havia tempo para dar uma lição de boas maneiras. Hora de negociar.

— Desculpa por isso. Olha, se eu te libertar, você nos leva até a Oráculo? Eu te ajudo, você me ajuda?

Ele soltou um resmungo baixo, escavou o chão uma vez e então balançou a cabeça. Um acordo feito com uma criatura feérica.

Era o que eu esperava que fosse. Porque aquilo poderia ser o kelpie terrestre dizendo "vai se foder".

Sibilando baixo, abri as correntes de ferro ao redor do pescoço do kelpie e notei que ambas as patas traseiras também estavam amarradas. Que diabos?

— Lan, me ajuda.

Ele apareceu. O kelpie mostrou os dentes e rosnou. Lan levantou as mãos.

— Só estou ajudando a moça aqui. Mesmo que ela seja louca por fazer um acordo com você. — Em voz baixa, ele disse para mim: — Por que você acha que ele está amarrado assim, Órfã?

Eu o ignorei, e juntos libertamos as patas traseiras do kelpie em menos de um minuto. O que foi bom, porque eu conseguia ouvir a multidão se aproximando.

A multidão que queria que eu desse fim às cortes para ela. E teoricamente, dava para fazer isso. A julgar pelo que tinha acontecido, tudo o que eles teriam de fazer era nos amarrar, a mim e a Lan, com algumas cordas e então correr como se fugissem do inferno. E bingo. Estava feito.

Montei nas costas do kelpie terrestre, e Lan saltou atrás de mim, pondo as mãos na minha cintura com muita confiança. Eu fiquei tensa, mas nenhuma faísca surgiu entre nós. A frustração borbulhou no meu estômago. Por que às vezes isso acontecia e às vezes não? Talvez tivéssemos queimado a conexão com a explosão, como Ruby havia sugerido. Será que tinha de se acumular novamente até atingir um certo nível? Será que era isso?

Mal consegui segurar a crina do kelpie quando ele foi para a frente, como se seu corpo fosse um barco e estivéssemos atravessando ondas que rugiam no oceano. Ao sairmos do estábulo escurecido, ele soltou um urro massivo, avançando em direção à barreira do santuário.

Estava desprotegida, e rompemos em direção à tundra árida, o kelpie indo para o norte com uma determinação feroz.

— Precisamos encontrar a Oráculo — falei, por cima do ombro. — Ela é nossa única esperança. Lan, onde fica esse esconderijo que você não mencionou até agora? — Se ele esperava que eu fosse deixar isso barato, então ele não me conhecia.

Lan não respondeu imediatamente.

— Eu compartilhei algumas preocupações com a rainha Elisavana.

É óbvio que tinha compartilhado.

— Como?

— Um pequeno caderno. Ela tem o gêmeo dele, e conseguimos nos comunicar escrevendo neles.

Semelhante ao que eu usava com Cinth. Aparentemente, havia mais de um par no final das contas.

— Quais preocupações você tinha? Espere, me deixa adivinhar... Rubezahl.

Ele não respondeu.

Me contorci o máximo possível sem escorregar das costas do kelpie em alta velocidade.

— Nada a dizer?

— Nada que você queira ouvir, Órfã.

Ruby me ajudou quando ninguém mais o faria. Claro, as coisas haviam ficado um pouco estranhas no santuário, mas ele ainda era o único interessado em desvendar o mistério de Underhill e da minha magia, em vez de apontar o dedo ou matar pessoas.

— Eu não aceito isso.

— Você não precisa aceitar. É meu trabalho suspeitar. E é tudo que sinto agora... suspeita. Rubezahl pode não estar envolvido em nada sinistro, mas ele tampouco nos contou toda a história.

A questão era que Ruby era muito mais bondoso do que a maioria dos seres que eu tinha conhecido na vida. Ele não precisava fazer nada do que havia feito pelos párias, mas estava dando o máximo de si para ajudar os loucos. Ou estava, até matarmos todos eles.

A culpa se contorcia ferozmente em meu estômago ao pensar na cena de horror que tínhamos deixado para trás. Os corpos imóveis, a quebra da proteção do santuário. Lágrimas arderam em meus olhos, mas deixei o vento levá-las embora.

Porque, pela primeira vez em muito tempo, eu senti um lampejo de esperança.

Aquele kelpie terrestre prometera nos levar diretamente à Oráculo. Ela pode não ser a porta para Underhill, mas encontrá-la era quase tão importante.

Talvez nossa sorte finalmente tivesse mudado.

— Então, a rainha Elisavana disse onde encontrar a Oráculo? — perguntei, olhando para trás enquanto o kelpie terrestre diminuía a velocidade para descer uma encosta irregular.

A voz de Lan se elevou sobre o barulho das pedras.

— Ela não mencionou Underhill. Apenas que a Oráculo gosta de pegar suprimentos em um mercado em Barrow de vez em quando.

Eu não tinha ideia de onde ficava isso.

Pressionei uma mão contra o pescoço do kelpie.

— Ei, precisamos ir para Barrow. Você sabe onde fica?

— Eu não piso em um lugar desses — ele zombou.

Meus olhos se estreitaram.

— Fizemos um acordo. Você precisa nos levar até a Oráculo.

— É, imbecil. Não repita palavras nem desperdice meu tempo quando um poderoso inimigo está no nosso encalço. Já estou levando vocês para a Oráculo.

Lan ficou imóvel ao mesmo tempo que eu. Forcei as palavras a saírem:

— Você sabe onde ela está?

O kelpie terrestre virou uma orelha para trás e suspirou. E então falou:

— Claro. Em Underhill.

# 18.

Underhill. A Oráculo estava em Underhill.

E aquele kelpie aparentemente ia nos levar até ela.

Aquele devia ser o dia mais sortudo de nossas vidas. E eu não acreditava nisso nem por um segundo.

Eu me inclinei para a frente quando chegamos ao pé da encosta e o kelpie começou a margear um riacho.

— Você está nos levando até a entrada como parte do nosso acordo, então?

Ele resmungou. Cara, aquele sujeito era mesmo muito ressentido.

— A entrada.

— Hã... sim. Estamos indo para lá?

— Eu sou um kelpie, imbecil de duas pernas.

Fingi não sentir o leve tremor no corpo de Lan enquanto ele continha o riso.

— Não sei como exatamente o fato de você ser um kelpie se encaixa em nos levar até a entrada de Underhill.

O kelpie marchou pelo riacho, jogando uma onda de água gelada nas minhas coxas de uma maneira que parecia intencional.

— Nós somos os feéricos favorecidos pela deusa. Em tempos antigos, nós a carregávamos em grandes jornadas pelos reinos — ele se dignou de responder. — Eu não preciso de uma entrada para acessar Underhill e chegar à Oráculo.

Esse tempo todo um maldito kelpie poderia ter me levado ao reino feérico? Aquilo era de conhecimento comum? Quando Lan grunhiu surpreso, eu presumi que a resposta fosse não.

— Quantos kelpies terrestres existem? — Eu me endireitei. — Os feéricos loucos poderiam acessar Underhill...

— Apenas os mais velhos entre os nossos são capazes de fazer a jornada — ele falou, me interrompendo. — E nós não somos montarias.

É mesmo? Porque eu já tinha montado em kelpies terrestres várias vezes, e os outros não pareciam se importar.

— Eles são quantos?

— Um — o kelpie trovejou.

Ergui as sobrancelhas.

— Apenas você?

Ele me ignorou.

*Hum.*

— Por que estava preso no santuário? — Lan perguntou.

— Eu posso acessar Underhill. Por que diabos você acha? — Ele bateu com o casco no chão, dando a volta em uma área. Acessando minha visão mágica, eu não conseguia ver nada particularmente especial ali, mas o kelpie claramente discordava.

Lan puxou o ar.

— A pessoa que prendeu você...

— Eu estou ficando cansado da sua tagarelice, homem.

Eu sorri. *Rá!* O kelpie não desgostava só de mim.

Meu estômago deu um solavanco quando o chão pareceu ceder. O kelpie já tinha deixado o riacho havia muito tempo, mas parecia que estávamos percorrendo mais uma vez a água.

Quase como se...

Olhei para o chão enquanto o kelpie caminhava por ele, afundando mais e mais. As pedras e a terra se fecharam sobre meus pés enclausurados na bota e o couro que revestia minhas pernas, subindo e subindo.

Estava realmente acontecendo, e minha boca ficou seca. Era como nas outras vezes que estive em Underhill. A falsa Underhill, suponho, mas a experiência era projetada para ser bem parecida.

Lan se segurou em mim com mais força enquanto o chão avançava sobre nosso torso — nosso rude meio de transporte já tinha desaparecido.

Eu olhei para trás e pisquei.

— Até logo.

O chão nos sugou com uma força totalmente diferente das minhas viagens para a falsa Underhill. Minha consciência de Lan e do kelpie terrestre desapareceu enquanto eu era arrastada para baixo, girada, jogada para o lado e esmagada.

No entanto, segundos ou horas depois, emergi ainda montada nas costas do maldito kelpie.

— Tudo bem? — gritei para Lan.

— Não quero que isso se torne um hábito.

Nem eu.

Mas agora tínhamos de prestar atenção ao nosso entorno. Se a falsa Underhill era perigosa, quão mais perigosa seria a real? Passei o olhar pelas dunas arenosas, uma lembrança quase dolorosa do primeiro desafio no último teste da Iniciação. Fiquei surpresa ao ver como era parecido.

Naquela época, eu tinha uma esperança real para o meu futuro simples e seguro em Unimak. Agora... *agora*, a palavra *ruína* não chegava nem perto de descrever a minha vida. Mesmo que a Oráculo tivesse respostas para mim, eu duvidava que pudesse voltar ao lugar em que tinha nascido.

E será que eu queria isso mesmo?

Talvez o futuro que eu tanto desejava tivesse sido me conformar com uma vida que não teria trazido realização verdadeira.

Isso teria me feito feliz?

Mas, sem isso, o que eu queria na vida?

— A Oráculo está muito longe? — eu me atrevi a perguntar ao nosso ajudante.

— Quão alto pode ser o grito de um banshee? — foi a resposta dele.

Agora era a vez de Lan resfolegar. Meu olhar se estreitou.

— Essa é sua maneira grosseira de me dizer que não sabe?

O kelpie estava aumentando o ritmo.

— Underhill não pode ser medida, imbecil. Corremos até alcançarmos a Oráculo ou sermos mortos.

Lan parou de rir.

— O que exatamente você quer dizer com isso?

— A Oráculo tem um acordo com Underhill e mantém um refúgio aqui. Aqueles no refúgio da Oráculo estão protegidos, mas ela é a única com passagem segura garantida de e para esse refúgio. Entendeu ou preciso desenhar?

Lan me puxou para mais perto, até minhas costas ficarem coladas ao peito dele. Meu coração parou, mas se ele estivesse certo e tivéssemos esgotado qualquer magia que tivesse se acumulado entre nós, então ela ainda não se renovara.

— Você está dizendo que o verdadeiro Underhill fará de tudo para vir atrás de nós — Lan disse.

— *A verdadeira* — o kelpie e eu o corrigimos.

O ser feérico bufou.

— A mulher é menos estúpida que o homem.

Eu virei com um sorriso sarcástico para Faolan, que respondeu com um revirar de olhos.

— Estejam preparados — o kelpie disse, enquanto a paisagem se transformava, no verdadeiro estilo Underhill.

A areia se tornou terra rachada, e a brisa salgada se transformou em algo escaldante e seco em um instante. Dois sóis batiam em nossa cabeça — e em nosso corpo, que tínhamos vestido com roupas adequadas para o verão no Alasca.

Não havia outra opção a não ser soltar pelo menos uma das minhas mãos da crina do kelpie, e foi o que eu fiz, puxando a espada da rainha da bainha em minhas costas.

Lan inspirou de repente.

— À esquerda. A caminho.

Eu quase tive um torcicolo ao me virar para olhar. Mas balancei a cabeça.

— Apenas uma naga solitária. Elas só são um problema se os filhotes estiverem por perto. Ou se chegarmos muito perto do tesouro delas. Pelo menos era assim na falsa Underhill.

Um barulho de chocalho perturbou o sólido estrondo dos cascos na terra dura.

Olhei para baixo enquanto Lan dizia:

— Quer dizer, como as moedas de ouro sobre as quais estamos passando?

É. Aquilo seria um problema.

Os sibilos furiosos que explodiam ao nosso redor sugeriam que a naga não estava tão solitária assim. Embora as nagas não fossem muito diferentes dos feéricos, exceto por sua cabeça de cobra, elas podiam ser um incômodo se quisessem. Eu xinguei baixinho, me inclinando para a frente para puxar minha espada.

— O veneno delas vai deixar você de cama por um mês. Não seja mordido. E não olhe para o tesouro delas de novo. Elas infundem seu poder nele, e isso vai te imobilizar, te deixar em transe.

— Entendi — ele disse, bruscamente.

— Corra mais rápido — ordenei ao kelpie terrestre.

— Vá se foder.

Ok, então. O ancião sabia xingar.

A naga avançou na minha direção, e eu balancei a lâmina da rainha, cortando o animal para manter o espaço ao nosso redor livre.

Havia tantas delas. Eu mal havia atingido outra quando uma terceira avançou sobre mim, quase conseguindo subir nas costas do kelpie. As moedas ainda tilintavam sob nossos pés. Senti a pressão das coxas de Lan enquanto ele se contorcia e desviava às minhas costas.

Mudando de estratégia, a naga mais próxima se lançou contra as pernas do kelpie. Droga! Eu me joguei para a frente, mas não precisava ter me preocupado. O kelpie levantou o casco e pisou na cabeça dela, com um estalo final.

Os sibilos se tornaram mais fracos à medida que o tilintar de moedas foi substituído mais uma vez pelo baque ritmado da terra dura e seca.

— Elas não estão nos seguindo — Lan disse, bruscamente.

Soltei um suspiro aliviado.

— Ótimo.

Enquanto a palavra deixava meus lábios, uma lua gigantesca encobriu os dois sóis, nos lançando no escuro. O céu se agitava em um roxo furioso, e meus olhos se arregalaram enquanto relâmpagos de um vermelho profundo atingiam o chão à frente.

O deserto árido tinha sumido, mas o breu tomara conta. O que era aquilo? Olhei para a frente.

— O terreno está mudando lá na frente.

— Segurem-se, imbecis — o kelpie disse. — Vai começar a ficar agitado.

Como se tivéssemos pulado em um trampolim, subimos rapidamente. O grito alarmado de Lan quase se perdeu no meu grito enquanto eu me agarrava ao kelpie, minha língua sangrando porque a acabei mordendo. Ao perder altitude novamente, olhei para baixo, para poder entender o último espetáculo de horror.

A superfície azul abaixo de nós era translúcida. *Enorme*. E se estendia tão ao longe em cada direção que contorná-la seria impossível. Fios prateados se entrelaçavam na superfície translúcida como rios com riachos ramificados. Eu nunca tinha visto algo assim.

— É uma membrana — Lan sussurrou.

E então estávamos subindo de novo, saltando pelo chão esticado e flexível como crianças em uma festa infantil. A mudança que fazia os ossos tremerem não era o problema. Eu estava mais preocupada com o que aquela membrana continha — ou a que estava *ligada*.

Um barulho ensurdecedor sacudiu o ar que enchia meus pulmões.

— Isso não parece nada bom.

Talvez fosse um eufemismo.

À nossa frente, algo se desdobrou, tão grande que fazia Ruby parecer uma partícula de poeira. E quando uma grande cabeça surgiu no topo de um pescoço longo e curvo, eu entendi o que a membrana realmente era.

*Asas*.

De uma besta com que eu nunca tinha trombado de verdade. Porque sua cópia inferior e tricéfala, contra a qual eu tinha lutado com os outros não iniciados, parecia risível comparada àquela.

— Um dragão — Lan disse, admirado.

— Um dragão de verdade — repeti, sombriamente. E ali estávamos, saltitando ao longo de suas asas como malditos mosquitos. — Senhor kelpie, será que não conseguimos chegar à Oráculo indo na outra direção?

Ele resmungou.

— Não. A jornada deve ser feita atravessando o que Underhill coloca em nosso caminho. Seus testes devem ser superados.

O que era exatamente o que eu esperava que ele dissesse, mas o não eu já tinha.

Uma camada extra de sombra caiu sobre nós, e um rápido olhar para cima revelou que a cauda do dragão estava pronta para uma varredura. O dragão virou sua grande cabeça para nós e, com uma certeza nauseante, eu esperei como um rato nas costas de um gato pelo movimento do monstro feérico.

Subimos rapidamente e avançamos mais uma vez.

E a cauda começou sua trajetória em nossa direção. Ia nos atingir.

— Preparem-se para pular — falei.

— Espera. — Lan envolveu o braço em torno da minha cintura, e senti suas pernas apertarem ao redor do kelpie. Uma queimação começou no topo da minha cabeça e se espalhou pelos meus ombros e meu corpo. Arfei quando meu corpo e depois o maldito kelpie desapareceram completamente. A magia vermelho-profunda de Lan nos cobria inteiramente, mas diante dos meus olhos, ela também desapareceu, o calor esfriando até se tornar um frio que congelou cada rastro de cor do encanto de Lan.

Era assim que ele desaparecia!

O barulho da cauda do dragão se movendo parou e, com cuidado para não deslocar Lan, me virei para confirmar que a criatura havia interrompido seu ataque. Como um escorpião, ela recuara a cauda.

Com um arrepio, Lan liberou sua magia, afundando-se nas minhas costas.

— Você consegue fazer de novo?

— Só uma ou duas vezes. É difícil manter os outros ocultos, e eu perdi muita energia quando nossas magias se combinaram.

Eu podia ouvir a fadiga em sua voz enquanto continuávamos a saltar para a frente, tendo percorrido bem mais de dois terços das asas do dragão.

Mas ainda tínhamos de ultrapassar a cabeça dele, e só estaríamos livres se a criatura decidisse não nos perseguir.

Subimos rapidamente mais uma vez, e a cauda subiu também.

Com um grunhido, Lan repetiu seu truque Unseelie. Dessa vez, o dragão continuou avançando, mas a confusão fez com que a fera alterasse seu caminho. A corrente de ar, quando a cauda com espinhos chicoteou acima de nós, quase me arrancou das costas do kelpie.

— É melhor dar um salto grande — falei para o kelpie. No entanto, a espuma em sua boca me indicava que nosso rude guia estava se esforçando para nos tirar daquela enrascada. Subimos. Lan nos tornou invisíveis, mas dessa vez o dragão não se moveu nem um pouco.

O que não era nada bom, considerando a inteligência lendária daqueles feéricos antigos. Da próxima vez, invisíveis ou não, aquela cauda nos atingiria.

Lan retirou nossa proteção, agora quase completamente apoiado em mim. Droga.

— Não posso fazer mais — ele resmungou.

— Salte para a esquerda da próxima vez — eu disse ao kelpie. Mais um salto nos tiraria da asa e nos levaria além da cabeça do dragão.

Envolvi nós três em magia índigo, quase uma correspondência exata para o céu roxo tumultuado. Uma vez que a estabeleci ao nosso redor, tentei lembrar como eu tinha sentido o feitiço de invisibilidade. Era como se Lan tivesse redirecionado o calor de sua magia.

Exceto que minha magia parecia naturalmente fria.

Então, fiz a única coisa que podia imaginar. Drenando do céu tempestuoso, direcionei a magia vermelha para a minha, *aquecendo* o manto frio. Ouvi o chiado da cauda do dragão começando seu golpe mortal, mas eu não conseguia desviar os olhos da minha magia, que desaparecia rapidamente.

Estava funcionando!

O kelpie tinha me ouvido e nos inclinou para a esquerda, e avançamos naquela direção enquanto eu conseguia fazer com que desaparecêssemos completamente de vista.

Me mantive concentrada, sem parar de alimentar minha magia fria com a magia vermelha, para que nossa proteção não desmoronasse. A cauda passou bem à nossa direita, e os olhos do dragão procuraram o espaço cegamente enquanto passávamos por sua cabeça. Ele queria um lanchinho depois de uma longa soneca, sem dúvida.

Deusa, Lan não estava brincando quanto ao custo do feitiço. Meu corpo tremia enquanto eu lutava para manter o manto. O dragão seria capaz de nos detectar por milhas se alçasse voo ou, inferno, mesmo se mantivesse a cabeça erguida.

Lan gemeu, recostado em minha omoplata.

— Tem árvores lá na frente — o kelpie disse. — Aguentem firme, jovens feéricos.

Eu tremia cada vez mais, e nem conseguia tirar sarro dele por ser um pouco mais simpático do que o normal.

— Rápido — arfei.

Mergulhamos nas árvores, e eu interrompi o encanto, o alívio me varrendo da cabeça aos pés, embora uma fadiga profunda e dolorosa tenha me dominado. Eu balancei, respirando para fazer as estrelas na minha visão irem embora.

— Por favor, me diga que Underhill já acabou.

O kelpie diminuiu um pouco o passo. Os pingentes de gelo em seu corpo haviam desaparecido, e suor encharcava sua pelagem. Todos nós estávamos enfraquecidos, e a menos que nosso próximo oponente fosse um bebê andvari, eu duvidava muito que sairíamos vitoriosos.

— Underhill vai terminar quando ela assim desejar — o kelpie respondeu, com ar cansado.

Enquanto ele falava, a cena diante de nós se transformou mais uma vez, e um caminho de pedras surgiu através das árvores, cintilando com um brilho acinzentado que eu já conhecia bem.

Eu não precisava pedir ao kelpie para confirmar.

— Chegamos.

# 19.

O kelpie terrestre abaixou o ombro e literalmente deslizou de baixo de nós, jogando Faolan e eu no chão, em um emaranhado de membros. Deitada de costas, olhei para cima e observei fascinada enquanto os pingentes de gelo em sua pelagem e juba encharcadas de suor cresciam diante dos meus olhos, até ficarem ainda mais longos do que antes.

Ele semicerrou os olhos para mim.

— Talvez você não seja tão estúpida quanto eu pensava. A Oráculo os espera no final deste caminho. Sugiro que não a façam esperar.

Eu me levantei, com dificuldade.

— Obrigada.

— Você me libertou. Estamos quites agora. — Ele deu as costas para nós, balançou a cauda na nossa direção, o que me pareceu muito com um gesto de desaprovação, e então trotou pelo caminho à nossa frente, os cascos fazendo barulho nas pedras.

Do chão, Lan soltou um gemido baixo.

— Deusa do céu, eu seria capaz de ficar deitado aqui pelo resto do dia. Sinto dor em tudo.

— Você quer correr o risco de irritar Underhill por ficar enrolando? — perguntei.

Lan se esforçou para se levantar.

— Não, não quero. Esse lugar não tem nada a ver com a falsa Underhill. Isso vai... além do que eu poderia ter imaginado possível.

Coloquei os pés no caminho de paralelepípedos cintilantes, e uma explosão de pequenos insetos saiu em revoada. Não eram insetos... eram pássaros de todas as cores, menores do que a ponta das minhas unhas. Prendi a respiração quando uma série de chamados agudos se entrelaçou entre os bandos que ganhavam os céus ao nosso redor, enquanto voavam perseguindo uns aos outros.

— Como pétalas de flores voando — murmurei. Eles roçaram na minha pele, e eu estendi a mão, com a palma virada para cima. Alguns deles pousaram e alisaram suas penas. *Incrível*. Eram tão delicados em contraste com tudo o que acabara de tentar nos matar. Repetidas vezes.

— Gosta deles?

Nós dois nos viramos para a voz sonora e demos de cara com uma mulher. Ela tinha um rosto cândido, o cabelo castanho-claro preso em uma trança simples, os olhos verde-azulados bem pálidos. Um vestido feito de material bege a cobria do punho até o tornozelo e se movia como seda. Estava preso na cintura com uma faixa marrom mais escura.

Ela juntou as mãos, esperando.

Pisquei algumas vezes.

— Sim. Eles são lindos.

— Quem é você? — Lan perguntou, levando a mão para o cabo de sua faca.

A mulher sorriu.

— Eu sou amiga da Oráculo. Ela me pediu para esperar vocês.

Notei que ela não falou seu nome, o que não me surpreendeu. Nomes têm poder no mundo feérico, e ela não tinha motivo para confiar em nós. E nós não tínhamos motivo para confiar *nela*.

Suas palavras penetraram na minha névoa mental.

— A Oráculo sabia que estávamos vindo?

— Ela viu vocês no espelho de vidência. — A mulher inclinou a cabeça na nossa direção. — Venham, ela está esperando e pode ficar rabugenta se for deixada sozinha por muito tempo.

A mulher passou por nós, perto o suficiente para eu sentir o aroma de seu perfume — sal marinho e oceano. Os bandos de pequenos pássaros nos cercaram no ar como uma tempestade multicolorida. Houve um momento em que o ar pareceu mais pesado, como se eu pudesse afundar sob o peso dele, e então a sensação de pressão se foi, e eu estava seguindo aquela mulher estranha que eu esperava que nos levasse à Oráculo, em vez de nos matar.

— Kallik — ela disse, olhando para trás. — Esse é o seu nome? E Faolan, certo?

Eu assenti.

— Sim, é isso mesmo.

— Hum.

Lan e eu trocamos olhares. Aquilo era o que podíamos chamar de uma conversa bem estranha, mas ela não parecia perigosa, pelo menos não por enquanto.

O caminho de paralelepípedos desceu bruscamente, seguindo uma encosta coberta de flores silvestres que se espalhavam dos dois lados. Fiquei admirando enquanto nuvens pequenas pairavam sobre as flores selvagens, chovendo em diferentes áreas. Estávamos perto o bastante para eu simplesmente esticar a mão e deslizar os dedos pela nuvem mais próxima.

Raios em miniatura irromperam ao redor dos meus dedos, e eu recuei a mão, enquanto uma minitempestade ocorria dentro da nuvem.

— Você não consegue não tocar, não é? — Lan murmurou.

Eu levantei uma sobrancelha.

— Está me dizendo que consegue *não* tocar?

Os olhos dele se fixaram nos meus, e a tensão aumentou tão rapidamente que poderia muito bem ter ocorrido outra tempestade entre nós, com raios estalando enquanto meus dedos coçavam para se espalharem pelo peito ou pelos cabelos escuros dele.

— Um vínculo como o de vocês é difícil de achar — nossa guia, ou potencial assassina, disse, interrompendo o momento. — Já vi isso antes. Logo terão uma escolha, abrir mão de tudo ou abrir mão um do outro.

Meu coração afundou.

— Ah... é só isso?

— Sim. Mas essa escolha não será feita hoje. — Ela indicou que continuássemos, e consegui mover os pés novamente. Suas palavras, no entanto, não me deixaram.

— Imagino que você não tenha interesse em compartilhar mais detalhes desse tal vínculo — Lan falou.

— Não. Não tenho.

Ele rosnou, e eu não ousei olhar para ele. Porque... o que diabos ela queria dizer com tudo aquilo? Eu nunca havia realmente pensado que nos dariam a escolha de ficarmos juntos, mas ela fazia parecer que era possível.

E Lan e eu já tínhamos confessado um para o outro que aproveitaríamos essa chance sem pensar duas vezes.

A encosta se nivelou, e atravessamos um prado pontilhado de cavalos de todas as tonalidades, do preto mais profundo ao branco mais puro. Havia até mesmo alguns azuis e vermelhos que se destacavam. Um cavalo branco brilhante levantou a cabeça, e um chifre dourado brilhou à luz do sol enquanto ele esticava o par de asas dobrado firmemente às suas costas.

Alicórnios.

Um relincho rápido atraiu meu olhar para o kelpie terrestre que nos trouxera ali do reino humano. Ele trotou até um riacho que cortava o prado, bufando e brincando de uma maneira que contrariava seu temperamento ruim, jogando água nos companheiros equinos — embora eu jamais ousasse sugerir que ele era da mesma espécie. Os alicórnios se afastaram dele, balançando a cabeça à sua aproximação. Não em condescendência, mas mais como se olhassem para uma criança brincando em uma poça d'água.

Com carinho e humor. Compreensão.

Ali não havia hierarquias, para o bem ou para o mal. Respirei fundo e senti uma sensação de calma permear uma parte inexplorada de mim.

Lan colocou a mão no meu cotovelo, e fiquei tensa, mas não houve nenhuma faísca.

— Lá na frente.

Afastei os olhos do kelpie terrestre brincalhão para uma colina formada por um amontoado de rochas e terra vermelho-marrom à frente, estendendo-se alto no céu em forma de cúpula. Pedras de rio a pontilhavam aqui e ali, e uma porta e várias janelas haviam sido abertas nela. Grama e flores cresciam descontroladamente na parte inferior, conferindo a ela um camuflado natural. Hera se entrelaçava ao longo das bordas, unindo pedra, terra, flores e grama em uma treliça bem firme.

— Acho que isso não estava aqui quando entramos no vale pela primeira vez, tenho certeza disso — falei, embora tudo se mesclasse *realmente* muito bem. — Você viu...

— Olhei para longe e, quando olhei de volta, lá estava — Lan respondeu.

O tremular de luzes lá dentro nos chamava para seguir em frente. Isso, e nossa guia que ia direto para lá.

— Eu sugiro que vocês se apressem — ela murmurou. — O anoitecer em Underhill é perigoso.

— O dia também — resmunguei.

Ela sorriu por cima do ombro, mostrando um par de presas pequenas.

— Isso mesmo, jovem feérica.

Pela Deusa! Ela é uma feérica de sangue!

Feéricos de sangue estavam supostamente extintos, assim como os feéricos místicos. No entanto, ali estava uma diante de mim, uma das guerreiras mais mortíferas que nossa espécie já conheceu. Bebedoras de sangue, eram relacionadas às sereias e conseguiam dobrar a vontade de outra pessoa com um simples olhar. Em algum ponto ao longo do caminho, um humano percebeu isso e criou uma versão altamente romantizada delas, chamada vampiro.

E nós a seguimos até este lugar. Estar diante dela seria o último teste de Underhill? Eu ficaria irritada se a feérica de sangue tentasse nos enfiar em um forno ou algo igualmente perturbador.

Meus pés diminuíram o ritmo e pararam, mesmo quando a luz ao nosso redor se apagou. Como se um interruptor tivesse sido acionado, o dia se transformou em noite, e estrelas e duas luas surgiram preguiçosamente acima de nós.

Lan não me ultrapassou.

— O que foi?

— Ela é uma feérica de sangue — sussurrei. — Em nome das barbas de de Balor, o que estamos fazendo seguindo essa mulher?

Ela se virou na entrada, delineada pela luz.

— Balor era um idiota, e não me importo de dizer isso. Mas devo mencionar que atrás de vocês vem um par de monstros de piche, e eles querem muito rasgar vocês em pedaços. O que eu não quero.

Monstros de piche. Maldição.

Criados como javalis enormes com várias caudas, que usavam como chicotes, eles transpiravam uma substância pegajosa e preta — daí o nome — que adormecia e paralisava suas presas. Eram conhecidos por caçar apenas à noite. Um grunhido e um resfolegar atrás de nós, acompanhados pelo som de cascos fendidos no chão, me fizeram correr, a fadiga e a desconfiança quanto à nossa guia varridas por uma descarga de adrenalina. Eu nem queria olhar para trás. Uma infância assombrada por histórias desses monstros, a ameaça favorita das babás do orfanato, era o suficiente para me impulsionar para a frente, coisa que uma multidão inteira de párias furiosos não conseguia.

Passei correndo pela nossa guia e quase saltei para dentro da casa, pestanejando enquanto meus olhos se ajustavam à luminosidade súbita das inúmeras velas.

Lan se juntou a mim em um passo mais tranquilo, com diversão em seu olhar.

— Ainda tem medo dos monstros de piche, Órfã?

*Sim.* Com meu olhar, eu o desafiei a rir alto diante da minha reação. Ele pressionou os lábios trêmulos com força.

*Tanto faz.*

Parada diante de uma lareira gigantesca, estava a Oráculo, mexendo em um caldeirão enorme.

— Já estava na hora de vocês dois tolos aparecerem — murmurou, de costas para mim. Seu cabelo cinza comprido estava preso em uma única trança que descia até a parte de trás dos joelhos. A corcunda que ela tinha na falsa Underhill havia desaparecido. Teria sido uma mentira, ou ela começara a praticar ioga pra valer?

Um forte impulso de rir se apoderou de mim, e mordi o interior da minha bochecha para conter o riso traiçoeiro e delirante. Aquilo não era engraçado.

Eu estava exausta, e a mistura disso com adrenalina e a sensação de finalmente estar segura — assim esperava — levava minha mente ao limite.

— Você não vai perguntar por que fiz o que fiz? — A Oráculo se virou para nos encarar. Um de seus olhos tinha um corte (a ioga não consertara isso) enquanto o outro continha todas as cores do espectro, passando de uma tonalidade para outra, deslizando constantemente entre os matizes.

Minha alegria foi apagada instantaneamente.

— Você quer dizer por que armou aquela encenação para jogar a culpa em mim?

Ela sorriu, exibindo dentes amarelados.

— Ah, alguém armou para você, Dente-de-leão, mas não fui eu.

Lan arqueou uma sobrancelha para mim e murmurou:

— *Dente-de-leão?*

Dei de ombros. Quem diabos sabia o que ela estava falando?

— Você vai me contar? Ou isso vai ser um jogo de enigmas e adivinhações? Não é o meu favorito, tenho que dizer. E ultimamente é tudo o que as pessoas querem jogar.

Nossa guia riu suavemente, e a expressão da Oráculo se suavizou.

— Você conheceu minha amiga. O que acha dela?

Pergunta estranha, mas tudo bem.

— Ela não tentou nos devorar. Sou grata por isso, porque estava cansada e realmente não queria matá-la, se fosse possível evitar.

Lan se engasgou, murmurando:

— Acho que não foi a melhor coisa a dizer, Órfã.

A "amiga" da Oráculo deu a volta para ficar na nossa frente.

— Estou aqui para proteger a Oráculo. Como você apontou, Underhill é perigosa, não importa a hora do dia. Gosto dessa velha doida, embora ela fique mais maluca a cada dia.

A Oráculo bufou.

— Eu sou a única amiga que você tem, idiota.

A feérica de sangue afundou em uma cadeira que a colocava firmemente nas sombras da lareira, talvez o único lugar na enorme sala que estava envolto em escuridão.

— Talvez eu faça um novo amigo em breve. Talvez a jovem Kallik seja minha amiga.

Houve um lampejo de dentes brancos quando a feérica de sangue sorriu para mim, os olhos dela brilhando na escuridão.

— Prefiro ser amiga do que sua próxima refeição — comentei.

A feérica de sangue jogou a cabeça para trás e riu.

— É, eu gosto dela.

A Oráculo resmungou:

— Eu não estava procurando a sua aprovação. Agora, de volta à tarefa em mãos.

Ela prontamente pegou algo da panela com uma concha e pôs em uma tigela de pedra marrom-escura. Meu estômago roncou quando ela me entregou. Eu não teria recusado nem mesmo uma tigela de ração para cachorro naquele momento, e o que ela me deu estava longe disso. A superfície roxa profunda do líquido refletia meu rosto como um espelho.

Fiquei boquiaberta.

— Isso é o que eu acho que é? — Eu me sentei de pernas cruzadas em frente à lareira.

— O que é? — Lan perguntou, e a Oráculo riu.

— Não consegue adivinhar? A garotinha conseguiu.

— Cinth nunca conseguiu fazer isso — falei, com suavidade. — Ela tentou e tentou, mas nunca...

Fechei os olhos e inspirei o cheiro que emanava da superfície do caldo enquanto pensava no que queria. Os aromas se transformavam enquanto os inalava, meu desejo por conforto literalmente criando a comida que eu mais desejava. Abri os olhos, e o caldo havia se transformado em um pedaço sólido de halibute cozido no vapor com crosta de pinhões, regado com um leve molho bernaise.

Um garfo foi colocado na minha mão, e eu comi o primeiro pedaço do peixe desfiado, um gemido escapando da minha boca.

— Minha mãe costumava fazer halibute exatamente assim.

— Eu não entendo. — Lan olhou para sua tigela. — Não é só um caldo roxo?

— Feche os olhos e pense na comida que você quer comer — murmurei, com a boca cheia de peixe perfeitamente cozido. — É uma tigela de bruadar.

A cabeça de Lan se ergueu.

— Cinth tem tentado fazer isso?

— Feche os malditos olhos — falei, e percebi que já estava no fundo da tigela. Bem, isso foi decepcionante — eu ainda estava com fome.

A Oráculo pegou a tigela e a encheu novamente.

— Aqui, olhos de cachorrinho patético.

Eu ri e voltei a pegar a tigela. Fechando os olhos, pensei no pão de fadinha de Cinth coberto com geleia de mirtilo. Eu dei uma espiada e então, sorrindo, peguei o pão e dei uma mordida.

— Igual ao de Cinth — gemi. O pão derreteu na minha língua, e fui mais devagar dessa vez, saboreando cada bocado.

Lan olhava para sua tigela, e eu me inclinei. Ele tentou afastá-la, mas eu vi as bagas vermelhas brilhantes cobertas de chocolate e chantili.

— Não achei que você fosse uma formiga para açúcar. — Eu lhe entreguei metade do meu pão de fadinha.

Lan não olhou para mim quando pegou o pão e o enfiou na boca. A Oráculo? Ela apenas gargalhava.

— Ele não está pensando em comida, garotinha.

Eu mal a ouvia, franzindo a testa para a minha tigela vazia. Minha barriga estava cheia, mas quem sabia quando comeríamos novamente?

Um golpe forte na minha cabeça fez meus olhos se levantarem para a Oráculo. Ela tinha acabado de me acertar com alguma coisa e agora a oferecia para mim. *Minha* bolsa.

— Aqui estão suas coisas. Eu as trouxe do santuário. Vá e se lave. E o caderno que a conecta à sua amiga também está aí dentro. — Ela estendeu uma segunda bolsa para Faolan. — Esta é a sua, garoto Unseelie.

Lan ficou tenso com o termo.

— Mas... — comecei a falar. Tínhamos que obter respostas e voltar correndo para o reino humano. O tempo era essencial.

— Eu garanto que há tempo para conversarmos. Para você se curar, Dente-de-leão. Eu vou dizer quando o momento da partida estiver próximo.

Até lá... talvez vocês dois possam descobrir o que está vindo atrás de vocês pelas sombras e a escuridão. — Seu único olho, cheio de tantas cores, se fixou em mim. — Este é o seu momento de calma antes da tempestade, Kallik de Todos os Feéricos. Eu sugiro que o aproveite.

## 20.

Uma imersão de uma hora em uma banheira de cobre, cheia de água que permaneceu na temperatura perfeita do início ao fim, e, sim, eu não me sentia tão relaxada havia... oito anos e alguns meses, mais ou menos. O fato de eu ter permanecido voluntariamente na banheira por tanto tempo me dizia que o reino feérico estava me curando com sua magia. Eu nunca havia sentido uma satisfação como aquela, que parecia chegar até os ossos. Isso me fez entender que eu nunca havia experimentado a verdadeira Underhill.

Para ser justa, mal conseguia me lembrar das duas excursões até o reino feérico que o orfanato tinha organizado, mas, no meu treinamento, nunca havia sentido algo assim.

Fazia sentido que feéricos mais antigos, como Rubezahl, percebessem instantaneamente a diferença entre a ilusão e a original depois que Underhill fechou as portas.

O que eu não conseguia entender — ok, uma das coisas que eu não conseguia entender — era por que Underhill estava se mantendo fechada. Ela possuía um poder insondável. Certamente poderia se reabrir. O que diabos eu seria capaz de fazer que um *reino* inteiro não poderia? A menos que o sarcasmo fosse a chave, eu estava sem ideias.

Lan entrou no meu quarto carregando uma bandeja.

— Não quis bater? — perguntei, preguiçosamente, pela borda alta da banheira. Ele provavelmente não conseguia ver aqui dentro.

Provavelmente.

— Achei que deveria me assegurar de que você não tinha se afogado — ele falou, descontraído, um sorriso lento se espalhando. — A feérica de sangue disse que faria isso, mas me ofereci para vir no lugar dela.

Eu acreditava naquilo.

— Que gentil da sua parte.

— Pois é. A feérica de sangue fez um chocolate quente para você.

— Envenenado?

Ele deu um gole.

— Acho que vamos descobrir.

Cheirei o ar, o rico aroma de chocolate inundando meus sentidos.

— Pode valer a pena morrer por isso.

Lan deu outro gole.

— Não se preocupe. Vou proteger você.

— Não beba tudo!

Sorrindo perto da borda da xícara, ele deu um terceiro gole.

Ah, é mesmo? Decidi entrar no jogo. Eu me levantei na banheira, fios de água correndo entre meus seios, através da superfície plana da minha barriga e ainda mais abaixo.

Lan se engasgou e tossiu, e eu segurei o sorriso enquanto pegava um roupão atoalhado, virando-me para dar a ele uma visão completa, de trezentos e sessenta graus. Eu era muito legal.

Vestida, fui até ele e peguei o chocolate quente.

— Está tudo bem? Ou você nunca viu uma mulher nua antes?

— Nenhuma como você — ele disse, com voz rouca.

A sinceridade de sua resposta roubou um pouco do meu ímpeto. Eu dei um gole na bebida de chocolate da feérica de sangue e gemi.

— Deusa, como é bom.

Ele deu alguns passos para trás, batendo a parte de trás dos joelhos na beirada da minha cama. Ele se sentou e puxou o ar, cores profundas girando em seus olhos escuros.

Eu gostava quando isso acontecia. Queria que ele fizesse mais vezes. Quando seus olhos brilhavam e dançavam assim, parecia que suas barreiras tinham caído, me dando um vislumbre do garoto que eu conhecera todos aqueles anos antes. O garoto que tinha me tirado do rio.

Eu me sentei ao lado dele na cama.

— Então... Underhill.

— Nós viemos parar aqui depois de atravessar as asas de um dragão. O que mais você quer saber? É um lugar muito estranho — ele disse, sério.

Eu bufei, e uma risada baixa o sacudiu. Um gritinho escapou dos meus lábios, e logo estávamos gargalhando, lágrimas escorrendo dos meus olhos enquanto eu arfava em busca de ar entre uma gargalhada e outra.

Enxugando os olhos, eu ri.

— Só é engraçado porque o dragão não nos comeu.

Lan se moveu na cama para se apoiar na cabeceira, cruzando as pernas na altura do tornozelo. Inclinando-se para a frente, ele pegou a xícara de chocolate quente de volta.

— Você descobriu o truque Unseelie.

— Eu não diria isso — murmurei, observando quanto ele bebia. Sério, aquela bebida era boa demais. — Você me mostrou como fazer, e eu consegui te copiar.

Uma ruga se formou entre suas sobrancelhas.

— Você não está se dando crédito suficiente. Os Seelies tentaram descobrir *esse* pequeno truque por séculos.

Dei de ombros.

— Não faço ideia. Normalmente eu levo semanas para acertar alguma coisa. Os tutores da escola deveriam ter jogado um dragão de verdade na competição anos atrás.

Uma batida na porta soou, e a Oráculo apareceu.

— Bom banho.

— Sim, obrigada — falei, com gratidão real.

— Eu sei. Fui eu que disse. Sou a Oráculo.

*Ah...*

— Entendo.

— Não. Eu entendo. Pare de tagarelar, Dente-de-leão. — Ela abriu a porta mais amplamente. — Você tem tempo aqui. Tempo de sobra. Então descanse agora, e não tema que a magia entre vocês dois acenda enquanto estiverem em Underhill. Aqui, vocês podem se tocar sem medo.

Lan deu um pulo e a encarou.

— Não vai causar nenhum problema?

Os lábios dela se contraíram.

— De jeito nenhum, neto de Lugh.

Eu pestanejei.

— Mas ainda somos Unseelie e Seelie. Um de nós morrerá se nos tocarmos.

Os lábios da Oráculo se contraíram mais.

— Acho que você vai descobrir que isso também não importa.

— Por quê? — Eu quis saber. — A última explosão nos drenou?

— Rá! — Os ombros da Oráculo tremeram. — *Drenou*. Idiotas. — Ainda rindo, ela começou a fechar a porta.

Lan chamou por ela.

— Você não me disse onde devo dormir.

A velha zombou.

— Quer uma cama só para você? *Completo* idiota. — Com um estrondo da porta, ela se foi.

O clima ficou mais tenso enquanto Lan e eu observávamos a cama em que estávamos sentados, a única dali.

Ele ia falar ou deveria ser eu? Alguém tinha de falar. Deusa, ele não ia fazer isso.

Revirei meu cérebro em busca de um assunto.

— Acho que é isso — Lan disse, com uma voz profunda, tirando a camisa.

— O quê? — exclamei, meu coração batendo nas costelas.

Seu olhar brilhava com segundas intenções.

— Enquanto algumas pessoas passavam uma hora no banho, outras estavam esperando para tomar um banho que fosse.

Fiquei boquiaberta.

— Ah, droga. Eu não percebi.

Ele ficou de pé, levando as mãos para a frente da calça.

— E eu escolhi não contar. Você precisava disso.

— Isso pode ser interpretado de duas maneiras.

— Eu sei. Quis dizer que você estava fedendo.

Rindo, eu fiz um bolo com sua túnica e a joguei em seu rosto. Dando uma piscadinha, Faolan abaixou a calça. Meu riso morreu enquanto absorvia cada centímetro dele. *Droga.* Eu tinha literalmente fantasiado com ele nu por anos, e nenhuma das fantasias estava à altura daquilo. Seu torso era um triângulo invertido, o que alguns homens matariam para ter. Se eu já não soubesse que Lan era tão forte quanto ágil e rápido, essa inspeção de perto de seu corpo musculoso teria confirmado isso. Meus olhos percorreram suas pernas e seus braços — lindos, é claro, mas havia um leve brilho cobrindo a pele em ambas as áreas.

— Era o justo, Órfã — ele disse, com voz rouca.

Meu foco voltou rapidamente para seu rosto, de modo tão abrupto que minha visão teve de se ajustar para reenquadrá-lo. O justo... Ah. *Ah.*

Sem confiar na minha voz, apenas arqueei uma sobrancelha.

E ele percebeu minha reação. Felizmente, minha fantasia Unseelie entrou na banheira e se acomodou, fechando os olhos enquanto afundava na água até o peito.

Deixei um suspiro escapar e cruzei o quarto em direção à minha mochila. Remexendo nela, passei por túnicas e couros extras até encontrar o que procurava.

Agarrando o pequeno diário de couro junto ao peito, peguei uma caneta na escrivaninha no canto e voltei de um salto para a cama macia. Eu precisava de Cinth desesperadamente. E não era apenas isso...

Escrevi:

*Cinth, sinto tanto a sua falta. Por favor, me diga que você está bem. Tanta coisa aconteceu... Tanta coisa que pode levar um dia para escrever tudo. Vou direto ao ponto. Os párias estão indo para Unimak — atrás das cortes. Você precisa sair da ilha imediatamente. Me prometa que vai fugir.*

Eu esperei, mas a resposta não apareceu. Será que isso funcionava mesmo entre reinos? A ideia nem tinha me ocorrido até aquele momento. Droga. Eu tinha de avisar Cinth. Quer dizer, ela era feroz com um rolo de massa e tudo mais, mas...

Meu estômago revirou com a ideia de perdê-la. Ela já estava se colocando em perigo por minha causa. Não podia deixá-la continuar correndo riscos.

— Ela vai ficar bem, Kallik — Lan murmurou.

Eu lhe dei um olhar curioso. Ele sequer estava com os olhos abertos. Como sabia o que eu estava fazendo?

— Isso não impede que eu me preocupe.

Ele abriu os olhos por fim, e pude perceber que estava ponderando minhas palavras, em busca de uma resposta não superficial.

— É verdade. Isso nunca me impediu de me preocupar com você quando estava em treinamento.

Lan se preocupava comigo?

— Eu cuidava de mim mesma.

— E mesmo assim...

Eu reconheci isso com um pequeno sorriso.

— Quando nos encontramos de novo depois do meu treinamento, eu nunca teria imaginado que você pensou em mim durante todo aquele tempo.

— Nunca fez sentido mostrar. Considerando que... sou Unseelie. Não era como se pudéssemos fazer isso funcionar.

Assenti.

— Eu sei. E mesmo assim... — Peguei emprestadas suas palavras.

— Saber que estávamos destinados a ficar em lados opostos do rio era quase pior do que ser descendente de Lugh e ter poderes Unseelie — Lan disse, suavemente.

— Um soco no estômago do qual nunca me recuperei — concordei, com uma voz igualmente suave.

Ele jogou água no rosto, desaparecendo de vista enquanto mergulhava para molhar o cabelo antes de pegar o sabonete. Ah, se eu fosse um peixe naquela água.

Quando ele emergiu, com o cabelo lustroso e molhado, falou:

— Sempre algo me atraiu para você, Órfã. Esse vínculo do qual a Oráculo fala, talvez. Eu não tenho certeza. Mesmo criança, eu só queria estar perto de você. Para garantir que o orfanato não a devorasse por completo. Por um longo tempo, não tinha nenhum cunho romântico, mas eu sempre odiava ficar longe de você.

Ele odiava?

— Eu odiava te ver partir depois de uma visita. — Porque antes da minha paixonite adolescente por Faolan, eu simplesmente sentia falta dele entre uma visita e outra. Ele fora meu amigo. E olhando para trás, isso era realmente estranho. Algo que eu nunca tive com outra pessoa. Cinth e eu éramos bem próximas, mas minha conexão com Faolan sempre havia parecido diferente.

— Eu me pergunto por que nossa magia não agia naquela época.

— Éramos apenas crianças. Ou talvez Underhill ainda estivesse funcionando naquela época. Talvez a falsa tenha surgido depois que eu fui para a corte Unseelie. Então você partiu para o treinamento.

Tentei não observá-lo lavando o corpo. Ele se ensaboava como se estivesse em um show de *striptease*.

— Acho que sim.

Ele se enxaguou, mergulhando novamente, e passou as mãos pelos fios molhados enquanto eu observava seus músculos do braço tensionarem com o movimento. Sim, eu não ia desviar o olhar tão cedo.

— De onde vêm essas marcas nos seus braços e pernas? — perguntei, em voz baixa.

Lan ficou imóvel — apenas por um segundo —, então voltou a se recostar na banheira. Seus olhos escuros percorreram meu rosto antes que eu visse a cor enterrada neles subir à superfície novamente. *Sem barreiras.*

— Minha mãe tentou tirar o Unseelie de mim usando ferro.

Não expressei meu horror, apenas o absorvi e o deixei alimentar a crescente e furiosa raiva que eu sentia dos patéticos pais de Lan. Eles responderiam pelo que fizeram um dia. Filha de um herói, o cacete.

Havia tanto que eu poderia responder, mas optei por:

— Você não é inferior por ser Unseelie. Eu queria poder convencê-lo disso.

Ele sorriu sem humor.

— Eu sei. E mesmo assim...

Ali estava de novo. Algumas coisas tinham de ser aprendidas no seu próprio ritmo. Ele não tinha dito algo semelhante para mim sobre valor? Mas eu não podia confiar em sua palavra, assim como ele não podia confiar na minha.

— O que seus pais fizeram foi errado, Lan. Sua mãe não é uma heroína, e é por isso que ela não reconheceu o herói em você.

Ele balançou a cabeça.

— Eu não sou um herói. A lança do meu avô não ardeu quando a toquei.

A lança flamejante de Lugh — uma arma lendária —, e que eu costumava admirar porque a mãe de Lan nunca era vista sem ela.

— E quando foi a última vez que você a tocou?

Ele apoiou a cabeça novamente na borda da banheira.

— Quando eu tinha dezesseis anos, logo antes do meu teste.

— Mais ou menos quando você parou de me visitar.

— Agora você sabe por quê.

Eu sabia. Era engraçado quantos paralelos existiam entre nós, realmente. Mágicos, circunstanciais, emocionais. Meu estômago se agitou, e engoli em seco.

— Eu sei. Mas, Lan, você sabe que escolhemos nossa própria família, certo? Como eu escolhi Cinth. — *E você.* — Você não precisa ser quem eles querem que você seja. Escolha quem você quer do seu lado.

Ele assentiu após um momento.

— Sabe de uma coisa? Eu tento se você também tentar.

Eu olhei para o diário em minhas mãos. Cinth ainda não tinha respondido. Firmei os ombros e olhei para ele novamente.

— Combinado.

— Bom. Agora, a menos que você queira ficar com tesão e incomodada de novo, sugiro que olhe para outro lugar.

Meus lábios se curvaram enquanto eu continuava olhando para ele, e um sorriso lento começou a se espalhar por seu rosto.

— Que fique com tesão e incomodada então — ele disse.

Coloquei o diário na mesa de cabeceira, dando a Faolan alguma privacidade, enquanto ele pegava outro roupão de banho que eu não tinha notado antes — ou talvez ele tivesse acabado de aparecer?

— De todo modo, como você sabe pode ter tanta certeza de que estou com tesão e incomodada?

— Sua respiração — ele murmurou, se aproximando. — O rubor da sua pele. O brilho dos seus olhos. A maneira como você está sentada tão cuidadosamente imóvel, como se não desejasse nada mais do que se remexer e gemer.

Faolan se inclinou sobre mim, obrigando-me a recostar, apoiada nos cotovelos.

Já estávamos em situações paralelas mágica, circunstancial e emocionalmente. Quem teria pensado que acabaríamos em uma situação paralela fisicamente também?

— Observador. — Encontrei minha voz. — Você sabe como posso dizer que você está com tesão e incomodado? — Eu não conseguia seguir as inúmeras cores em seus olhos. Eram fascinantes em um nível de tirar o fôlego.

— Como, Alli? — Seu olhar se fixou no declive dos meus ombros quando meu robe escorregou um pouco. Então seu olhar subiu pelo meu pescoço e pela minha mandíbula, até meus lábios entreabertos.

Mordi meus lábios trêmulos.

— Sua ereção está na minha coxa.

Ele piscou e olhou para baixo. Deixei a cabeça cair para trás enquanto a risada sacudia meu corpo.

O sorriso dele era irônico, e eu prendi a respiração com o brilho em sua expressão.

— Parece que sim.

Isso não podia estar acontecendo.

Eu sonhara com aquele momento proibido. Como seria se eu não fosse Seelie e ele não fosse Unseelie, e se seu beijo e suas mãos na minha carne não causassem uma catástrofe. Mas nunca me permiti estar verdadeiramente aberta para a possibilidade, sabendo que nossa união drenaria a vida de um de nós.

Mas em Underhill...

Naquele momento...

*Era* possível.

Meu peito subiu junto com meu olhar. Procurei seu rosto, lambendo meus lábios.

— Lan, eu quero você.

Uma de suas mãos tinha migrado para meu quadril. Ele me segurou com mais força ao ouvir minha confissão sem fôlego. Lan estremeceu sobre mim, como se eu tivesse passado o dedo pelo meio de sua espinha.

Não era apenas *desejo*.

Eu precisava daquele homem.

Precisava tanto dele que aceitaria qualquer coisa que conseguisse, mesmo que me arrependesse depois. Me inclinando, desamarrei o laço do meu robe e o abri, me expondo dos seios até as coxas.

Ele parou de respirar, então.

— *Kallik*.

— Faolan — falei, calmamente. — Podemos não ter outra chance como essa. Nunca mais.

Mas minhas palavras tiveram o efeito oposto do pretendido. A expressão dele se fechou.

— É por isso que você quer fazer isso?

— Claro que eu quero você. Eu desejo você há anos. Só estou dizendo... — Parei. — Você não está desesperado também? Podemos morrer quando sairmos desse lugar, Lan.

— Agora mais do que nunca — ele respondeu, solenemente. — Mas deve haver uma maneira de superar a volatilidade de nossas magias combinadas, caso contrário, não poderíamos nos sentir dessa maneira. Essa coisa entre nós não poderia existir.

Desviei o olhar.

— O que você está dizendo?

— Estou dizendo que nunca quis me esquecer de mim mesmo mais do que agora, com seu lindo corpo diante de mim. Mas você não é uma mulher que eu levaria para a cama por um capricho. Quando eu estiver dentro de você, Kallik, será completamente sem desespero. Merecemos isso. Quero que seja real, não um sonho.

A decepção torceu meu estômago, mas sua explicação tocou meu coração, mesmo que frustrasse minha libido saltitante.

— Eu entendo.

Lan recuou e me puxou para cima, depois inclinou meu queixo e me forçou a olhar para ele de novo.

— Não me faça ser o responsável outra vez. Não sei se tenho forças.

Sorri apesar de mim mesma.

— Você sempre foi o responsável.

— Mas não confunda isso com sabedoria — ele rebateu. — Então eu só vou precisar de... — Lan segurou as bordas do meu robe e olhou tristemente para os meus seios por um tempo. — Eu sou um idiota.

Eu ri e amarrei meu robe novamente.

— Melhor?

Ele olhou para baixo.

— O que você acha? Ele não vai a lugar nenhum tão cedo.

E se eu tivesse um pênis, estaria no mesmo estado.

— O que eu queria — meu Unseelie disse — é dormir ao seu lado, abraçando você a noite toda. Sem dragões, nagas, gigantes, feéricos selvagens, kelpies ou qualquer outra coisa nos acordando. O que me diz?

O sangue inundou minhas bochechas de uma maneira que a possibilidade de sexo não conseguiu. Ele queria dormir abraçado.

Em resposta, coloquei uma mão em seu peito e me ergui na ponta dos pés, roçando um beijo em seus lábios cheios.

Quando tive certeza de que ele tinha parado de respirar, eu me enfiei em uma túnica limpa e voltei para a cama, puxando o cobertor de cima. Depois rastejei para ocupar o espaço mais próximo da parede.

Encaixei uma mão sob a cabeça, meu cabelo longo se derramando para a frente, e afaguei o pequeno espaço com a outra mão.

— Eu digo ok.

Faolan se juntou a mim e pegou minha mão, plantando um beijo na palma antes de entrelaçar nossos dedos.

— Vamos resolver isso, Alli. Eu juro.

Meu nome preferido nunca soou melhor do que nos lábios dele.

Sorri, estudando seu rosto à luz das velas antes de fechar os olhos, a respiração já profunda. Embora mais nada tivesse mudado, suas palavras me encheram de esperança.

— Eu sei, Lan.

E não havia nenhum "mesmo assim" a esse respeito.

## 21.

Pesadelos... Eu não tinha um pesadelo de verdade desde a infância. Pelo menos, não a ponto de me deixar atordoada, me debatendo, gritando, incerta de onde estava e com medo de abrir os olhos.

Escuridão e medo. Algo me perseguindo. Algo aterrorizante à minha frente, mas fora de vista. Gritos de angústia e ódio, e uma sensação profunda de que eu poderia mudar tudo.

Se ao menos eu entendesse.

Se ao menos eu fosse forte o suficiente.

— Alli, acorde!

A voz de Lan atravessou a loucura do sonho, e eu acordei abruptamente, meus olhos arregalados e a respiração arquejante.

Eu estava deitada de costas, Lan em cima de mim e me segurando. Ele segurava meus punhos com as mãos, a boca ao lado do meu ouvido, e eu podia ver o dossel da cama através dos fios escuros de seu cabelo.

— Você está aqui comigo. — Sua voz suavizou. — Não vou deixar que te machuquem.

Eu flexionei os dedos, e ele posicionou uma das minhas mãos ao redor de seu pescoço e a outra ao redor da cintura, uma de cada vez, e então rolou para o lado, deixando nossos narizes próximos.

Eu não conseguia falar, minha garganta estava apertada por emoções que me esmagavam. Engolindo com dificuldade, tentei encontrar as palavras enquanto Lan fazia com a mão círculos lentos nas minhas costas nuas.

— Fale comigo, Alli. Você em silêncio é a coisa mais assustadora que eu já vi até agora.

Um sorriso moveu meus lábios, e uma lágrima traidora tentou escapar do canto do meu olho.

— Pesadelo.

— Aquilo não foi apenas um pesadelo. — Ele afastou meu cabelo molhado de suor para trás do meu rosto. — Eu não conseguia te acordar. Você estava se debatendo e... seu coração estava desacelerando.

Eu pisquei.

— O quê?

— Seu coração desacelerou — ele sussurrou. — Eu lutaria contra qualquer coisa para manter você segura, Alli, mas agora não havia nada contra o que lutar. Então você precisa me dizer o que viu no sonho.

Fechei os olhos, e ele me abraçou mais forte.

— Não feche os olhos. Por favor — ele pediu, com voz rouca.

Então eu olhei, olhei *de verdade*, para ele.

A tensão ao redor de seus olhos e sua boca, a maneira como suas íris rodopiavam e se fixavam nos meus olhos, com uma urgência.

Lan estava com medo do que quase aconteceu.

Inspirei, ainda trêmula, e encostei minha testa na dele.

— Não tinha nada específico. Algo me perseguindo. Algo terrível à minha frente. Sem saída. Uma sensação de impotência. Alguém... me odiando?

Franzi o cenho, então inclinei a cabeça para cima, até que nossos lábios se encostassem. Não era um beijo. Nossos lábios ficaram apenas descansando ali, se tocando levemente.

— Nada mais? — O roçar de seus lábios afastou o medo, e uma emoção diferente surgiu, bem passageira, se o contato do corpo dele no meu fosse algum indicativo.

— Nada mais — sussurrei, e aproveitei o momento para colar meus lábios nos dele novamente, minha língua se movendo para provocá-lo.

— Kallik — ele rosnou meu nome. — Não me distraia do propósito dessa conversa.

Suguei seu lábio inferior e o mordi suavemente, arrastando meus dentes, saboreando.

— O que foi mesmo?

Talvez ele esquecesse se eu desviasse todo o sangue do cérebro dele direto para o...

— Seu coração desacelerou. — Ele segurou meu rosto com as mãos, me mantendo imóvel. — Por mais que eu queira continuar com isso, algo a atacou enquanto você dormia. A Oráculo precisa saber. Ou talvez ela...

A porta foi aberta com força, e a feérica de sangue apareceu na entrada, vestida de couro preto da cabeça aos pés. Ela nos observou enroscados um no outro.

— Você se importa? — perguntei, secamente. — Já faz um tempo que tento levá-lo para a cama.

Lan deu uma risadinha, e a feérica de sangue levantou uma sobrancelha, estreitando os olhos.

— Esperei por um homem por mais de trezentos anos. Sua suposta espera é apenas um grão na passagem do tempo.

Suspirei e caí de costas, sem me importar que meus seios estivessem à mostra. Lan podia olhar o quanto quisesse, talvez ele conseguisse esquecer seus princípios, e a feérica de sangue não hesitou nem por um segundo.

— Podemos chamar você por algum nome, além de feérica de sangue? — perguntei. — Assim, posso te xingar de maneira adequada da próxima vez que arrombar a porta.

Os lábios dela se contorceram.

— Podem me chamar de Devon.

Rolei para fora da cama e esfreguei o rosto com as mãos.

— Venham comigo. A Oráculo está esperando. — Ela virou e nos deixou ali. A porta estava escancarada, e o cheiro de massa frita invadiu o quarto.

Já era de manhã?

Me levantei, vesti roupas limpas — graças à deusa — e peguei o diário de couro antes de sair.

Ao perceber o silêncio atrás de mim, eu me virei e olhei.

Lan estava sentado na beira da cama, o lençol torcido em seu colo e erguido por uma ereção muito óbvia.

Eu sorri e dei uma piscadinha.

— Talvez na próxima vez.

— Se a deusa permitir — ele resmungou.

Saí enquanto ele se abaixava para pegar uma calça. Não que eu não quisesse ver seu corpo maravilhosamente nu antes que ele o cobrisse, mas eu realmente preferia vê-lo tirando a roupa, e não a vestindo... e aquele cheiro me atraía de uma maneira que eu não podia negar.

Porque tinha o cheiro da comida de Cinth.

O cheiro de seus waffles infundidos com madressilva e canela. Parei no longo corredor esculpido em pedra e apenas respirei. O que eu não daria para vê-la, sentir os braços dela ao meu redor e saber que estava segura.

Abri o diário de couro, e meu coração deu um salto ao ler as palavras rabiscadas apressadamente nele.

*Não é seguro. Alli, sinto muito.*

E só.

Apertei o diário de couro com força, peguei a pena e escrevi:

*Não ouse morrer antes de mim.*

Estava decidido, eu tinha de partir. Hyacinth não me assustaria de propósito. Nunca.

Enfiei o diário no cinto e avancei. Se eu tivesse de enfrentar a Oráculo e Devon juntas, que fosse, elas não iriam me impedir.

O corredor se abriu para a área principal, iluminada como na noite anterior, com velas por toda parte. O fogo ardia, e uma mulher estava inclinada sobre a panela. Não era a Oráculo. Nem Devon.

— Hyacinth? — perguntei, meio aos tropeços, completamente chocada.

Ela se virou e sorriu, abrindo os braços para mim.

Mas o corte que cruzava um lado de seu rosto, percorrendo sua queimadura da testa até a mandíbula, me impediu de correr até ela.

— Quem raios fez isso?

Seu sorriso desapareceu.

— É uma longa história, e, se eu não prestar atenção no que estou preparando, vai ficar incomível.

Esqueça a maldita comida. Eu passaria fome por um mês se isso significasse que ela realmente estava ali. Se significasse que estava segura. Corri até ela e a peguei em meus braços. Ela me abraçou de volta, e seus ombros tremeram.

— Não chore — sussurrei. — Por favor, não chore.

— Pensei que você tivesse morrido. — Ela soluçou. — Ruby disse... ele disse que você estava morta.

Não a soltei, apenas a abracei com toda a minha força.

— Não sei por que ele diria isso, mas ele estava errado. *Está* errado. Mas... como você chegou aqui? — Eu me afastei então, apenas para olhar para ela. Para me permitir absorver que realmente estava ali. Ali, comigo em Underhill, por mais *impossível* que pareça.

— Eu a trouxe. — A Oráculo bateu no chão com sua vara, chamando minha atenção. Ela estava sentada na grande mesa esculpida à mão que dominava a sala principal. — Quando vi a morte dela se aproximando, soube que precisava impedi-la, ou você seria desviada de uma maneira que nenhum de nós sobreviveria.

O sangue fugiu do meu rosto e desceu até os meus dedos dos pés. Uma pressão apertou minha garganta.

— Você viu a morte dela.

A Oráculo assentiu.

— Essa trilha está fechada agora. Ela está segura. Mas, sim, eu vi que ela seria morta para atrair você para fora de Underhill antes que estivesse pronta. Eu não podia deixar que isso acontecesse. Não de novo.

— Como assim, *de novo*? — Segurei a mão de Cinth.

— Você chegou muito perto de abrir aquela porta — a Oráculo respondeu, em um tom seco.

Nem me fale.

— Na primeira ou na segunda vez?

— *Todas* as vezes. Foram muitas. Mas a porta não se abriria quando você voltou para a mesma árvore pela segunda vez. Não com a companhia e a magia presentes.

Hum, Rubezahl também havia considerado essa hipótese. Parece que ele estava certo.

— Você quer dizer os feéricos selvagens?

— E aquele que os controlava. — O olho da Oráculo cintilou.

— Underhill — exclamei, enquanto Cinth se afastava de mim. — Ela estava nos conduzindo para a porta.

A velha mulher sorriu, arqueando as sobrancelhas.

— É mesmo?

*Não* era Underhill?

— Foi o que achei.

— Só os idiotas acham isso — a Oráculo declarou enquanto se dirigia para a mesa.

Eu posso até ser idiota, mas as pessoas não tinham sido supercomunicativas comigo ultimamente.

Cinth abraçou Lan quando ele entrou, se apressando a dizer:

— Você cuidou dela. Eu sabia que você a amava, seu tolo.

Ela segurou o rosto dele entre as mãos e deu um beijo estalado em seus lábios.

O ciúme torceu meu estômago. Não porque eu estivesse preocupada que algo pudesse acontecer entre eles, mas porque ela podia tocá-lo sem mais problemas. Sem nenhuma preocupação com o que poderia vir disso.

Ela o abraçou novamente.

— Estou feliz que você também esteja vivo, Faolan.

— Obrigado? Espera. — Ele balançou a cabeça. — O que você está fazendo aqui?

Contei a história rapidamente para ele e depois apontei para a Oráculo, ainda pensando na revelação que ela acabara de me fazer.

— Já estou mais do que pronta para ouvir toda a história.

A Oráculo fez um gesto para que nos sentássemos com ela. Devon estava à sua esquerda, imersa em uma sombra profunda que parecia se mover com ela. Mas ela me incomodava menos do que na noite anterior.

A Oráculo deu um longo gole de uma xícara que cheirava a infusão de ervas.

— Eu trouxe Cinth para que Kallik ficasse e tivesse uma chance maior de sucesso. Embora haja outros com os quais ela se importe, ninguém é tão próximo de seu coração e de sua alma quanto vocês dois. — Ela olhou primeiro para Cinth e depois para Lan. — O que significa que vocês são a fraqueza dela, e os inimigos dela também sabem disso. Eu gostaria de manter Kallik aqui para treiná-la da maneira adequada. Não como ela fez naquela bagunça que era a falsa Underhill.

Devon deu uma risada.

— Os feéricos enganaram apenas a si mesmos.

— Disso não há dúvidas — a Oráculo retrucou —, mas todos nós pagamos por isso, não pagamos?

— A loucura — arrisquei.

Devon saiu das sombras.

— Não existe loucura, pelo menos não da maneira que você foi levada a acreditar. A loucura é uma construção, assim como a falsa Underhill. Uma maneira de manter os feéricos na linha. Quando Underhill foi separada do mundo humano, o poder dos feéricos começou a desvanecer. Embora isso possa ter assustado alguns deles, causando uma espécie de paranoia, a loucura nunca foi um perigo real.

Por debaixo da mesa, segurei a mão de Cinth. Os pais dela foram executados porque sucumbiram à loucura. Se não havia loucura, então com o que raios estávamos lidando?

O que realmente tinha acontecido com os pais dela e com todos aqueles feéricos no santuário?

— Nós pensávamos que Underhill tinha se separado da Terra por conta própria. Está dizendo que outra pessoa fez isso?

Deusa, será que eu era a culpada o tempo todo, sem saber?

A Oráculo suspirou.

— Aquele que fechou Underhill o fez forçosamente, com o objetivo de controlar o mundo feérico.

Soltei um suspiro de alívio. *Ufa*. Não fui eu, então.

— Por quê?

— Aquele que pode abrir e fechar as portas de Underhill controla a quantidade de poder que os feéricos podem acessar. Essencialmente, ele teria as chaves de ambas as cortes, e o poder supremo estaria à sua disposição.

*Ele*.

— Mas e a loucura? — Cinth perguntou, baixinho. — Se é apenas uma construção, então o que aconteceu com meus pais? Eu *vi* a loucura em ação.

A Oráculo sorriu com ar triste, seu olho cintilante focado na minha amiga.

— Você estava lá quando eles supostamente foram pegos pela loucura. O que você viu? Diga a verdade desta vez, minha flor.

A verdade? Minha mente girou em torno dessa única palavra.

— Cinth, não importa o que você diga, estou aqui.

Cinth engoliu, em seco, e baixou o olhar para a mesa, o cabelo caindo até cobrir os lados do rosto.

Apertei a mão dela.

Ela falou lentamente:

— Eles me disseram para correr e me esconder, que homens maus estavam vindo. Disseram que eu tinha que ir, mas não houve tempo. Os homens entraram na casa, e meus pais lutaram contra eles. — Ela levantou os olhos. — Meus pais mataram todos os sete invasores, e então tentaram fugir comigo. Fomos pegos no cais, quando estávamos prestes a deixar a ilha. O general disse que a loucura tinha tomado conta deles. Eu tentei dizer que não, mas minha mãe mandou eu me calar. Nunca falar a verdade. — Ela olhou para mim. — E eu não falei, até hoje.

Um silêncio reinou por dez segundos, até que suas palavras se fixassem em minha cabeça.

— Um acobertamento. Santa deusa. Quem eram os homens?

Devon respondeu:

— Eles pertenciam àquele que fechou as cortes. Ele os enviava em missões suicidas, sabendo que aqueles que os matassem seriam marcados para a morte. Qualquer feérico que fizesse perguntas e começasse a procurar a verdade recebia... esse tratamento.

A Oráculo assentiu.

— As pessoas foram consideradas loucas porque servia como prova de que a "loucura" existia. Aquele que queria o trono armou isso, com a ajuda de espiões em ambas as cortes. Quem suspeitava que havia verdades escondidas nas sombras era morto e considerado louco, como seus pais, Cinth. Eles sabiam que algo mais estava errado. Sabiam que Unimak já não era o refúgio seguro que fora um dia.

Estava tudo muito bem, mas... eu balancei a cabeça.

— Eu vi a loucura em ação. — Olhei para Lan. — Vimos ela consumir as pessoas.

A Oráculo se recostou na cadeira.

— Me conte o que você viu, Dente-de-leão. Ou o que você acha que viu.

— Vi um feérico chamado Ivan enlouquecer — eu disse.

— Me diga: ele falou alguma coisa?

Fiquei imóvel, franzindo a testa.

— Ele... ele falou em tlingit.

— Sim, Dente-de-leão. Isso não era loucura. Alguém estava falando com você, como você sabe muito bem.

Eu queria saber a resposta para isso havia muito tempo. Será que ela me diria? Respirei fundo.

— Underhill.

A Oráculo assentiu.

— Underhill.

As palavras saíram da minha boca.

— Ela estava falando comigo por meio dos espíritos no rádio e também por Ivan.

A velha mulher inclinou a cabeça.

— Mas e o grupo de jovens gigantes? E os feéricos selvagens? E os feéricos loucos que vimos trancados no santuário dos párias? — Será que *aquilo* também era coisa de Underhill?

Ela ergueu a mão.

— Lembre-se de que Underhill é apenas uma peça no tabuleiro.

Gemi, esfregando as têmporas.

— Ok, então o que está dizendo é que a pessoa que me possui quando toco Lan é o "ele" de quem você fala. O cara que nos separou do reino feérico. — Justo quando eu tinha decidido que a raiva assassina devia ser de Underhill.

Essa coisa estava me dando uma sensação de efeito rebote.

— Não. — Os lábios dela se curvaram. — Acho que descobrirá que quem "possui" você é ninguém menos que Underhill.

Lan grunhiu.

O som foi uma resposta fraca em comparação à relevância de suas palavras. Era Underhill que estava me dominando aquele tempo todo. Eu finalmente tinha minha resposta, e mesmo que eu soubesse em parte, a confirmação da Oráculo me abalou até o âmago.

— Eu pensei que ela queria que eu encontrasse a maldita porta. Por que ela tentaria me matar dessa forma? E fazer com que eu matasse outros!

A Oráculo me observou, seu olho de arco-íris girando como se estivesse falando com alguém que eu não podia ver.

— Ela *queria* que você encontrasse uma porta. Qualquer porta. Em qualquer lugar. Matar você não estava, e ainda não está, nos planos. E a vida que você tirou... o poder de Underhill não funciona bem em pequena escala. Imagino que você estivesse canalizando um lampejo de irritação ou raiva dela. Provavelmente ela não pretendia que você se tornasse uma assassina.

Um lampejo da irritação dela me fez matar alguém. Praticamente *várias* pessoas.

Balancei a cabeça.

— Toda vez que eu e Lan nos tocamos, ela fazia nossa magia explodir?

— Correto, Dente-de-leão.

Lan falou:

— Mas não é toda vez. Por que Alli e eu conseguimos nos tocar de vez em quando?

Devon respondeu:

— Você já sabe a resposta. Me diga, neto de Lugh. A porta não se abriu para Kallik na segunda vez. Por quê?

— Por causa da companhia e da magia presentes — ele repetiu as palavras anteriores da Oráculo.

Eu me endireitei.

— Lan e eu podíamos nos tocar às vezes por causa da companhia e da magia presentes também? — Curvei o corpo novamente. — Mas os feéricos selvagens não estavam por perto o tempo todo.

— Aquele que forçou a retirada de Underhill *estava* — a Oráculo disse. — De algum jeito. E ela não agiria através de você na presença dele. O perigo era muito grande.

Agir através de mim.

— Então eu sou o... receptáculo dela, ou algo assim?

A Oráculo sorriu.

— Todos nós somos receptáculos dela. Você poderia ser algo muito maior. Por enquanto, só posso acalmar sua curiosidade dizendo que, quando você e Faolan se tocam, é *apenas* Underhill que está agindo.

— E quando eu ouço tlingit?

O sorriso dela se alargou.

— Muito bem. Underhill.

Apesar de estar profundamente chocada com tudo o que ela acabara de dizer, tive uma sensação desagradável. Pressionei os lábios em uma linha dura.

— O maremoto, quando eu e Lan fomos jogados para fora do barco... Quem controlou aquela onda?

— Ele. Ele procurou desviá-los de seu caminho. Tentou torná-los mais vulneráveis.

Eu tinha pensado que era Underhill nos jogando em direção à porta.

— Underhill eram os raios.

A Oráculo assentiu.

— E ela enviou um espírito para guiá-la também.

O espírito que havia nos dito, a mim e a Lan, para nos tocarmos.

— Eu lembro. — Engoli em seco. — Todo o resto... os feéricos selvagens, os gigantes, os feéricos apodrecendo... é coisa desse cara?

— Correto. — Ela se recostou, abrindo a boca para falar, mas Faolan interveio.

— Você disse que Underhill não agiria na presença dele. — Ele olhou para mim. — Eu posso tocar Kallik aqui. Qual é o motivo disso?

Devon riu.

— Qual é a necessidade de Underhill se comunicar com vocês quando já estão aqui?

A Oráculo sibilou para ela, mas a feérica de sangue apenas deu de ombros.

Se *comunicar* comigo? Era isso que Underhill estava tentando fazer?

— Qual é a necessidade de ela tentar me *matar* quando eu cheguei se ela queria que eu estivesse aqui?

Tanto Devon quanto a Oráculo sorriram.

— Foi uma piada? — Lan comentou, com raiva.

— Underhill adora seus testes — a feérica de sangue disse. — Vocês passaram. Embora ela esteja ciente de que as pessoas mudam quase tão rápido quanto a paisagem dela. Isso a faz gostar de testes... algo que você faz bem em lembrar.

Franzi a testa.

— Suponho que você não dirá o *que* ela está tentando comunicar, não é?

Até mesmo o rosto de Devon ficou sério com isso.

*Ótimo.* Suspirei.

— E suponho que você não dirá quem é esse misterioso "ele" tampouco?

— Isso, eu posso revelar, Dente-de-leão.

Meus olhos se arregalaram.

— Sério? — Deusa, o futuro devia ser um negócio muito complicado.

A Oráculo fez uma pausa e olhou para sua xícara de chá.

— Para entender, você deve ouvir a história completa. Cinquenta anos atrás, havia um feérico que vivia em Unimak, favorecido pela rainha Unseelie por sua sagacidade, sua atenção aos detalhes, sua força mágica e o poder de sua música. Ele era amigo e confidente dela. Entenda que ela era nova no trono naquela época e ainda estava aprendendo, mas ela confiava de olhos fechados nele. Só que, quando ele pediu a mão dela em casamento, ela negou. Ela não aceitaria nenhum homem. Nenhum. Pois seu trono era só dela. — A Oráculo sorriu. — Mesmo naquela época, ela era uma fera indomável.

— E? — perguntei, após um momento de silêncio.

A velha feérica passou o dedo pela borda da xícara.

— Durante um tempo, ele afirmou que a amizade entre eles era suficiente. Os dois eram muito próximos. Mas, aos poucos, outros ao redor de Elisavana viram mudanças. Ela nunca tinha sido injusta ou irracional no passado, mas ela contradizia seus princípios morais por ele. Seu pretendente começou a drogá-la com ervas.

Minha mente foi direcionada a uma única lembrança.

*Ele fez um sinal para que eu me sentasse à sua frente, e me aproximei do banco de madeira áspera do tamanho de uma pessoa, perto da lareira. Vapor subia de uma caneca de pedra apoiada na madeira, e ele apontou para ela com seu cachimbo.*

*— Isso não é nada mais do que chá quente com ervas e mel. Eu tenho uma queda por ervas. Gostaria de sua opinião sobre a combinação.*

Não.

Lan se enrijeceu ao meu lado, mas a Oráculo levantou a mão.

— Posso ver que vocês sabem de quem estou falando, mas me deixem terminar. Pediram para o jovem feérico deixar o lado Unseelie de Unimak, mas devido à sua força, ao seu poder e à sua sagacidade, ofereceram-lhe um lugar na corte Seelie. Incomum, mas não inédito. Ele ganhou a atenção do rei, seu pai, Kallik, pois ele também era jovem e novo no trono. O mesmo cenário ocorreu, e depois que tentou controlar o rei, o feérico foi finalmente expulso de Unimak. Só que ele amaldiçoou a ilha antes de partir. *A loucura reinaria*, ele jurou, se não fosse feito governante um dia. Ele proferiu as palavras no solstício de inverno e as declarou proféticas.

Naquele solstício, as duas cortes ficaram em lados opostos do rio para cantar o final do ano velho. O que significava que ele teve uma audiência completa.

Minha boca se abriu tanto que meu queixo parecia prestes a bater na mesa.

A Oráculo olhou para mim.

— Ele era e ainda é Unseelie, Kallik. O que acontece quando um Unseelie invoca magia?

Meu coração batia mil vezes por minuto.

— A morte.

— E se escolherem tirar sua força de outro feérico? — Ela fez a pergunta com leveza, mas o horror dessa ideia me atingiu como nada mais poderia. Fazer isso ia contra nossas regras mais fundamentais. Era abominável, o pior crime que um feérico poderia cometer.

Minha mente se prendeu a algo que eu estivera envolvida em mentiras demais para ver. Os feéricos de pele cinza presos no santuário não estavam morrendo de loucura — eles estavam morrendo.

Por serem *drenados*.

— Ele usa seu poder para disseminar a loucura entre os párias — a Oráculo disse. — E drena a vida desses mesmos feéricos para alimentar seu poder cruel.

Meu estômago se revirou enquanto Cinth arfava. Lan estendeu o braço por baixo da mesa e pegou minha mão. Eu mal sentia o toque dele com todo o horror e choque que rugiam em minha cabeça. Não podia ser. A Oráculo iria dizer mais alguma coisa. *Mencionar* mais alguém.

Mas ela se inclinou para afrente.

— Você sabe de quem estou falando, não é?

Eu balancei a cabeça, negando, ainda que sentisse a terrível verdade se contorcer em meu estômago como uma refeição ruim.

Ele tinha sido gentil.

Ele foi meu mentor.

Me protegeu quando eu não tinha mais ninguém.

Protegeu todos os párias no Triângulo, como se essa fosse sua única tarefa.

Não podia ser o Rubezahl.

## 22.

— Minha mente está girando tanto, que sinto que perdi algo crucial — admiti, olhando para o campo de flores silvestres enquanto Cinth se aproximava por trás. Ela se movimentava rápido, fruto de horas em cozinhas movimentadas.

Ela se sentou ao meu lado.

— É por isso que nem me dei ao trabalho de ouvir os detalhes. A opinião geral parece ser que o mundo pode acabar, e a única pessoa que pode impedir isso é você.

Dei uma risadinha. Bem... basicamente era isso.

— Espero que a Oráculo me dê um manual, então. Até agora, só consegui estragar as coisas.

Cinth deu de ombros. Suavizando a voz, disse:

— Talvez o fato de Ruby ser seu guia tenha muito a ver com isso. Ele estava com você, com a gente, em cada curva. Quantas das decisões que tomamos foram realmente nossas?

Uma ruga se formou entre minhas sobrancelhas. As coisas ainda não se encaixavam direito. Estávamos falando de *Ruby* — o protetor dos párias. Quer dizer, claro, saber de sua história explicava algumas coisas, principalmente a inquietação que eu às vezes sentia com as suas decisões. Mas o resto... Cinth dizer que ele me ajudou era uma subestimação grosseira. Ele me contou a *verdade* sobre Underhill quando ninguém mais o fez, nem mesmo o pai que finalmente decidiu me aceitar. Ele me ajudou a entender a capacidade da minha magia de despedaçar ilusões.

Eu tinha desabafado com ele. E para mim, simplesmente condená-lo, sem pelo menos ouvir o lado dele... Suspirei.

— Eu devo a ele uma chance, Cinth.

Naquele momento, uma ilha inteira estava jogando meu nome na lama. Era algo fácil de fazer com qualquer um. A Oráculo poderia ter descrito *a mim* como uma órfã ávida por poder que passara a vida se infiltrando na intimidade do rei Aleksandr, apenas para orquestrar seu assassinato e herdar o trono.

Mas isso não era nem um pouco verdade.

Uma história podia ser distorcida. Pessoas podiam ser mal interpretadas. Assenti.

— Eu devo a ele uma chance — repeti.

Os olhos de Cinth se focaram no meu perfil.

— Se é isso que você precisa fazer.

— Você está escondendo algo de mim?

— Estou só pensando no chá que Ruby usou com a rainha. Faolan disse que você bebeu o chá de Ruby recentemente. Você não acha...

Eu também tinha pensado nisso, mas simplesmente não conseguia acreditar que Ruby faria uma coisa dessas.

— Com certeza não. — Firmei a mandíbula. — Eu teria sentido, não teria? Não sou estúpida. Consegui distinguir cada ingrediente. Além disso, você também não bebeu? Você é uma cozinheira... seu paladar é muito mais apurado que o meu.

Ela negou com a cabeça.

— Ele nunca me ofereceu. E agora eu tenho que me perguntar se você não tem razão, e ele decidiu que me dar o chá era muito arriscado, considerando todos os anos que passei na cozinha memorizando cada especiaria e erva feérica e humana.

Ruby só tinha me oferecido chá quando conversamos a sós.

— Não havia magia nele. Sem magia, certamente eu teria sentido os efeitos. Além disso, Ruby disse que minha magia consome outras magias. — Eu gemi e passei os dedos pelo cabelo.

— Vamos falar de outra coisa — Cinth disse, com uma alegria forçada. — Que tal sua reputação arruinada em Unimak?

Eu a fitei com raiva, mas não consegui evitar o riso.

— E minha reputação era tão imaculada antes. Sentirei muita falta dela.

Rimos baixinho. Estendi as pernas, que estavam grudadas ao meu peito desde que a Oráculo tinha lançado, uma hora antes, a bomba sobre Rubezahl.

— Vá em frente. Me conte.

— Todo mundo sabe tudo sobre você agora... Quem era sua mãe. Onde você cresceu. Seu treinamento. Tudo isso. É... — Ela fez uma careta. — Era de imaginar que Adair e Josef não teriam problemas para convencer a todos... você sabe como os Seelies podem ser.

*Sei bem.*

— Mas sem eu nem tentar, houve uma espécie de simpatia natural por você, vinda de alguns. Principalmente dos níveis mais baixos. Sabemos que eles são os mais legais de qualquer maneira.

— Eles acreditam em mim? — perguntei, maravilhada.

Ela fez uma careta.

— Não é para tanto, querida. Mas eles simpatizam com seu passado e acham que isso explica por que você enlouqueceu e matou o rei.

— Certo. E Adair e Josef?

— Josef deveria ser coroado uma semana depois que você partiu. Mas a cerimônia foi adiada. E depois, de novo. Pouco antes de eu partir, Adair anunciou que estavam adiando a coroação até o solstício de verão por causa da ameaça dos párias.

O solstício de verão não estava longe. Eu murmurei:

— Interessante. Por que não colocá-lo no trono?

— Talvez Adair queira se sentar nele.

Sem dúvida. Mas ela sempre se contentou em dormir com os outros para chegar ao topo. Por que mudar isso agora? Com párias furiosos entrando em cena, por que se tornar o alvo?

— Então ela matou *mesmo* meu pai.

Cinth inspirou profundamente.

— Você acha?

— Por que assumir o trono se ela pode fazer meu tio fazer isso? É mais inteligente pôr o alvo nas costas de outra pessoa, alguém maleável que ela possa manipular. Assim ela ainda está no comando de tudo, exceto no nome.

— Vou deixar a busca da verdade para você. Receio que minhas habilidades estejam na cozinha.

Me inclinei e peguei sua mão.

— E mesmo assim você ficou em Unimak para limpar meu nome.

Ela apertou minha mão.

— Precisávamos de alguém lá para ouvir. Ruby pediu para eu ficar lá e fazer o que pudesse em termos de controle de danos.

Meus olhos se estreitaram.

— Não foi o que ele me disse. Ele falou que você escolheu ficar lá para espalhar a verdade.

— Não precisei de muitos argumentos, pra falar a verdade, mas eu queria vir com você. Ruby deixou claro que... — Seu rosto corou.

— O quê?

— Que eu atrapalharia — ela murmurou.

Aquilo me tirou do sério, pelo fato de ele ter tomado a iniciativa de dizer isso. De a ter machucado. Ainda assim...

Ele não estava errado. De muitas maneiras — principalmente no que dizia respeito a luta e sobrevivência —, Cinth poderia ter sido um empecilho em alguns momentos. Ou pelo menos uma distração. Eu estava irritada com Ruby por tirar a escolha das minhas mãos, mas podia entender o ponto de vista dele.

— Ele deve ter se sentido mal por dizer isso. É por isso que ele nos deu esses diários.

Cinth pressionou os lábios e não respondeu.

— Sua última mensagem me assustou pra caramba — eu disse, soprando uma pequena nuvem logo na sequência. — Eu estava pronta para invadir Unimak. O que aconteceu?

Cinth se recostou, e duas pequenas nuvens se aproximaram instantaneamente de seu peito. Não podia culpá-las por pensarem que seus seios eram pequenos relevos terrestres.

— Não tenho certeza se você sabe, mas Ruby tem uma rede em Unimak. Eles estão em toda parte... no lado Seelie e Unseelie. De qualquer forma, eu fiz questão de conhecer a maioria deles.

Óbvio que fez. Cinth podia ser naturalmente sociável, mas também era inteligente pra caramba.

— Bom trabalho. Você nem teve tanto tempo assim.

Cinth espirrou, espantando as nuvens.

— É, eu tinha incentivo. De qualquer forma, comecei a sentir algo estranho depois de um tempo. Os espiões dele ficaram... frios, sabe? Senti como se alguém estivesse me observando o tempo todo. Naquela época, eu já tinha visto como eles operavam. Se eles querem que alguém saia de Unimak ou desapareça de vez, então vão até os guardas do tribunal dos párias, e essa pessoa some um dia sem mais nem menos. Olhando para trás, talvez a mudança de atitude deles tivesse a ver com o exército de Ruby marchando para Unimak, mas eles não me contaram isso. Não, esta garota aqui decidiu seguir sua intuição e partir. — Ela deu um tapa na barriga para reforçar. — Pensei que teria até o solstício de verão para fazer isso, e que eles nunca suspeitariam que eu partiria antes, mas, um dia, o chefe de cozinha Unseelie estava no meu esconderijo secreto quando terminei o turno. Eu tinha acabado de ler sua mensagem no diário, mas já era tarde demais. Felizmente, a Oráculo apareceu, porque ele sabia fazer mais coisas com uma faca de cozinha do que filetar peixes. — Ela apontou para o corte ainda cicatrizando no lado queimado de seu rosto.

Cerrei os dentes, sentindo mais uma onda de medo. Eu havia chegado tão perto de perder Cinth. Será que os caras de Ruby se prepararam para atacá-la por causa da conexão dela comigo? Ruby tentou impedir os párias. Ele implorou para que eu os convencesse a não entrar em guerra contra as cortes. Então, não fazia sentido que ele tenha tido parte no plano para matar Cinth.

Ainda assim, eu quase a perdi. *Aquilo* me deixava furiosa.

— Estou tão feliz que você esteja comigo agora.

— Eu também.

Ouvi um barulho de folhas sendo esmagadas, e ao olhar para cima vi Lan caminhando em nossa direção.

— O que aconteceu ali? — Cinth sussurrou, se inclinando.

Falei de canto de boca:

— Eu conto depois.

— Algo *aconteceu*. — Ela ficou boquiaberta. — Como vocês dois ainda estão vivos?

— Se descobrir, me avise — Lan respondeu, inclinando-se para dar um beijo na minha cabeça.

Maldição, eu estava sorrindo como uma boba. O que minha amiga definitivamente percebeu.

Controlei meu rosto com esforço.

— Descobriu mais alguma coisa com a Oráculo?

Lan fez uma careta.

— Eu perguntei dos ingredientes no chá de Rubezahl, na verdade, mas ela estava mais interessada em me condenar por não ter "cedido" ontem à noite.

Eu me engasguei com o ar.

— *O quê?*

A expressão dele era divertida.

— É. Essa foi mais ou menos minha reação.

Cinth limpou a garganta.

— Por que você não cedeu, então?

Eu arregalei os olhos para ela, mas ela sorriu de volta.

Lan a encarou com ar de desafio.

— Porque eu não quero apressar as coisas com a Alli.

O olhar da minha amiga vacilou, e ela coçou o queixo.

— Bem... droga. Essa foi uma resposta bem boa.

Aquela conversa estava me matando.

— Ei, a Oráculo fez bruadar ontem à noite.

A mandíbula de Cinth caiu.

— E estava perfeito — acrescentei, indo direto ao ponto.

Minha amiga se levantou abruptamente, depois parou.

— Não pense que eu não percebo suas manipulações! — Mesmo assim, ela voltou correndo para o lar da Oráculo, sem olhar para trás.

Eu até que senti pena da Oráculo. Mas talvez isso mantivesse suas profecias longe do meu quarto.

Lan ocupou o lugar de Cinth, ficando muito mais próximo de mim do que ela.

— Foi como se a Oráculo quisesse que a gente transasse.

— Isso é bem louco. Ela sabe tão bem quanto todos os outros que é proibido, e por um bom motivo. E nós somos esse motivo, só que mil vezes pior.

Ele me olhou.

— Talvez devêssemos transar para salvar o mundo, apenas por precaução.

Revirei os olhos.

— Ei, não fui eu que resisti.

— Você sabe que não foi porque eu não queria. Não sabe?

Seu olhar escuro perfurou o meu.

Eu escondi um sorriso.

— Eu sei. Sou sua melhor opção, e você não quer estragar tudo.

Eu tinha a intenção de fazê-lo rir, mas sua expressão séria não se alterou. Meu bom humor vacilou.

— Lan, o que diabos eu devo fazer? Preciso falar com Rubezahl, porque não acredito que ele seja o vilão da história, pelo menos não sem mais provas, mas e se eu estiver errada? O que diabos eu devo fazer com um gigante antigo, com a realeza Seelie que quer me matar e com um exército de párias invadindo Unimak enquanto nos falamos?

Ele se deitou, fazendo os braços de travesseiro.

— Parece o início de uma piada.

Eu me deitei ao lado dele. Uma piada — isso era essencialmente a minha vida naquele momento.

— A Oráculo mencionou um treinamento. Um treinamento real. Mas não temos tempo para isso, mesmo com a diferença de tempo.

Lan me puxou para seu lado, e eu fui sem resistência, me derretendo em seu abraço no campo de flores silvestres.

— E isso — eu disse, com voz rouca, a dor se retorcendo sob minhas costelas como se alguém tivesse me esfaqueado. — Isso não pode continuar. Não vou conseguir lidar com isso quando as coisas voltarem ao normal.

— *Nós* — meu Unseelie disse.

— Nós — repeti, em um sussurro.

— Eu vi a rainha Elisavana tomar algumas decisões ao longo do tempo — Lan falou, depois de um instante em silêncio. — De fora, essas decisões podem parecer implacáveis, mas conhecendo as alternativas... Às vezes, as escolhas não são instintivas e fáceis. Às vezes, a melhor decisão vai machucar os outros... mas menos do que aconteceria se fosse de outra forma.

Ele não estava me dizendo nada que eu já não soubesse.

Eu não podia estar em todos os lugares ao mesmo tempo. E, realmente, se eu corresse de volta para Unimak, o que diabos eu poderia fazer para impedir a guerra?

Eu estava andando em círculos havia tempo de mais. E, lá no fundo, eu sabia que, se não conseguisse respostas para as perguntas que me instigavam, esse ciclo nunca teria fim.

Não para mim e Lan.

Não para os reinos.

Não comigo viva. Esse era outro teste pelo qual eu tinha de passar.

Rolei para longe de Lan e me levantei.

— Essa é a minha garota — Lan disse, fechando os olhos com um sorriso curioso no rosto.

Meu estômago deu um salto, e pensei em me deitar outra vez ao lado dele, mas minha determinação se fortaleceu, e eu marchei de volta para a casa da Oráculo.

Cinth estava preparando um banquete no caldeirão, mas eu passei por ela e fui até onde a Oráculo estava fumando em sua mesa.

Ela arqueou uma sobrancelha, semicerrando os olhos para o relógio de madeira absurdamente alto que tiquetaqueava no outro canto.

— Na hora certa.

— Você mencionou um treinamento. — Eu me aproximei da mesa e me inclinei em direção a ela. — Estou pronta.

— Sim, Dente-de-leão. O óbvio não precisa ser dito. E não fique aí em pé como um maldito troll. Isso machuca meu pescoço.

Eu me sentei.

— Muito bem — a Oráculo disse. Ela olhou ao redor, a atenção passando por Cinth, que murmurava furiosamente, e pela cozinha, silenciosa e arrumada. — Sim, tudo está como deveria.

Prendi a respiração.

— Tudo o que aconteceu. Com Underhill. Tudo o que continua acontecendo comigo, com os espíritos e as explosões e o caos quando toco em Lan. Tem a ver com a minha magia, não é?

— Tem a ver com a sua magia — ela confirmou, dando outra tragada. — Sua magia Seelie. — Seu sorriso se alargou, e ela bateu o cigarro em um cinzeiro, seus olhos não mais nos meus. — E, é claro, também com sua magia Unseelie.

## 23.

Encarei a Oráculo. Meus ouvidos zumbiam enquanto ela continuava a bater o cigarro no cinzeiro, tirando as cinzas antes de levá-lo de volta aos lábios. Cinth não disse nada, mas estava superconcentrada em sua tigela de bruadar.

Pelo tanto que a conhecia, eu sabia que Cinth não piscaria nem se uma bomba tivesse explodido.

Como aquela bomba em particular.

Magia Unseelie. Em *mim*? Isso não era possível.

A Oráculo se levantou e curvou os dedos.

— Isso foi como soltar um pum depois do primeiro encontro. Você não tem ideia de quanto tempo guardei essa verdade. Agora, venha para a minha sala de trabalho, Dente-de-leão. Vamos discutir esse assunto mais a fundo. Posso ver as perguntas que você tem, e elas são válidas. Mas deixe Hyacinth cozinhar em paz, ou não teremos uma boa refeição. E ela precisa fazer uma boa refeição. A melhor, na verdade.

Sério? *Sem pressão, Cinth.*

A Oráculo seguiu pelo chão firme e me conduziu pelo corredor, abrindo a primeira porta, gravada profundamente com símbolos aleatórios e incrustada com vidro colorido. Eu a segui até o aposento lotado.

Livros cobriam as paredes, e ela empilhara papéis precariamente um em cima do outro desde o chão até acima da minha cabeça, coluna atrás de coluna, deixando apenas um pequeno espaço no centro da sala. Eu não conseguia identificar uma organização, mas a Oráculo foi direto para uma pilha, pegou um livro do meio e o puxou para fora. Uma parte de mim pensou que o resto dos livros permaneceria no lugar. Por causa da magia.

Não. Eles desabaram, caindo no chão ao redor dela e derrubando mais duas pilhas antes que tudo voltasse a se estabilizar. Ela ergueu triunfante o livro encadernado em couro roxo.

— Aqui. A linhagem dos feéricos, do seu povo.

— Minha mãe era humana — falei, sem jeito, imaginando como daria um único passo naquele lugar sem causar mais uma avalanche de papéis. — Ela me criou até morrer, e eu me pareço com ela. Ela não era Unseelie. Então, isso é um completo e total engano.

A Oráculo levantou um dedo.

— Você é Seelie e Unseelie, Kallik de Todos os Feéricos. Mas está certa em parte, você nasceu da pélvis de uma humana, e carrega parte da essência dela, o que os humanos chamam de DNA.

Ela folheou o livro, lendo rapidamente enquanto procurava.

— Aqui. — A Oráculo apontou para a página aberta. — Este livro não mente. Ele é feito da pele de uma feérica de sangue... a mãe de Devon, como o destino quis.

Fiz uma careta. Nojento.

Mas se fosse assim, então o livro realmente não poderia conter mentiras. Feéricos de sangue não podiam mentir — daí a maior parte do mito sobre os feéricos só falarem a verdade.

Meu nome estava escrito em uma caligrafia perfeita no topo da página, com minha linhagem abaixo.

Kallik da Casa Real.
Pai: Aleksandr da Casa Real. Seelie.
Mãe: Desconhecida. Unseelie.

Sem nome.

Suspirei.

— Eu poderia pegar um livro e imprimir meu nome nele, você sabe. Que diabos, eu poderia me tornar uma gigante dessa maneira... filha de Rubezahl.

Um medo estranho que se insinuara em mim desapareceu. Um livro com meu nome não significava nada. Meu instinto se contorceu ao ver a pele que encadernava o livro, mas ignorei isso. A verdade sempre podia ser manipulada. Eu usei magia Seelie a minha vida inteira. Eu teria notado coisas morrendo ao meu redor. Quer dizer, eu tinha imitado a magia de Lan para ficar invisível uma vez, sem consequências óbvias para alguma vida, mas isso foi porque eu descobri uma maneira Seelie de replicar o poder Unseelie dele... não foi?

— Não há menção da minha mãe, que me carregou e me deu à luz.

A Oráculo ergueu os olhos.

— Não brinque sobre ser parente desse traidor. — Ela fechou o livro com força, usando-o para me cutucar. — Você conhece a história de Avona, Dahlia e Bale?

Arqueei a sobrancelha.

— É uma *história*. Nada mais.

— Então me conte, Dente-de-leão. Divirta uma velha. Considere isso o início do seu treinamento... recordar essa... história. Porque acredito que você precisa lembrar inteiramente dela.

Fazendo o possível para não ranger os dentes, concordei e revirei meu banco de memórias. Muito tempo havia se passado desde que a história tinha saído da boca do povo nas cortes.

— Avona era uma nobre Unseelie e não conseguia levar uma gravidez até o fim. Sua prima, Dahlia, já tinha vários filhos. — Nesse ponto eu fiz uma pausa, mas a Oráculo fez um gesto para eu continuar. — Avona conseguiu um feitiço que permitia que seu escolhido, Bale, se deitasse com Dahlia, mas a criança seria de Avona. — Basicamente, uma fertilização *in vitro* mágica ao estilo antigo, na qual em vez da ciência eles usavam magia. Pessoalmente, eu adoraria saber como diabos eles conseguiram pôr o óvulo de Avona dentro de Dahlia, mas...

Minha mente congelou diante do pensamento.

— Não. — Eu engoli a palavra.

Mas eu podia ver o espírito da minha mãe diante de mim, assim como quando fui condenada à morte. Eu descartara o ocorrido, dizendo a mim mesma que era um delírio, mas podia vê-la conversando com meu pai novamente. Podia ouvir as palavras que eles haviam falado e, de repente... de repente, elas faziam sentido.

Assim como ela havia dito que fariam.

— Você ainda pode salvá-los. — A voz do meu pai fez minha cabeça levantar, e eu o encarei em estado de choque.

— Salvar quem?

— Nosso povo. Eles estão perdidos no deserto, Kallik. — Ele sorriu para mim. — Seu nome é uma palavra tlingit, escolhido pela mulher que a carregou por nove meses, que a amou por cinco anos e que ainda a ama.

— Você quer dizer minha mãe — eu apontei, secamente. Seu sorriso não se desfez, em vez disso ficou mais amplo.

— Você sabe o significado do seu nome? — perguntou.

— Significa relâmpago — eu disse. — Faísca ou relâmpago.

Seu corpo brilhou, e minha mãe saiu das sombras da cela, vestida com peles grossas, seu cabelo trançado sobre um ombro.

— Quando uma floresta está seca e morta, ela pode ser queimada por um único relâmpago. O relâmpago gera uma faísca, que começa um incêndio que limpa a floresta e permite um novo crescimento. Um crescimento saudável. — Ela estendeu a mão para mim, e eu a peguei, não sentindo mais as algemas em meus punhos. — Você é essa faísca, Kallik. Seu pai sabia disso. Sua mãe também.

Fiz uma careta, suas palavras provocando um profundo mal-estar dentro de mim.

— Você é minha mãe.

Ela suspirou e olhou para o rei feérico.

— Ela vai entender em breve.

Meus joelhos tremeram, e eu tombei no chão.

— Você está dizendo que fui apenas carregada pela minha mãe humana. Que ela não era minha mãe de verdade. Mas isso não pode estar certo.

— Negue o quanto quiser, mas a verdade é a verdade, e talvez essa seja a parte mais difícil de todas. Seu corpo e sua alma reconhecem isso em um nível visceral. Não é culpa sua ter sido enganada. Isso vem da sua idade e da maneira como essa mentira foi reforçada para você desde a infância.

A dor me dominou, e eu lutei para respirar, apesar do lamento que começou no fundo da minha garganta.

Eu não podia perdê-la também. Não podia perder a mulher que eu *sabia* que era minha mãe. A única mãe que eu já tivera. A mulher que afastara meus pesadelos e que me abraçara com força enquanto as nevascas de inverno sopravam nossa casa.

*Minha mãe.* A única pessoa com cujo amor incondicional eu sempre pude contar, mesmo depois que ela se foi.

— Não — sussurrei. Negar era tudo o que me restava. Levantei os olhos e vi a tristeza refletida no olho multicolorido da Oráculo.

Era a verdade.

Eu me levantei e corri, me debatendo como uma selvagem para escapar daquela sala e fugir de outras verdades que pudessem sair da boca da Oráculo. Livros caíam ao meu redor, como se quisessem me prender, e eu saltei sobre eles, alcançando a porta e então atravessando o corredor em direção à cozinha.

— Onde é o fogo? — Cinth gritou para mim, mas corri para longe dela também, até o prado, perturbando o rebanho de alicórnios. O kelpie terrestre berrou para mim do lugar onde estava no riacho, mas não diminuí a velocidade para ouvir suas palavras.

Pelas barbas de Balor, eu nem sabia para onde estava correndo, apenas que precisava ficar sozinha. Eu tinha de encontrar espaço para respirar.

Minha mãe.

Eu quase podia vê-la na neve, pescando no gelo, virando para me chamar. Uma lembrança. Uma boa lembrança. E então se foi em um flash de dor, porque ela não era minha mãe de verdade.

Ela nunca tinha sido.

Sob meus pés, o chão se moveu, empinou e me jogou para fora de bruços. Pisquei, e a paisagem mudou de um campo de verão para algo muito mais familiar e mortal.

Neve voava ao meu redor em um manto espesso e úmido, encharcando minhas roupas em segundos, enquanto um vento gelado cortava a paisagem estéril e branca. Girei em círculos, a neve soprada limitando a visibilidade a alguns metros.

O clangor de metal contra metal, um rugido estrondoso, e então duas figuras surgiram lentamente das sombras da tempestade de neve.

De pé, sobre duas pernas, uma criatura cambaleante se curvou para balançar suas enormes patas de três dedos para Lan. Suas garras tilintaram ao encontrar a lâmina dele. Lan lutava contra a fera, que rugia e parecia ter rastejado do ventre da tempestade em si.

Ao meu redor, a tempestade uivava, e eu me virei, sentindo o peso de um olhar nas minhas costas. Outra criatura de neve.

E outra, e outra.

Não havia como lutar contra tantas criaturas; eu mal podia vê-las se aproximar, seus longos pelos brancos tornando difícil enxergá-las claramente.

— Lan — gritei, correndo em sua direção. Ele se esquivou para trás da fera, seus olhos escuros me encontrando um segundo antes de eu agarrar seu braço e arrastá-lo comigo, correndo o mais rápido que podíamos.

— Não podemos lutar — gritei —, temos que nos esconder!

Lan pegou minha mão, e corremos às cegas pela tempestade. Minha pele congelava à medida que a temperatura caía rapidamente. Senti o gelo se formando no meu rosto, e soube que nosso tempo era curto. As criaturas que estavam atrás de nós já não importavam, o clima nos mataria em pouco tempo.

— Aqui! — Lan me puxou para a direita, e eu tropecei em uma escada coberta de neve e atravessei uma porta aberta.

Que diabos?

Lan me soltou e bateu a porta de pedra, deslizando uma barra de madeira grossa no vão da entrada.

Um estrondo de um corpo massivo atingindo a porta sacudiu toda a estrutura, e eu me virei, abraçando a mim mesma.

— Lan, o que são aquelas coisas?

— Isso importa? — Seus dentes batiam, e eu percebi que já estava além do ponto de tremer. O que era ruim.

Ficamos em silêncio, congelando, enquanto as criaturas farejavam ao redor da casa de pedra, batendo nos cantos.

Alguns minutos depois, olhei o aposento em que estávamos. Havia um fogão a lenha simples, uma mesa com cadeiras e, de um lado, uma despensa... mas foi na cama que meu olhar parou. Ela dominava o quarto e estava tão cheia de peles e cobertores que eu tinha certeza de que afundaria nela e nunca mais voltaria.

— Acho que eles foram embora — Lan sussurrou, a pele pálida de frio. — Precisamos nos aquecer.

— Sim, precisamos nos aquecer — sussurrei, puxando minha magia e tentando enviá-la para o fogão a lenha.

Nada aconteceu.

Ah, droga.

— Tem um bloqueio na minha magia — Lan rosnou. Ele franziu a testa e colocou as mãos na parede da casa, recuando um segundo depois com um sibilo. — Tem ferro nas paredes.

Tínhamos nos escondido em uma gaiola? Mas o medo que tentava me dominar foi eclipsado pela necessidade de nos aquecer.

— Do jeito antigo, então.

Lutei para tirar minhas roupas. Elas estavam congeladas no meu corpo, e eu gemi enquanto as tirava, sentindo as camadas da minha pele se desprendendo com cada peça.

Pelo som de madeira batendo, seguido pelo cheiro de enxofre, eu soube que Lan estava no fogão, tentando acender o fogo.

Eu já estava sem roupa, mas isso não foi de muita ajuda, porque, embora o fogo estivesse aceso, era fraco e tremeluzente, como se um espirro pudesse apagá-lo.

O ar frio penetrava mais fundo nos meus ossos, mesmo que o material molhado e congelado já tivesse saído e eu estivesse me secando.

Lan se levantou e cambaleou até mim, me pegou no colo e me jogou na cama.

— Não é exatamente como eu imaginei — sussurrei com lábios entorpecidos. — Espero que você não queira que eu participe, porque essa posição é tudo o que eu tenho agora. Estou congelada nela.

Ele deu um passo para trás e tirou as próprias roupas.

Sério, se eu ganhasse um centavo cada vez que ficasse nua com um cara para me aquecer, eu ainda seria... bem, ainda seria bem pobre, mas definitivamente teria alguns centavos.

Com Faolan nu envolvido, não haveria reclamações da minha parte.

Ele tremeu violentamente.

— Quero saber por que Underhill está tentando nos matar dessa vez. Ela não queria que você estivesse aqui?

Me aconcheguei mais na cama.

— Devon disse que Underhill gostava de testar o caráter.

— Ela já nos testou.

Meu estômago revirou, porque eu sabia a resposta.

— Eu mudei desde então.

Lan ficou em silêncio.

— Queria que tivesse um aquecedor — murmurei, as pálpebras pesadas.

Ele se enfiou sob as peles, pressionando seu corpo contra o meu. Estávamos pele com pele de uma maneira que nunca ousáramos — nunca esperáramos — tentar. De muitas maneiras, era semelhante a quando tinha aquecido Drake no barco, mas, em comparação, aquele momento era uma versão risivelmente pálida e fraca do que Lan e eu compartilhávamos ali. Este momento era real, verdadeiro e significativo. Eu nem conseguia decifrar a miríade de emoções apertando meu peito.

Desespero? Angústia? Anseio? Admiração?

Amor. Devia ser amor.

E eu sabia disso havia muito tempo. Eu negara até o último suspiro por causa da impossibilidade de nossa situação. Admitir isso agora mal fazia sentido. Mas eu simplesmente não conseguia mais conter o que sentia. Não havia chance de colocar isso de volta na caixa.

Eu amava Faolan com tudo o que tinha.

Lan jogou uma perna sobre meu quadril e me puxou para mais perto, suas mãos frias espalmadas nas minhas costas.

Com os olhos fechados, eu podia apenas olhá-lo e absorvê-lo. Claro, minha nádega esquerda estava congelando, mas naquele momento ninguém nos observava, e ninguém estava tentando invadir essa prisão também.

Talvez Underhill tivesse tentado nos matar. Ou *talvez* ela me tenha dado o refúgio exato de que eu precisava depois de falar com a Oráculo.

Os tremores de Faolan diminuíram, e eu me permiti respirar.

Esqueça o que eu acabara de descobrir.

Esqueça o que a Oráculo acabara de dizer.

Esqueça que aquilo era proibido e que não poderia terminar bem de jeito nenhum. Estiquei a mão e deslizei meus dedos sobre a curva da testa de Faolan e pelo lado do rosto dele até seus lábios.

Um rosnado baixo escapou dele.

— Não vale, Órfã. Estou congelando, e você também.

Levantei o rosto para o dele e rocei os lábios em sua boca cheia.

— Acho que é melhor você me esquentar então.

## 24.

Ele passou um braço sob a minha cabeça, deslocando um monte de peles que estava ali. Sério, era a cama mais confortável de todos os tempos. Poderíamos ficar ali para sempre, eu e ele.

Só que não, o que tornava aquilo mais precioso e agridoce.

— Vou precisar de algum tempo para convencer meu amigo de que ele também deveria se aquecer — Lan disse, com ironia.

Baixei as pálpebras, olhando deliberadamente para a região em questão.

— Buscou refúgio dentro do seu corpo?

— Daria para dizer isso.

— O sonho de toda mulher.

Ele me puxou para mais perto.

— Pode acreditar nisso, amor.

Eu bufei e me aconcheguei mais, sentindo um fio de calor se infiltrar finalmente na minha pele. Ele descansou a bochecha no topo da minha cabeça.

— Quer me contar por que você passou correndo por mim, como se o último lote de cócegas de cereja e beterraba tivesse acabado de chegar do outro lado do campo?

Uma descrição precisa. Minha mente voltou rapidamente para o motivo da minha fuga.

— Na verdade, não.

Ele esperou.

Eu gemi.

— Tá bom, vai. A Oráculo acha que eu sou Seelie e Unseelie.

Lan ficou completamente imóvel.

— O quê?

— É. O rei Aleksandr era meu pai, mas minha mãe humana não era minha mãe de verdade. Ela apenas me carregou e me passou um pouco do DNA dela ou algo assim. Aparentemente, uma mulher Unseelie me colocou magicamente dentro do corpo dela. Acho que ela é minha verdadeira... — A palavra *mãe* ficou presa na minha garganta.

Lan esfregou meu ombro.

— Merda.

Isso resumia bem.

— É. A Oráculo acha que tenho os dois tipos de magia em mim.

— Mas você não mata coisas. Você traz vida.

— Não me diga. De qualquer forma, as coisas ficaram um pouco demais. Eu tive que sair de lá. — O eufemismo da era.

Ele ficou em silêncio por um tempo, e eu ouvi o crepitar da lareira, apreciando o calor que se espalhava pela pequena cabana.

— Você acredita nela? — ele perguntou, depois de um tempo.

— Difícil não acreditar quando a verdade está escrita em um livro encadernado com a pele de uma feérica de sangue. Mas como eu nunca percebi?

— As pessoas veem o que querem ver — ele murmurou. — Ninguém notou meu poder Unseelie até a Oráculo me selecionar. Mas você acha que é por isso que sua magia fica tão violenta quando nos tocamos?

Levantei a cabeça e olhei para ele.

— *Minha* magia?

— Underhill age através de você. Sinto vontade de continuar te tocando, mas quando nos separamos, não experimento a fúria dela como acontece com você. Estou apenas pensando no que sua magia Unseelie pode significar para nós.

*Nós.* Tentei não derreter até virar uma poça de felicidade com a palavra.

Mas ele não estava errado. Tudo tinha agido através de mim até aquele ponto. Sabíamos que o caos do nosso toque era Underhill tentando nos dizer algo, mas seria *toda* a anarquia obra de Underhill? Por que ela tentaria nos matar? Essa parte ainda não fazia sentido.

— Você acha que a parte Unseelie em mim... pode atrapalhar de alguma forma nós nos tocarmos? Talvez ela veja a sua magia como uma inimiga ou algo assim.

Ele balançou a cabeça.

— É uma teoria tão sólida quanto qualquer uma das outras que já elaboramos.

O que queria dizer: nem um pouco sólida.

— Pelo menos é uma resposta. E se a Oráculo sabe disso, então ela sabe mais. — Eu suspirei.

Lan me empurrou para trás e passou o polegar pela minha maçã do rosto.

— Isso é um som pesado vindo de alguém tão bonita.

— Eu não quero voltar — admiti. Mesmo sabendo que teria de fazer isso... por mim, por Lan e pelos reinos.

Era muita coisa para uma feérica suportar. Tudo o que eu pensava saber sobre mim mesma era uma mentira.

Faolan beijou o canto da minha boca.

— Então vamos adiar um pouco mais, hein?

Nossos lábios se encontraram, e eu gemi.

— E quanto à sua virtude?

Ele parou e bufou no meu ombro.

— Acho que você nunca vai esquecer disso, não é?

Eu afastei seu cabelo escuro.

— Eu posso fazer piada, mas o que compartilhamos... eu quero tudo o que você tem para dar, Lan... muito... mas também quero que signifique tudo o que pode. Entendo por que você se conteve ontem à noite. Eu só sou um pouco impaciente, ok?

O olhar dele escureceu, e ele me puxou para si, se esfregando em mim.

Eu suspirei, meus olhos encontraram os dele.

— Mesmo?

— Temos tempo aqui. Não vou direto para o prato principal...

— Vai falar sobre aperitivos? — Eu me arqueei enquanto ele distribuía beijos pelo meu pescoço, deslizando para baixo para beijar meu peito.

Sua voz ficou mais baixa.

— Não, Alli. Eu vou fazer você gritar meu nome.

Minha respiração parou.

— Ah, é?

Lan massageou meus seios, e minha mente vacilou por um instante, enquanto sua boca quente descia até eles.

— Ah, é — ele zombou.

Meu estômago se contraiu quando a atenção Unseelie dele se concentrou ali, antes de ele se posicionar novamente ao meu lado.

— Não fique tão desapontada. — Lan riu da minha expressão envergonhada.

Inclinando-se para a frente, ele pegou o lóbulo da minha orelha entre os dentes e deslizou uma mão sobre meu estômago liso, envolvendo a área entre minhas pernas.

Eu congelei, meu corpo inteiro incendiado pelo toque dele. Eu queria isso havia muito tempo.

— Me toque. Agora.

— Com prazer — ele rosnou.

Lan se apoiou em um cotovelo e, com a outra mão, deslizou um dedo para dentro de mim. Senti meu corpo ser inundado por um calor enquanto ele curvava o dedo com malícia, e eu segurei minha cabeça para evitar me perder completamente.

Sua mão se movia, e, em pouco tempo, ficou impossível não acompanhar.

— Isso mesmo — ele falou, baixo e rápido. — Lindo demais.

Abri os olhos para olhar para ele ou talvez implorar silenciosamente. Lan ainda estava apoiado, me observando desmoronar, como se fosse o melhor espetáculo nos dois reinos.

E eu adorei.

Ele pôs outro dedo, e segurar minha cabeça já não era suficiente. Bati ambas as mãos na cama, agarrando as peles com os punhos cerrados, enquanto meu peito subia e descia.

— Você gosta disso, Alli? — Lan murmurou.

Eu assenti, sem palavras.

— Gosto de ver você assim. — Enquanto seus dedos continuavam se movendo, ele pressionou o polegar em mim e começou fazer círculos. *Rápidos.* — Caralho — ele rosnou quando eu abri mais as coxas.

O frio era a última coisa na minha mente. Eu nunca me senti mais quente. Meu corpo nunca tinha queimado assim antes.

Mas agora queimava.

Um calor se construía dentro de mim, e meus gemidos eram interrompidos apenas por suspiros ofegantes.

— Que se dane. Só um gostinho. — A voz de Lan estava tensa.

Ele jogou as peles para longe e, em um instante, estava agachado sobre o topo das minhas coxas.

Sua boca substituiu o polegar em movimento circular, e foi então que eu *gritei*.

— Meu *nome* — ele recuou para dizer. — Grite meu nome.

Empurrei sua cabeça para baixo e senti seu sorriso em mim, mas, *droga*, eu não me importava. Meus movimentos eram frenéticos, mas os dele, rápidos, porém calculados, eram angustiantes.

E requintados.

E... minhas coxas se contraíram ao redor de suas orelhas, e mal percebi ele forçando-as a se abrirem novamente, enquanto um branco cobria minha visão. Meu corpo.

Minha existência.

Ele não parou, e eu fiquei frouxa depois do ápice, suspensa pelo prazer latente. Finalmente, emiti um som suave de reclamação, e Lan levantou a cabeça.

Piscando preguiçosamente, observei o brilho de seus lábios e seu sorriso convencido.

— Você gritou meu nome.

Mesmo?

— Não lembro dessa parte. — Meu âmago pulsou novamente, e mordi com força o lábio.

Lan se deitou ao meu lado, e eu me enrolei perto dele.

— Melhor? — ele perguntou.

Eu sorri.

— Melhor. Obrigada. Posso retribuir o favor?

Ele pegou minha mão e deu um beijo no interior do meu punho.

— Seria preciso um homem mais forte do que eu para recusar isso.

Segurando uma pele para me proteger do frio, eu me sentei, pretendendo torturá-lo, mas a visão das paredes da cabana me fez parar abruptamente. Suguei o ar.

— *Lan*.

Ele pegou sua espada em um segundo, mas nem mesmo a curva masculina de sua bunda pôde me distrair — muito — do laranja-avermelhado que escorria das próprias paredes da cabana.

— O que é isso? — sussurrei, segurando a pele ao meu redor enquanto eu me levantava e me aproximava. Aquela substância laranja-avermelhada estava pingando das paredes.

— Ferro corroído — ele respondeu em voz baixa.

Era *mesmo*. O ferro tinha enferrujado e estava vazando.

E aquela era apenas a ponta do iceberg. Com isso, as paredes da cabana tinham cedido e se deformado, expondo grandes rachaduras e vãos, o que explicava a queda na temperatura.

— Acho que estávamos distraídos — brinquei, mas a expressão séria de Lan não vacilou. Em vez disso, ele empurrou o que restava da porta e fez um gesto.

Eu o segui para fora e encarei o campo de flores silvestres. Tinha se estendido até nós vindo diretamente do território da Oráculo, quase invisível em cima de uma pequena elevação.

Mas essas flores silvestres eram diferentes, de apenas uma cor.

— Índigo — falei baixinho.

— Sua magia — Lan disse, e com igual suavidade. Ele se agachou ao lado de uma flor e a tocou.

Ambos encaramos em choque quando um tentáculo de energia vermelha se ergueu da flor, cortando a carne de Lan. Ele recolheu a mão, mas mesmo quando uma gota de sangue escorreu da ferida, um tentáculo de energia azul surgiu da mesma flor. Ele envolveu o corte, curando e suavizando a marca completamente.

— Que diabos? — Meus ouvidos zumbiam.

— Não é índigo. Magia vermelha e azul, Kallik. — Ele olhou para mim. — Sua magia é *roxa*.

Recuei, o pânico real me atingindo.

— Não existe magia roxa.

Lan olhou novamente para baixo, vendo que a flor agora havia dobrado de tamanho.

— É por isso que ninguém percebeu. O índigo é uma cor Seelie. A sua sempre foi escura demais para o índigo, mas ninguém nunca questionou.

Ninguém.

Mas não, isso não estava totalmente certo.

Rubezahl sempre descreveu minha magia como roxa.

Lan segurou meu braço, apontando para a enorme flor no campo que aparentemente eu havia criado.

— Agora mesmo, você corroeu as paredes da cabana... morte. Você criou esse campo de flores... *vida*. Você é vida e morte. Seelie e Unseelie. — Seus olhos estavam arregalados de admiração, seu olhar se movendo freneticamente pelo meu rosto. — Órfã, você é o próprio equilíbrio.

A evidência estava diante de mim.

— Mas sempre tive dificuldades para treinar minha magia. Eu... nunca fiz *isso* antes.

Mas aquilo não era totalmente verdade.

A mulher feérica no cercado do santuário. Eu tinha tentado curá-la. Uma pequena quantidade de hera explodira em profusão na parede, em resposta à minha magia Seelie, mas eu ficara intrigada com a presença de feno podre — um tributo Unseelie — logo depois.

Eu pensei que fosse da mulher. Eu pensei...

— Só precisava de um pouco de estímulo para sair e permanecer fora — disse uma voz frágil.

Eu me virei e dei de cara com a Oráculo, que vinha mancando entre as flores em nossa direção.

— O que você quer dizer?

Ela olhou primeiro para a pele ainda agarrada ao meu corpo e depois para Lan, completamente nu.

— Você acreditava que era meio humana porque foi isso que te disseram, Dente-de-leão. Você acreditava que sua magia era Seelie porque isso também foi o que te disseram. Sabe o que acontece quando você possui magia Unseelie e tenta usá-la como sua alternativa Seelie?

Faolan respondeu:

— Não funciona. — Ele olhou para mim, e eu não precisei que ele me dissesse que tinha tentado fazer exatamente isso centenas de vezes antes de sua seleção.

— Ruby me disse que eu não estava usando direito. — Passei a mão pelo rosto. — Ele sabia. — *E nunca me contou.*

— Sem dúvida — a Oráculo disse, fazendo cara feia.

— Então o quê? — perguntei, limpando a garganta. — Minha parte Unseelie gosta do Lan?

Sua cara feia se transformou em um sorriso zombeteiro.

— Mais do que gosta, eu diria. Ela nunca deu o *prazer* de aparecer para mais ninguém.

Ela precisava enfatizar a palavra *prazer*?

— Ruby também se perguntou sobre isso — disse. — Ele achava que Lan estava de alguma forma amplificando minha magia ou me ajudando a me abrir para ela.

— Por quê? — Lan perguntou.

A Oráculo nos observou.

— Porque ela é parte Unseelie, é claro. E por causa do vínculo entre vocês.

Eu a encarei. *Claro.*

— Um Unseelie e um Seelie não podem ficar juntos porque suas magias duelarão pela supremacia, terminando sempre com o mais fraco dos dois morto. Mas eu sou parte Unseelie. O que isso significa exatamente?

Havia pouco tempo, eu tinha me perguntado se isso atrapalhava a conexão entre Lan e eu. Mas e se...

Meu coração parou de bater. Simplesmente *parou*.

A Oráculo arqueou uma sobrancelha.

— Suas esperanças estão baseadas em fatos dessa vez, sim. Embora Underhill impeça a união entre Unseelie e Seelie, vocês dois são uma exceção.

Lan parou de respirar por um momento.

— O caos quando nos tocamos sempre foi Underhill então?

— Sempre, neto de Lugh.

Troquei um olhar carregado de significados com ele. Porque, caramba, isso era uma boa notícia. A coisa de "magia duelando até um final amargo" tinha sido uma barreira intransponível entre nós. Agora, só nos restava lidar com a *comunicação* de Underhill.

Se descobrirmos o que diabos ela está tentando dizer... Meu estômago deu um salto. Lan e eu poderíamos ficar juntos. Ficar juntos *de verdade*.

Faolan obviamente havia chegado à mesma conclusão.

— Como descobrimos o que Underhill quer?

— O tempo dirá, neto de Lugh. Por enquanto, vamos trabalhar com o "como". Ou seja, como te usaremos como chave para liberar o poder Unseelie de Kallik. Até que eu a ajude a pegar o jeito. Talvez até depois disso.

Lan e eu trocamos um olhar.

— Hã... o que você quer dizer com isso? — perguntei. Porque... eu não ia fazer sexo na frente dela. Alguns limites precisavam ser estabelecidos.

Ela olhou para a cabana.

— Você não era estúpida antes de gozar, Dente-de-leão. Não seja estúpida agora. Vamos, não perca tempo. Temos trabalho a fazer.

## 25.

A Oráculo não estava brincando quando disse que havia trabalho a fazer, só que acabou não havendo muito de "nós" nisso. Quero dizer, todo mundo ficava por aí me observando treinar. Definitivamente a minha ideia de um momento agradável, e duas semanas se passaram dessa maneira, cada dia igual ao anterior. Eu me levantava antes do amanhecer e trabalhava com a Oráculo, depois com Devon até o escurecer. Faolan estava frequentemente conosco, me ajudando a despertar meus poderes Unseelie com beijos e toques fugazes, mas nunca mais ficamos sozinhos. Ao término de cada dia, eu não tinha energia para mais nada... recreativo quando se tratava da minha magia.

Dito isso, ele dormia ao meu lado todas as noites. Me abraçando. Eu corava só de pensar, porque nunca tinha me sentido tão segura em toda a minha vida. Eu considerava o corpo e a aparência de Lan perigosos no passado, mas estar com ele me deu uma profunda sensação de segurança.

Esperança.

Eu sentia esperança. Talvez eu não visse mais um futuro com uma casa e um salário em Unimak. Isso não tinha mais atrativo para mim naquele momento. No entanto, eu via — e queria desesperadamente — um futuro com Lan.

E se ele dormisse ao meu lado todas as noites?

— Não, não é assim. Você não pode usar sua magia desse jeito, idiota — Devon me repreendeu. A feérica de sangue dava voltas em mim no centro do campo da Oráculo. Ela usava um galho de salgueiro para bater na parte de trás das minhas pernas, o que parecia quase bárbaro, mas tudo bem.

Eu não pulei — não era o primeiro golpe que ela me dava —, e simplesmente a encarei quando ela voltou ao meu campo de visão.

— Necessário?

O rosto dela estava tenso, com uma frustração óbvia.

— Você não está se concentrando. Precisa permitir que tanto a magia Unseelie quanto a Seelie ajam através de você ao *mesmo* tempo. Se não fizer isso, em algum momento você...

— Silêncio — a Oráculo a interrompeu. — Não fale sobre isso, *Devon*.

Revirei os olhos quando Cinth entrou em cena, trazendo nossa refeição do meio-dia. Aquela discussão entre a Oráculo e sua amiga não era nova. Elas passaram a falar em um idioma que eu não entendia, literalmente indo uma contra a outra enquanto a voz delas se erguia rapidamente.

Eu tentei impedi-las no primeiro dia. Depois da terceira vez, percebi que era assim que elas funcionavam.

Cinth deixou a bandeja e sussurrou:

— Melhor você do que eu. — Depois se retirou de forma apressada.

Suspirando, eu me sentei e dei uma mordida no pão de fadinha. Ela sabia que era o meu favorito, assim como as cócegas de beterraba. Todos os dias ela fazia um ou outro para mim — uma tentativa de amenizar minha intensa frustração ao tentar me conectar com ambos os lados da minha magia volátil.

O campo era um dos três lugares onde as duas mulheres mais velhas me treinavam. Os outros eram a terra da tempestade de inverno e a beira de um oceano de água roxa profunda. Esse último eu ficaria feliz em nunca mais ver.

— Você não pode deixá-la ir às cegas — Devon, finalmente, gritou na minha língua e bateu o pé.

A Oráculo colocou as mãos cerradas nos quadris.

— Você concordou que *eu* decidiria quando e onde ela aprenderia as coisas. Deseja mudar nosso acordo?

Isso era interessante.

Eu tinha presumido que a Oráculo estava sempre no comando. Eu me levantei e dei um passo, mas Devon apontou a mão para mim, me envolvendo em... algo. Sua magia se enrolou ao meu redor como uma trepadeira descontrolada, e eu lutei para respirar.

— Ela ficará melhor morta do que se tentar enfrentar o gigante sem treinamento.

A Oráculo não parecia incomodada pelo fato de eu não conseguir respirar. De Devon me sufocar. Ninguém parecia.

Mas eu tinha objeções.

— Seja como for, você concordou com as minhas condições. Então, a menos que queira renegociar, sugiro que a solte e me deixe treiná-la do meu jeito.

Eu nem conseguia lutar contra o poder que me subjugava. Sabia que Devon era forte, mas não tinha noção da força de suas habilidades até aquele momento. Meus pulmões ardiam. A força ao redor do meu corpo me apertava tanto que minha caixa torácica não podia se mexer nem um centímetro.

Desesperada para respirar, abri a boca, mas não consegui puxar nem um pouquinho de ar. Minha visão ficou turva, e meus olhos começaram a se fechar. Deusa, não era assim que eu pensava que morreria.

Eu deveria ter lutado mais quando Devon me pegou pela primeira vez.

Eu podia ouvir gritos, embora parecessem distantes. Lan?

A magia em mim desapareceu, e eu caí no chão de cara, aspirando ar, pólen e pétalas de flores. Tossindo, fiquei de joelhos enquanto Lan se agachava ao meu lado, uma mão na minha lombar.

— Órfã, você está bem?

Eu assenti e me apoiei nele para ficar de pé.

— Devon, mas que raios? Você está tentando me matar? — Eu praticamente cuspi a pergunta para ela, junto com algumas pétalas que possivelmente arruinaram o efeito da minha raiva.

Quando ela se virou e fixou os olhos nos meus, me arrependi da pergunta. Ela arqueou a sobrancelha, olhando por sobre o nariz, e bufou.

— Você não tem ideia do que está vindo atrás de você. Que fique claro que lavo minhas mãos desse suposto treinamento. — Ela se virou e se afastou, a raiva vibrando nela.

A Oráculo fez um aceno com a mão como se estivesse afastando um mau cheiro.

— Ignore-a. Ela está irritada porque normalmente só responde a uma pessoa.

— O que ela quis dizer com aquilo? — Lan perguntou, a mão ainda na minha lombar. Quente, segura. Eu estava *segura* com ele.

E isso era incrível.

— Não faço ideia — murmurei de volta.

A Oráculo bateu a ponta da bengala no chão, e a cena mudou do campo para um deserto. O que apenas mostrava a extensão da sua relação com Underhill.

— Vamos tentar de novo.

O objetivo de todo aquele treinamento, a coisa que a Oráculo queria que eu fizesse? Criar e destruir ao mesmo tempo. Eu mal tinha entendido que minha magia era roxa e não índigo, como eu sempre acreditara.

E agora ela dizia que, de alguma forma, eu precisaria entrelaçar minhas magias vermelha e azul. Não de uma maneira medíocre como eu sempre fizera, por ignorar o lado Unseelie do meu poder. Não, eu precisaria entrelaçá-las *perfeitamente*. Compreendê-las. Ganhar controle total sobre elas.

Para derrotar *Rubezahl*.

Meu amigo. Que eu nem podia acreditar que era realmente um vilão — o gigante que tinha me dito que minha magia era roxa logo no começo.

Então essas eram as notícias incríveis.

Passamos o dia inteiro no deserto, suando e praguejando até minha pele coçar de tanto segurar duas magias ao mesmo tempo — nenhuma das quais queria me obedecer nem colaborar com a outra. E, como em todos os dias anteriores, a Oráculo fazia Lan colocar a mão na minha pele para fortalecer minha conexão com a magia Unseelie.

— Hyacinth, pegue a outra mão dela — a Oráculo ordenou.

Eu contive um suspiro. Já tínhamos feito isso antes.

Não importava quantas vezes tentasse criar uma maldita passagem, as duas magias dentro de mim se rebelavam, uma esmagando a outra. Na maioria das vezes, eu podia sentir a magia Unseelie ir além da Seelie, e isso... me assustava. Porque ninguém me disse que a magia Unseelie não só criava morte quando usada, mas também atraía a escuridão para a superfície.

Ou isso só acontecia comigo?

A ideia da possível resposta me mantinha em silêncio a esse respeito.

Segurando Lan com uma mão e Cinth com a outra, eu me concentrei fortemente por um tempo que pareceu ser uma eternidade. Por fim, ambas as magias se ergueram ao meu comando, mas a escuridão veio com elas, crescendo violentamente à medida que minha magia Unseelie vermelha começava a se debater como o rabo de uma cobra.

— Me solte — sibilei para Cinth, enquanto ela me segurava com mais força. Puxei a mão quando minha magia Unseelie se tensionou como se estivesse prestes a explodir.

A dor nos olhos da minha amiga foi imediata, e eu desviei o olhar.

— Vou praticar o bruadar — ela disse, com ar animado.

Uma mudança na paisagem nos trouxe de volta ao campo, e eu caí de joelhos. O suor tinha secado, formando tênues linhas brancas no meu rosto no cenário desértico, e eu fiquei assim por um longo momento, respirando o ar fresco da noite.

Eu magoei os sentimentos de Cinth. Mais uma vez.

— Desculpa — falei, enquanto ela se afastava. *Mais uma vez*. Ela ainda acreditaria em mim se eu continuasse fazendo a mesma coisa repetidas vezes?

— Talvez amanhã, Dente-de-leão — a Oráculo disse, com muito mais gentileza do que eu estava acostumada.

As coisas deviam estar ruins.

— Quanto tempo temos? — perguntei, ofegante. — Eu não tenho como passar anos treinando, não enquanto Rubezahl está lá fora fazendo o que quer que esteja fazendo. — Eu ainda não acreditava totalmente que ele era o vilão, mas à medida que mais tempo se passava desde que o tinha visto pela última vez, eu podia sentir uma leve diferença dentro de mim. Talvez realmente houvesse algo naquele maldito chá.

Ainda assim... Eu precisava conversar com ele. A ideia de lutar contra ele parecia absurda.

Não parecia?

A Oráculo me examinou.

— Você está certa, estamos ficando sem tempo.

Então ela me deu as costas e se afastou.

Deixei Lan segurar minha mão e o segui silenciosamente de volta para a casa da Oráculo. Ele me serviu um prato de comida, depois me levou para o quarto e me ajudou a tirar a roupa e me deitar na cama.

Liberar ambas as magias era um negócio cansativo pra caramba. Eu nem tinha energia para sentir vergonha de quão dócil eu estava agora — tão dócil e fraca quanto um cordeiro.

— Alli. — Ele acariciou minha face, virando meu rosto em sua direção. — Você não disse uma palavra desde que saímos do campo. Isso não é típico de você.

Eu assenti e me inclinei em sua direção, pressionando meus lábios nos dele. Provando-o. Eu pretendia que fosse um beijo simples, mas nosso tempo juntos era curto, e de repente eu estava louca por seu toque. Pela primeira vez, estar com Lan parecia possível. Com meu poder Unseelie, nossas magias não duelariam até a morte. Mas estar com ele também parecia uma possibilidade mais distante do que nunca. Eu simplesmente não conseguia entender essa coisa de magia, e se eu não conseguisse fazer isso, então todo esse negócio de nos tocarmos precisaria acabar assim que voltássemos ao reino terrestre.

E se esse momento, aqui em Underhill, fosse tudo o que tivéssemos? E se eu não conseguisse descobrir como usar minhas duas magias ao mesmo tempo?

O medo me estrangulava, e só o que eu queria era esquecer daquilo tudo por um tempo.

Deslizei a mão entre nós para agarrar seu desejo óbvio por mim. Um gemido escapou de sua boca enquanto eu o apertava melhor, movendo minha mão para cima e para baixo em um ritmo lento que o fez tensionar e arquear os quadris na minha direção.

— Parece que fomos interrompidos antes que eu pudesse retribuir o favor.

— Isso passou pela minha mente algumas vezes. — Ele se engasgou, mesmo enquanto se deitava de costas e fechava os olhos. Deslizei a outra mão sobre seu peito, traçando a tatuagem celta ali, sem nunca desacelerar o movimento.

Sussurrei:

— Agora, isso está longe de ser justo.

— Não é justo — ele repetiu, gemendo.

— Errado. Tudo é justo no amor e na guerra — provoquei. Beijando o contorno da tatuagem, eu o mordi de leve.

Faolan gemeu mais alto, e eu o segurei com mais força, descendo minha boca até que sua ponta aveludada estivesse nos meus lábios.

— Você está me matando — Lan gemeu, enquanto deslizava a mão no meu cabelo comprido.

— Ah, mas que maneira de partir — sussurrei, e deslizei minha boca sobre ele.

Lan estava dormindo profundamente, seu corpo esparramado em uma posição de estrela perfeita. Puxei as cobertas sobre ele, mesmo gostando da visão.

Suspirando, vesti minhas roupas e saí do quarto, indo pelo corredor, passando pela cozinha e saindo para o ar da noite.

Eu tinha de resolver aquela situação.

Eu tinha de encontrar uma maneira de equilibrar minha magia.

Atravessei o campo, vigiando os monstros de piche. Segui direto para o riacho que atravessava o meio das flores. O kelpie terrestre estava dormindo com a cabeça baixa, os lábios roçando a superfície da água.

— Ei — sussurrei, e ele acordou sobressaltado, bufando e virando para me encarar.

Com os olhos selvagens, ele resmungou:

— O que, em nome da deusa, você está fazendo?

— Você sabe para onde Devon foi?

O kelpie soltou um bufado baixo.

— Se eu sei? Droga. Suba, imbecil. Eu levo você até ela.

Isso era muito melhor do que eu esperava.

— Sério?

— Não se engane, eu não gosto de você. Mas aquela que é digna me fez prometer que se você a procurasse, eu te levaria até ela. Suba antes que eu mude de ideia.

Ele precisava usar aquelas palavras? Naquela altura do campeonato, eu já estava um pouco traumatizada com ser digna.

Apressei o passo e saltei nas costas dele. Os pingentes de gelo onipresentes em sua crina estavam lá, bem menores aquela noite.

Agarrei sua crina quando ele saltou para a frente, espalhando água do riacho.

O rugido de um monstro de piche nas proximidades me causou um arrepio, mas passamos pelo campo em segundos, a paisagem se transformando. Demoramos um tempo para atravessar uma tempestade de inverno, o suficiente para o frio se infiltrar em mim, mas então irrompemos no deserto escaldante. Dava para ouvir insetos e escorpiões enquanto galopávamos sobre a areia.

O som das ondas alcançou meus ouvidos antes de vermos a água escura e roxa do oceano.

Minha favorita...

— Ela está aqui. — O kelpie parou. — Desça, idiota.

Deslizei das suas costas, meus olhos na figura que estava de costas para mim.

— Obrigada.

Devon não se moveu, continuou encarando as ondas. Elas quebravam pouco além da ponta de suas botas, quase como se a temessem. Eu não podia culpá-las.

— Você deseja aprender direito? — ela perguntou.

— Não acho que tenho escolha. — Em retrospectiva, eu entendia o que ela tinha tentado fazer me estrangulando no campo. Ela queria me levar ao limite para que meus instintos tomassem conta. Um pouco como o teste que Ruby havia feito no santuário.

Eu não gostava disso, obviamente. Mas estávamos ficando sem tempo.

— A água assusta você. — Ela se virou para mim, os olhos brilhando. — E isso torna esse o melhor lugar para forçá-la a se submeter à sua magia.

— Me submeter? — Ninguém tinha usado essa palavra durante meu treinamento.

Devon assentiu.

— Há grande poder na submissão. Não há mais medo, não há mais questionamentos, apenas aceitação. Você é um condutor para o poder, nada mais. Se puder abrir mão do controle, talvez ainda possa sobreviver.

Espera.

— Sobreviver?

Ela sorriu e acenou com a mão na minha direção. Sua magia me pegou pelo ventre e me segurou sobre o oceano roxo e furioso, suspensa no ar.

— Ou você prova ser forte o suficiente para enfrentar o que está vindo atrás de você, ou morre e permite que outro assuma seu lugar.

Cacete! Me leve de volta para o treinamento da Oráculo.

A magia dela me soltou, e eu caí na água roxo-escura como uma pedra.

Afundei, afundei, afundei, até que meus pés tocaram o chão de areia. Tentei nadar para cima, lutar para sair dali. Ao descobrir que era impossível, segurei a respiração, mas não era como das outras vezes em que estive submersa.

Eu não conseguia segurar minha respiração!

Meus olhos se arregalaram enquanto um pequeno grito abafado escapava de mim. O pânico me apertava em seu punho de ferro, e o oceano rugia ao meu redor, as correntezas me arrastando pelo fundo e para longe da costa.

Mais fundo, para o desconhecido.

*Não!*

Minha magia Seelie irrompeu enquanto eu lutava para chegar à superfície. Plantas floresceram ao meu redor e eu apelava para minha primeira e, portanto, mais instintiva magia.

Mas não era o suficiente.

Um fiapo vermelho se ergueu das minhas mãos e, desesperada, invoquei minha magia Unseelie sem controle. A água ao meu redor esfriou rapidamente, em seguida as plantas morreram, mas eu ainda não estava melhor.

Meu peito se apertou.

A feérica de sangue não estava brincando. Aquele seria meu fim, a menos que eu fizesse o impossível.

Eu precisava entrelaçar minhas duas magias.

Meus movimentos ficaram mais lentos, minha visão obscureceu, e eu lutava contra a vontade de respirar. Eu lutava com tudo o que tinha.

Mas já não conseguia lutar contra mais nada. Essa era a chave.

*Submissão.*

Essa única palavra ressoou na minha cabeça. Meu corpo deu um solavanco quando uma última corrente de bolhas irrompeu por entre meus dentes cerrados.

*Submissão.*

Eu teria gritado se ainda tivesse algum ar em mim. A dor no meu peito aumentou para níveis insondáveis.

*Submissão.*

Não havia mais o que escolher. Abri a boca e respirei a água do oceano. Tinha desistido. Não conseguira descobrir um jeito de resolver aquilo. Eu não era a pessoa certa para a tarefa.

Deixei que o oceano vencesse.

Minhas pálpebras se fecharam enquanto a água roxo-escura me preenchia, deslizando por cada veia, cada osso e cada molécula do meu ser.

Se isso era a morte, eu certamente me sentia viva.

Pela deusa, eu *estava* viva.

Ergui uma mão e, embora meus olhos estivessem fechados, conseguia ver a magia vermelha e azul dos meus lados Seelie e Unseelie envolvendo meus dedos. Os fios se fundiram e mergulharam na minha carne, se entrelaçando ao meu redor antes de explodirem em um flash de luz branca brilhante.

O oceano se abriu como por reflexo, e eu caí de joelhos, chocada quando encontrei areia molhada.

Um raio atingiu o chão ao meu lado.

Não houve tosse. Nenhum engasgo. A água roxo-escura que eu havia respirado ficou comigo, ou talvez ela sempre estivesse lá, esperando eu abrir as comportas.

Devon caminhou na minha direção pela praia, separando a água restante com um aceno descuidado das mãos.

— Agora, Pequeno Relâmpago... você sabe o que é se submeter. — Ela deu um sorriso amplo. — Você é digna. E está pronta.

# 26.

Alguns dias depois de toda aquela história de respirar embaixo da água, eu estava de volta ao campo e treinando.

Inspirei e expirei, lenta e constantemente, enquanto levantava as mãos com as palmas viradas para cima. Visualizando a água roxa do oceano, o vermelho e azul combinados, em minhas veias, eu me abri completamente ao poder. Devon estava certa, eu era apenas o condutor para essa magia combinada.

Porque eu podia sentir o propósito naquilo, e era maior do que eu.

Relâmpagos brancos se entrelaçavam entre meus dedos, alguns disparando para cima, a partir das minhas mãos.

Sorrindo, mantive a conexão estável e alcancei a última espada do par que a rainha tinha me dado, retirando-a da bainha.

Imediatamente, o relâmpago serpenteou pela lâmina como uma cobra, indo e vindo pelo meu corpo. Eu tinha sido avisada de que minha magia precisava ser instintiva.

Algo que nunca tinha sido — pelo menos não para mim. Já lutar com uma espada era algo que eu *tornara* um reflexo.

Mas agora que eu tinha decifrado o código, eu poderia fazer o mesmo com aquela magia. Com o tempo. Era o que eu esperava.

Exceto que tempo era a única coisa que eu não tinha, ou pelo menos era o que não paravam de me falar. Sinceramente, eu esperava que a Oráculo me expulsasse de Underhill na noite seguinte ao meu retorno do oceano. Em vez disso, ela apenas ficou à porta de sua morada e me recebeu de volta, silenciosa e aparentemente aceitando o que tinha acontecido.

De pé, ajustei a empunhadura da lâmina e, ainda segurando minha nova magia, comecei a me aquecer a meia velocidade. Eu conseguia treinar mais rápido do que alguns dias antes, mas ainda não conseguia ir com toda a velocidade. Se eu tentasse, minha magia fugia para se proteger. Ou eu pensava demais, caía em velhos hábitos e, portanto, perdia essa conexão crucial do condutor.

As primeiras gotas de suor apareceram na minha testa quando senti Lan se aproximando. Minha magia branca literalmente se esticava na direção dele, e mesmo que eu tivesse "descoberto" como conduzir esse poder, eu não colocava muita fé no que aconteceria quando nos tocássemos na Terra.

No entanto, isso devia significar alguma coisa — a magia branca reagindo à proximidade dele —, e devia ser por isso que Underhill reagia de forma tão violenta sempre que nos tocávamos, mas nem a Oráculo nem Devon se deram ao trabalho de responder nossas perguntas. Elas apenas me observavam. Devon satisfeita, Oráculo pensativa.

Lan era importante. Lá no fundo, eu sabia disso.

— Você está se movendo mais rápido — Lan disse.

Quando ele disse isso, me dei conta da minha velocidade. E foi assim que minha conexão com a magia foi quebrada. O branco se afastou de mim e desapareceu, deixando minhas pernas trêmulas e fracas. Eu me sentei pesadamente no chão e joguei a espada na grama à minha frente.

— Sim, em um cenário perfeito, onde meu oponente me dá tempo para me aquecer e promete não me distrair.

— Só se passaram três dias desde que você descobriu isso, Órfã — ele observou, me passando um cantil de água.

Bebi bastante, limpando a boca depois.

— Lan, eu preciso derrotar Rubezahl.

Ele não respondeu. Não precisava.

Rubezahl era um feérico Unseelie de idade incerta. Ou ele tinha resolvido não contar sua idade, ou tinha esquecido de verdade. Nenhum dos cenários era favorável para mim. Menos ainda porque, apesar do poder combinado óbvio e imenso da Oráculo e de Devon, *elas* não iriam enfrentá-lo.

— É muito além das minhas capacidades lutar contra um gigante antigo com uma maldita harpa mágica — comentei, suspirando.

— Que certa vez pertenceu a Lugh — a Oráculo falou enquanto mancava até nós, acariciando o kelpie terrestre ao passar por ele.

Lan se surpreendeu.

— O quê?

— A harpa usada por Rubezahl pertencia a Lugh — ela repetiu, como se não tivesse puxado o tapete debaixo de Faolan.

— Desde quando? — ele exigiu.

Ela mostrou os dentes antes de rangê-los.

— Até muito recentemente. Isso incomoda você? Deveria.

Deveria mesmo?

Lan tinha uma expressão selvagem nos olhos.

— Incomoda. — A Oráculo sorriu.

Limpei a garganta.

— Então, quando será a hora de ir? — A ideia de partir me enchia meio de esperança e meio de temor. Eu queria que tudo aquilo acabasse, mas não queria morrer, e me parecia muito provável que esse seria meu fim. Eu também sabia que assim que retornássemos ao reino terrestre, Lan e eu não poderíamos mais nos tocar. Devon me alertara sobre isso na noite anterior.

— Nós saberemos quando chegar o momento certo — ela disse, com uma calma frustrante.

Legal.

— Alguma novidade de Unimak?

— Os párias logo chegarão à ilha — ela respondeu.

Faolan franziu a testa.

— Então precisamos ir. Encará-los.

— Ainda assim, você não deve partir — a Oráculo disse.

Seus olhos se estreitaram ao ouvir aquilo.

— Eu, especificamente, ou nós dois?

A Oráculo acenou com a mão, e uma cadeira ornamentada foi esculpida no toco de árvore atrás dela. Ela se acomodou e disse:

— Acalme-se, neto de Lugh. Você também deve ir, pois também é indispensável para garantir o caminho correto à nossa espécie.

Eu troquei um olhar significativo com ele.

— Tipo, como?

— Ele desempenhará um papel na queda de Rubezahl, presumindo que tudo corra bem e vocês dois não voltem a ser tolos.

Nós esperamos.

Lan quebrou o silêncio:

— E como eu farei isso?

— Descobrir algo é metade do caminho — ela respondeu, com impaciência. — Feéricos. Sempre em busca da resposta mais fácil. Há uma responsabilidade inerente em enxergar tudo o que pode acontecer.

Sua aspereza me fez torcer a cara em uma careta, mas isso não desencorajou Faolan.

— Você sabia que eu iria para a corte Unseelie quando fiz dezesseis anos? — ele perguntou à Oráculo, desviando o olhar para o riacho.

A Oráculo inclinou a cabeça.

— Qualquer tolo teria visto se tivesse olhado mais de perto. Infelizmente, a corte Seelie, em particular, não é conhecida por examinar de perto aqueles de alto status, o que sua mãe certamente é. Ninguém teria ousado levantar a hipótese de que o filho dela talvez não fosse Seelie.

Não dava para discordar disso. Ambas as cortes tinham suas falhas, e essa é certamente uma crítica válida à corte Seelie.

A Oráculo observou Lan.

— Pensei que a rainha Elisavana e o rei Aleksandr pudessem ter adivinhado — ele disse, finalmente.

Os lábios dela se curvaram.

— Eu não chamaria nenhum deles de tolo. Em alguns aspectos sim, mas não na maioria.

Ele assentiu.

— Eu conheci Lugh — ela declarou, de repente.

Sabendo quão raro era Lan falar sobre essas coisas, eu tinha ficado em silêncio, mas, ao ouvir isso, eu me endireitei, dizendo:

— Mesmo? Como ele era?

Isso me rendeu um olhar irônico de seu neto. Podiam me julgar, mas Lugh era praticamente uma divindade para os feéricos. O cara tinha uma tonelada de xingamentos em seu nome — e esse era um legado do qual uma pessoa poderia se orgulhar.

A Oráculo ergueu um ombro.

— Um homem simpático. Dedicava seu tempo livre a refletir sobre dilemas morais e éticos.

Uau, que anticlímax.

— Meu avô matou o tirano Balor — Lan disse, com um tom de voz mais sério.

— Não posso discordar disso. — A Oráculo riu alto. — Mas ele era um tanto entediante. Sua mãe certamente herdou essa parte sem nem um pouco da bondade dele. Recebeu outras coisas que não deveria também. E foi muito descuidada com elas. Não rosne para mim, Faolan dos Unseelies. A bondade de seu avô pode ter sido tediosa às vezes, mas ele foi um homem melhor do que a maioria.

Lan pressionou os lábios.

Eu me inclinei para a frente.

— O que ela não deveria ter...?

*Pá.* A Oráculo bateu com sua bengala na minha coxa.

— Ai! — Eu a encarei, esfregando a marca. Era só uma pergunta. Mas... *talvez* o golpe pudesse ser interpretado como uma resposta. Outro olhar para Lan, e ele deu um sorriso tenso.

Ele havia chegado à mesma conclusão. A mãe dele tinha algo — mais de uma coisa — que não deveria ter. Isso significava que *Lan* deveria tê-lo?

— Consegui! — O grito abafado de Cinth veio da casa da Oráculo.

Todos nos viramos para olhar, bem a tempo de ver minha amiga correr da torre, com o caldeirão nas mãos e os seios pulando com sua alegria enquanto ela dava saltos altos.

— Consegui, porra — ela gritou.

A Oráculo bateu com a bengala no chão.

— E assim começa.

Cinth roubou minha atenção novamente quando derrapou ao tentar parar. Tirando uma tigela só Lugh sabia de onde, ela despejou um pouco do conteúdo do caldeirão e endireitou o corpo.

Eu encarei a mistura, abrindo um sorriso largo quando ela se transformou em um hambúrguer de falafel feérico.

— Você conseguiu. Bruadar.

O peito dela inchou de orgulho.

— Só demorei uma década ou mais.

Eu nunca tinha ouvido falar de um cozinheiro que conseguisse fazer isso, então uma década realmente não parecia muito tempo.

— Você é uma mestra.

— Tenho muito mais coisas a aprender. — Suas bochechas coraram.

Meu sorriso aumentou ainda mais. Ela não estava falando sério. Cinth podia disfarçar melhor do que a maioria, mas ainda era uma Seelie.

— Parabéns — Lan disse, com voz tranquila.

— Chega. — A voz da Oráculo irrompeu sobre minha cabeça. — Está na hora.

Fiquei de pé em um segundo.

— Hora de ir?

— O que mais estávamos esperando? — ela rosnou.

Bruadar, aparentemente.

— Peguem suas coisas — ela murmurou, olhando para o céu que escurecia. — Não há muito tempo. A guerra se abateu sobre Unimak, e muitos bons feéricos perecerão se vocês não chegarem a tempo.

Nenhuma pressão.

Obedecendo ao aviso, corri para a casa ao lado de Lan, entrando em nosso quarto segundos depois. Embainhei a espada da rainha, peguei minha bolsa e enfiei uma túnica meio seca nela. Lan estava na minha frente quando voltamos ao campo.

Cinth tinha ficado lá, com uma expressão sombria.

— Os diários — falei, já me virando para voltar para a casa.

— É melhor deixá-los para trás — a Oráculo interrompeu. — Há três diários conectados nesse conjunto em particular.

Lan estava prendendo sua espada.

— Quem tem o... — Sua expressão se fechou. — Rubezahl.

Neguei com a cabeça.

— Não, isso é... — Mas não era impossível coisa nenhuma. Na verdade, Ruby tinha dado aqueles diários para Cinth e para mim.

Merda. Foi assim que ele soube que eu estava em Underhill.

Quanto tempo eu ia negar que ele me fizera de idiota? Seria ainda mais idiota de minha parte entrar nessa esperando que ele se sentasse comigo para um bom papo. Não, eu tinha de olhar para além dos meus sentimentos — para além de uma vida toda de adultos me decepcionando. Porque, naquele momento, esse sentimento queria que eu me agarrasse ao mentor que estava quase se afogando sob as evidências de suas trapaças.

Eu deveria esperar o pior e torcer pelo melhor.

— Kallik de Todos os Feéricos — a Oráculo disse. Ela havia colocado uma capa e puxado o capuz para cima, parecendo muito mais com a versão sombria de si mesma que eu tinha conhecido depois dos testes. Ela me estendeu dois objetos que eu não via fazia algum tempo.

Estendi as mãos para pegar o escudo e a segunda espada que me fora presenteada.

— Onde você conseguiu isso? — Eu havia perdido o escudo na embarcação, e a espada sumira quando tinha tentado abrir a porta para Underhill naquela árvore.

— Roubei o escudo. Um conhecido mútuo o mantinha como refém, sabendo que você provavelmente precisaria dele. E a espada? Bem, você pode agradecer à generosidade de Underhill por isso. O que ela pegou, ela simplesmente decidiu devolver.

Minha mandíbula se contraiu.

— Entendi. — Rubezahl novamente, sem dúvida. Qualquer um poderia ter tirado o escudo do navio. Como ninguém o devolveu para mim, presumi que tinha sido perdido no mar.

— Eu também vou — o kelpie terrestre anunciou. — Tenho negócios a resolver com o gigante. Pretendo esmagar os joelhos dele.

O rosto da Oráculo endureceu, e ela lhe deu um olhar que eu não consegui interpretar. Nunca perguntei ao kelpie terrestre por que ele havia sido acorrentado. Àquela altura, eu pensava que Rubezahl sabia que o feérico era o único de sua espécie que poderia acessar Underhill. Ele me manteve afastada do antigo kelpie terrestre de propósito, enquanto me enviava para uma busca frenética pelo Triângulo.

Que babaca.

Fechei os olhos enquanto um dos últimos fios de confiança que eu tinha em Rubezahl se desgastava e rompia. Achei a sensação bem-vinda.

Porque eu estava indo a Unimak para enfrentá-lo. Para matá-lo. Para restaurar a paz.

Ou morrer.

Um som de flores sendo pisoteadas atrás de mim me fez dar meia-volta. Devon se aproximou com rapidez, quase parecendo deslizar, exceto pelo som de seus passos.

— Se eles não partirem agora, será tarde demais.

— Não me dê lições sobre o tempo — a Oráculo retrucou, mas ela se virou para me encarar mesmo assim. — Dente-de-leão, preste atenção. Este é um momento em Underhill que não podemos desfazer.

Ela não desviou os olhos de mim, e eu estreitei os meus. Ela estava tentando me dizer algo. Desde nossa primeira conversa, assim que cheguei, a pergunta que martelava na minha cabeça dizia respeito à intenção de Underhill. O que ela queria que eu fizesse?

— Você deve abrir uma porta — ela disse, calmamente.

Uma porta...

Eu a encarei boquiaberta.

— Você não pode estar dizendo o que eu penso que está dizendo.

— Uma porta para a Terra — ela explicou, com uma calma frustrante.

— Isso é... — Parei de falar, procurando palavras para descrever a loucura daquilo. — Uma *piração*. É por isso que estou aqui? Underhill quer que eu abra uma porta? Eu não posso fazer isso. Não de uma hora para a outra!

A Oráculo pressionou os lábios.

Caramba, tinha *mais*? Então isso não terminava apenas comigo abrindo uma porta — algo que, em primeiro lugar, eu tinha quase certeza de que não conseguia fazer —, havia uma razão *por trás* do fato de eu abrir uma porta. Mas se isso tinha tudo a ver comigo, por que Underhill só tinha tentado se comunicar quando eu tocava *Lan*?

Minhas sobrancelhas se uniram enquanto eu tentava "prestar atenção".

— Eu preciso de Lan para essa porta.

A Oráculo não balançou a cabeça, mas disse:

— O poder é seu.

— Não tenho ideia de como fazer isso! — O pânico subiu pela minha garganta.

Devon segurou meus ombros, seu olhar verde me queimando.

— Você passou pelo primeiro obstáculo, Pequeno Relâmpago, mas há mais por vir. Confie nos espíritos, mesmo que ainda não entenda. Não esqueça suas tarefas, em nome daqueles ao seu redor. E nunca tema a magia. Nunca.

Eu engoli em seco.

— Entendi. A única maneira de eu estragar isso é se ficar no meu próprio caminho.

Um leve sorriso permaneceu em seus lábios.

— Exatamente.

Me preparando, dei alguns passos para longe dos demais e olhei na direção da terra da neve. Meu campo roxo era visível ao longe, e deixei que ele me lembrasse da água do oceano que eu inalara ao me submeter à força selvagem e primordial dentro de mim.

— Hoje é o solstício de verão. O véu entre os dois reinos está mais fino do que nunca — a voz da Oráculo flutuou até mim.

Era hoje?

— Pense na lembrança mais forte que você tem — ela continuou.

Eu inspirei.

Ok. Eu tinha de pelo menos tentar.

*Pense na lembrança mais forte que você tem.*

Isso era fácil, na verdade. Minhas lembranças mais fortes eram aquelas da minha mãe — que não era minha mãe biológica, mas o que eu conseguia lembrar era bom.

Uma lembrança da casa em que morávamos.

Eu trouxe de volta o cheiro do pão frito e do coelho assado.

*Olhando por cima da mesa para pegar um talo de ruibarbo cru, eu o mergulhei rapidamente no açúcar e corri antes que minha mãe pudesse me ver.*

— Consegui — murmurei, suavemente para não dissipar a visão.

— Onde você está? — a Oráculo sussurrou.

— Em casa, esperando o jantar.

— Mantenha-se firme ao sentimento que a lembrança inspira.

Eu me agarrei à saudade e à felicidade que rodopiavam dentro de mim.

— Pode deixar.

— Essa é a sua âncora. Agora você deve adaptar a lembrança. Você deve se mover para onde queremos ir.

Eu lutei para absorver aquilo enquanto segurava firme as emoções da minha lembrança.

— Que lugar é esse?

— A ponte do solstício. Leve sua mente para lá agora. *Não libere o que você sente.*

Mentalmente, eu saí correndo pela porta da casa em que morava com minha mãe e segui em uma velocidade implausível até o rio que dividia os reinos, acompanhando-o em direção às cortes.

Para a ponte da seleção. A ponte do solstício.

A conexão entre Seelie e Unseelie, entre luz e escuridão. O poder dentro de mim era atraído por aquilo porque era todas essas coisas ao mesmo tempo. Divisão era algo que ele não conhecia.

Deixando o oceano roxo passar por mim, me concentrei naquela ponte em Unimak.

— Agora liberte tudo — a Oráculo ordenou.

A magia estava ciente do meu desejo, e eu a deixei me consumir. Nesse assunto, parecia que estávamos de acordo. O poder me permitiu contê-lo mesmo enquanto se acumulava, mais e mais forte.

E quando a pressão ameaçou me espalhar por Underhill em um milhão de direções...

Só então eu gritei e joguei as mãos para a frente, em direção ao véu sempre presente que separava aquele reino do outro, que estava precisando desesperadamente de ajuda.

# 27.

Minhas mãos tremiam. Minhas palmas *queimavam* com minha magia combinada, enquanto raios dançavam entre meus dedos e o véu que separava Underhill do mundo humano.

O véu se afinava.

Como se assistisse a um filme mudo de longe, eu conseguia ver seres feéricos se movendo do lado da Terra, pela porta que eu acabara de criar.

Um palco havia sido montado do outro lado do rio, algo que só acontecia durante a seleção e o solstício. A rainha Elisavana estava de frente para a desgraçada da Adair e para o meu tio fraco das ideias. Atrás de cada um deles, suas respectivas cortes.

Mas onde estava Rubezahl? Certamente um gigante se destacaria pra caramba.

— O solstício de verão começou — a Oráculo disse ao meu lado. — Precisamos ir. Dente-de-leão, deixe a porta aberta até passarmos, ou eu vou bater em você com minha vara.

Curiosamente, aquela ordem fez sentido para mim. Eu conseguia *sentir* o que ela queria dizer com deixar a porta aberta. Obedeci, tremendo como uma folha em uma tempestade — e o tremor não tinha nada a ver com a ameaça iminente.

A Oráculo atravessou primeiro, seguida por Cinth e o kelpie terrestre. Devon não atravessou.

— Vá — ordenei, entredentes.

— Não posso. Estou ligada a este lugar. — Ela inclinou a cabeça para mim. — Leve seu homem e não se esqueça... — Devon olhou para Lan. — As regras foram feitas para serem quebradas, mesmo aquelas que juramos seguir.

Ele não se abalou, apenas fez a ela um breve aceno e atravessou para o mundo humano.

Dei mais uma olhada em Devon.

— Obrigada. — *Por quase me matar.*

Ela acenou com a mão.

— Você será testada como ninguém mais. Agora vá. Nos salve, se puder.

Respirei fundo uma última vez e mergulhei pela abertura, roçando com a ponta dos dedos enquanto a entrada desmoronava.

A serena reunião de reis e cortes já havia explodido em gritos e no tumulto de armas colidindo. Ver algum sentido na batalha frenética era impossível, mas estalos de chamas e o zumbido da magia explodiam ao meu redor. Gavinhas Unseelie e Seelie se erguiam no ar, uma harmonia grave e um tenor agudo. Como eu nunca tinha ouvido aquilo antes?

Permaneci ali, atordoada, enquanto os dois sons se fundiam em um zumbido constante. Mesmo com o caos ao meu redor, a música da magia me atingia profundamente, me enraizando no lugar, me preenchendo de tal forma que tudo o que eu queria era ficar ali, dócil, e ouvir.

Uma lâmina se aproximou de mim como se estivesse em câmera lenta. Por um instante, eu a observei se aproximar do meu pescoço. Então, recuando, ergui a palma para o céu e movi os dedos. Um raio rugiu pelo meu braço, percorrendo meu corpo e atingindo o peito de quem me atacava. Seelie. Um guarda do rei.

Houve um soluço no zumbido mágico ao meu redor enquanto o coração dele parava e então retomava um ritmo lento para combinar com seu estado inconsciente.

— Não desperdice sua energia. Use suas armas! — A voz da Oráculo chegou até mim apesar do barulho ensurdecedor. Ela ficou ao lado de Cinth, observando de um bosque de árvores.

Mas contra *quem* eu estava lutando? Não havia sentido algum na loucura daquela batalha.

Eu só tive tempo de vislumbrar Lan e o kelpie terrestre, um de cada lado de mim, enquanto outra lâmina vinha em minha direção.

Puxei as espadas da rainha e as juntei em X, capturando a lâmina do meu oponente e empurrando-o para uma luta ali perto.

Não.

Antes de lutar contra qualquer um, eu precisava entender aquela confusão.

Uma rápida análise da ponte e das margens do rio mostrou que a rainha Unseelie e Adair permaneciam no palco que atravessava o rio. Elisavana estava vestida de couro, como se soubesse que uma luta estava por vir — ou talvez ela fosse sempre assim tão incrível — e Adair agarrava seu próprio corpo, como se não soubesse o que fazer em uma batalha.

Agora Faolan estava às minhas costas.

Unseelie em suas vestes escuras e Seelie em suas roupas coloridas estavam misturados, lado a lado, e eu supunha que eles haviam se unido para lutar contra os párias. Os párias, em suas vestimentas rudimentares em tons de marrom, verde e cinza, fluíam pelos lados do rio e já se espalhavam pela ponte para confrontar as cortes.

Mas algo não estava se encaixando.

Levou alguns momentos para eu perceber exatamente o quê.

Alguns dos Unseelie e Seelie estavam se voltando contra os próprios companheiros. Será que estavam loucos?

— Que diabos? — sussurrei, desviando de um soco.

A resposta se chocou em mim quando avistei um feérico barbudo que parecia não se lavar havia um ano.

Um feérico *selvagem*.

Pelo testículo direito de Balor! Alguns dos Unseelie e Seelie eram párias disfarçados. Estavam tentando virar as cortes uma contra a outra. Não era difícil se passar por um Seelie ou Unseelie. Era só ter as roupas certas e a cor certa de magia.

Se eu ainda guardava algum fragmento de compaixão pelo gigante, ele desapareceu naquele momento.

Ele havia planejado tudo desde o início.

— Onde ele está? — gritei, sabendo que os párias me ouviriam e entenderiam quem eu estava procurando.

Meu relâmpago se arqueava loucamente ao meu redor de pura raiva enquanto eu entrava no ritmo, desviando de estocadas e me esquivando de golpes, à procura de Rubezahl.

Enfiei o pé na barriga de um feérico magro — quase famélico — e o catapultei para o meio da multidão.

As cortes tinham aberto um círculo no meio da ponte, de maneira lenta, mas constante.

O fluxo e o som das duas magias ao meu redor eram eletrizantes e, ao mesmo tempo, eu podia sentir minha energia diminuindo à medida que o tempo passava — eu não conseguia controlar o raio selvagem que saía do meu corpo.

Estava me esgotando muito mais do que a batalha física em si.

Uma súbita onda de flores roxo-escuras se espalhou aos meus pés enquanto eu puxava minha magia para aliviar o crescente cansaço. No entanto, a energia emprestada se esvaiu no segundo seguinte, enquanto a magia branca estalava ao redor do meu corpo.

Olhei para Lan. Ele absorvia energia das mesmas flores, que morriam para alimentá-lo.

— Precisamos parar com isso — gritei para ele. Tínhamos de fazer os párias nos ouvirem. Eles haviam sido enganados, da mesma forma que eu.

Faolan se esquivou do golpe mortal de uma espada larga.

— Olhe para eles, Kallik. Não acho que sejam capazes de ouvir alguma coisa agora.

O quê?

Olhei bem para os párias mais próximos de nós, e dessa vez vi a expressão vazia deles enquanto se lançavam contra os oponentes.

Era obra de Rubezahl.

Aquela era a loucura que ele fabricava com sua magia e a harpa de Lugh.

Agora que Lan apontara, era fácil identificar os párias. Mas algo mais estava acontecendo. Todos que eram tocados pelos párias encantados caíam sob o mesmo feitiço, seus olhos ficando brancos em questão de segundos. Era como uma doença de rápida propagação.

*Merda.*

Estendi a mão para Lan.

— Precisamos parar o feitiço de Rubezahl. Podemos fazer isso.

Antes de conseguirmos nos tocar, o estrondo de passos pesados encheu o ar, e o consequente impacto na ponte nos jogou para longe.

Um temor me envolveu, me levantei rapidamente e olhei para o norte.

Rubezahl não era o único gigante ali em Unimak.

Do lado Unseelie do rio, sete gigantes avançavam pela multidão, balançando porretes como se estivessem jogando golfe. Gritos rasgaram o ar enquanto eles atravessavam grupo após grupo de feéricos que haviam simplesmente se reunido para o solstício.

Desarmados. Despreparados.

Mulheres, crianças e idosos. Não eram lutadores, *não* eram um exército treinado.

O horror me apertou a garganta quando uma pequena figura saiu voando, seu corpo todo torcido.

Os guardas Unseelie mais próximos se aglomeraram em torno do primeiro gigante, mas foram arrancados pelos outros seis e jogados para longe sem dó, como insetos arrancados de uma camisa, seus corpos desaparecendo na floresta ao redor do rio.

— Temos que detê-los — gritei, correndo para ficar de pé e encarar os sete gigantes.

Sete.

Eu poderia fazer isso?

— Proteja minha retaguarda, Lan!

— Sempre — ele rosnou, enquanto dava a volta em mim, me dando espaço e afastando os feéricos e párias que poderiam me apunhalar pelas costas. Ele sempre estava protegendo minha retaguarda, mesmo quando eu não percebia. Esse pensamento se espalhou pela minha consciência, mas eu me concentrei.

Eu tinha de derrubar aqueles gigantes. Agora.

Levantando as mãos acima da cabeça, deixei a magia balanceada em mim se erguer. Deixei a luz branca crescer até estar prestes a explodir, e então... eu me submeti.

Relâmpagos cortaram o céu em sete linhas irregulares e brilhantes que atravessaram cada um dos gigantes. Eles se inclinaram para trás, suspensos por um breve segundo, e tombaram com um estrondo ensurdecedor.

Uma comemoração fraca se ergueu da multidão ao redor dos corpos caídos.

— Kallik!

Virei para a minha esquerda e dei de cara com Drake, que abria caminho pela multidão. Ele vestia o traje surrado de um guarda do rei, a bainha rasgada e além de qualquer conserto. Assim como os outros párias.

— Drake, você tem que parar. Isso é literalmente uma loucura! Rubezahl está nos usando, usando todos nós.

Seu rosto endureceu quando me viu. Lentamente, ele balançou a cabeça decepcionado.

— Ele estava certo. Ruby disse que você se viraria contra nós, mas eu disse a ele que estava errado. Vim aqui para te ajudar a escapar, mas você é igual a eles.

Ele veio na minha direção, o escudo preso ao braço decepado, a espada balançando em direção ao meu abdômen. Eu arremessei minhas próprias espadas para cima. Pelo menos era isso que eu esperava fazer.

Eu mal conseguia sair do caminho, quanto mais levantar uma das minhas armas. Meus membros estavam tão pesados, como se eu estivesse amarrada ao chão com cordas, meus pés presos na lama.

O custo de usar tanta magia de uma vez.

Caí de joelhos e olhei para cima quando Drake brandiu sua espada. Não chamei Lan. Apenas encarei Drake.

Ele não faria isso. Os olhos verdes dele estavam úmidos quando olhamos um para o outro.

Ele abaixou a arma.

— Eu... eu não posso.

Graças a Lugh pelas pequenas misericórdias.

— Eu temia por isso, jovem Drake. — A voz de Rubezahl parecia vir de todas as direções. Ele não estava ali um momento atrás, mas apareceu bem atrás de Drake, com um punhal na mão. O truque de esconder dos Unseelies? Claro que seu punhal gigante era tão comprido quanto uma das minhas espadas.

Drake nem teve a chance de se virar.

Rubezahl deslizou o punhal por ele, perfurando seu coração.

— Não! — gritei, cambaleando e caindo para a frente.

Drake não era meu par. Não era meu amor. Mas, apesar de suas falhas, ele *tinha* sido meu amigo. E não merecia ser traído pela única pessoa que ele achava se importar com ele. Eu sabia como era isso.

Drake escorregou da ponta da adaga, e eu o segurei.

— Você deveria cuidar de si mesmo, jovem — Rubezahl disse suavemente.

Eu desabei sob o peso morto de Drake, sem ousar tirar o olhar do gigante. O feérico que, desde o início, tinha me enganado completamente.

Como já havia feito antes, Rubezahl estalou os dedos, e o mundo ao nosso redor desapareceu. Estávamos em seu estúdio, com o fogo crepitante ao fundo, todos os outros haviam desaparecido.

Exceto Drake. Eu soltei seu corpo e recuei, batendo na parede.

— Você drenou muito do seu poder matando meus filhos — Rubezahl suspirou. — Assim como eu sabia que faria. A juventude é previsível. Então, em vez de perder tempo, vou lhe dizer que esse é o caminho, Kallik da Casa Real. Seu caminho. O único caminho. Alguém com seu poder nunca poderia ser contido por uma única coroa. Seu destino é portar as duas, e é minha tarefa ajudá-la.

Consegui colocar a mesa entre nós. Mesmo que ele não tivesse se movido, eu sentia como se ele estivesse apontando a adaga para a minha garganta.

— Você seria o quê? Meu bobo da corte?

Os lábios dele se contorceram.

— Tanto veneno em você. Tão pouca finesse para respaldá-lo. É um espanto que você ainda não tenha sido morta mil vezes.

Eu me virei em direção à porta e mexi na maçaneta. Nada. Como diabos eu saía daquele lugar?

— Não é veneno, é a verdade — falei. — Elisavana não o queria em sua corte, e meu pai também não. Por que eu iria querer você? E mesmo que eu quisesse, você não vai ganhar minha confiança me dopando e atacando minha casa ou matando meus amigos!

Seu rosto sequer se contorceu em um esgar.

— Tem tanta coisa que você não compreende. Por favor, sente-se. Vamos conversar.

— Estou farta de conversar.

Suas sobrancelhas espessas se ergueram.

— Mas você não pode lutar, jovem. Você sente a fadiga. Quase consumiu toda a sua magia, usando-a dessa maneira.

Com os olhos fixos nos meus, ele desprendeu sua harpa do cinto e dedilhou um acorde que pairou no ar como uma fumaça espessa infundida de pinho.

Eu mal conseguia respirar.

— Não — sussurrei, sentindo o efeito imediato de sua magia.

Tentei levantar uma espada, mas meu punho não me obedeceu. Desabei para a frente, e Rubezahl estendeu a mão para mim.

Se ele me tocasse, tudo estaria acabado. Eu sabia no meu íntimo, com todo o meu instinto.

*Submissão.*

Afundei no chão, e minha magia reluziu, crepitando ao meu redor. Eu puxei energia do mundo fabricado em torno de mim de tudo que eu podia tocar magicamente. Flores surgiram ao meu redor, apenas para morrerem imediatamente enquanto eu despejava sua energia no poder branco que me usava como um condutor.

Um estrondo se espalhou, e a ilusão de Rubezahl se desfez.

Multidões de lutadores foram arremessados de seus pés, minha magia os achatando, achatando todos os feéricos próximos dali.

Os sons da batalha diminuíram e pararam. *Tão cansada.*

Rubezahl se ergueu sobre mim, com a adaga em punho.

— Você teve a chance de trilhar seu caminho, Kallik da Casa Real. E escolheu se afastar. Eu vou tomar sua magia para mim, jovem, embora não seja o caminho que eu desejava.

Sim, só porque ele preferia um papel de liderança nos bastidores. Canalha.

A espada desceu, e como antes, eu pude vê-la se movendo, como se eu tivesse todo o tempo do mundo.

Mas eu não conseguia me mexer. E não havia ninguém perto o suficiente, rápido o suficiente ou poderoso o suficiente para me salvar.

Cinth berrou meu nome.

Lan gritou para eu me levantar.

Tentei me submeter à magia selvagem em mim novamente, mas não conseguia tocar nem uma faísca dela — nem um pedacinho.

Uma forma vestida de couro se colocou entre mim e Rubezahl, bloqueando minha visão com seu belo traseiro.

— Você não vai matá-la enquanto eu estiver aqui, Rubezahl — a rainha Elisavana disse. — Ela está sob a minha proteção.

O som da adaga dele batendo na espada dela estalou pelo ar, e fui arrastada para trás, meus membros ainda flácidos e sem energia.

Lan me envolveu com os braços enquanto assistíamos à rainha Unseelie lutar contra o gigante que havia sido seu confidente mais próximo. Ao nosso redor, o ar se agitava enquanto nuvens de tempestade se aproximavam, escuras e ameaçadoras. Um trovão soou, as centelhas distantes de raios me chamando. Mas meus olhos estavam grudados nos dois.

Eu não tinha conseguido enfrentar Rubezahl.

Não era forte o suficiente.

Mas a rainha era. Eu não conhecia ninguém mais preparado para nos salvar desse desastre.

— Não faça isso, Ellie — Rubezahl pediu, em voz baixa. — Não force minha mão. Ainda me importo com você.

— Então vá! Saia. Você está banido — ela disse, a voz cortando o ar como um chicote.

Ele arrancou uma nota de sua harpa. Uma única nota torturante que pairou no ar, tão sufocante quanto o luto e tão espessa quanto uma manta de lã úmida e quente.

E a rainha congelou no lugar.

Pensei que ele a pegaria e fugiria. Achei que fosse levá-la como refém e tentar convencê-la mais uma vez de que deveria estar ao seu lado, no trono — ou apenas atrás dele, em seu local preferido.

Mas o gigante avançou com sua adaga.

— Você criou essa loucura, e apenas eu posso acabar com ela.

Como ele podia falar uma mentira dessas, mesmo naquele momento, em que perfurava com a adaga o abdômen da rainha? O olhar dela encontrou o meu naquele instante, e senti como se a adaga estivesse entrando em meu próprio corpo.

Porque o olhar que ela me deu... era como se ela tivesse falado. Palavras apareceram em minha mente como se eu as estivesse vendo pela primeira vez no livro da Oráculo, encadernado com a pele da feérica de sangue.

Kallik da Casa Real.
Pai: Aleksandr da Casa Real. Seelie.
Mãe: Desconhecida. Unseelie.

*Mãe: Desconhecida. Unseelie.*
Não.
*Não.*
Gritei "não" antes de entender completamente.

A rainha Unseelie encerrou nossa conversa silenciosa e levantou a mão.

A magia se incendiou ao seu redor enquanto ela puxava de *tudo*. Dos feéricos, das plantas, da terra, do ar. Sua magia era quase negra, com largas faixas de vermelho correndo por ela.

Não como o vermelho rubi de Lan. Mas idêntico ao carmesim da metade Unseelie da minha magia.

— Talvez funcione sempre dessa maneira para nós, velho amigo. Você está banido. — As palavras dela eram como gelo enquanto sua magia se enrolava ao redor de Rubezahl em uma camada protetora. O gigante rugiu quando algo se abriu atrás dele.

Uma entrada para Underhill? Um portal dentro do reino terreno? Eu não tinha certeza.

O som de cascos nos paralelepípedos abafou o rugido de Rubezahl. O kelpie terrestre — coberto de sangue e vísceras — investiu contra o gigante, batendo em seus joelhos nodosos.

Ele tombou para trás pela abertura.

E a abertura foi diminuindo, até desaparecer completamente.

Rubezahl se fora.

Assim como a rainha Elisavana.

## 28.

Fiquei encarando o lugar vazio onde a rainha Unseelie e Rubezahl haviam lutado momentos antes. *Segundos* antes.

Minhas mãos tremiam, e Lan me abraçou com mais força.

— Acabou? — perguntei mais a mim mesma do que a ele.

Sua voz estava tão incerta quanto a minha.

— Sei tanto quanto você, Órfã.

— Lan... — Engoli em seco, me fortalecendo para compartilhar o que eu havia descoberto. O que eu tinha quase certeza de que era verdade. Que a rainha Elisavana era minha mãe, a doadora do meu poder Unseelie e a mulher que me pôs em uma humana.

As espadas.

O escudo.

Designar Faolan como meu protetor.

Eu *sabia*. Eu era a filha do rei Seelie e da rainha Unseelie. Minha respiração acelerou, e Lan me ajudou a ficar em pé, esperando até que eu firmasse minhas pernas cansadas antes de me soltar.

Olhei para ele de relance, e o peguei encarando o local em que Elisavana e Rubezahl haviam lutado.

— Lan?

Ele piscou.

— Ela deu a vida dela pela sua.

Sim, deu.

— Acho que ela era minha mãe. — As palavras saíram dos meus lábios entorpecidos, soando densas e arrastadas.

Lan inspirou fundo, de maneira áspera.

— Sua...

— Dente-de-leão. — E em um instante a Oráculo estava ao meu lado. Cinth se aproximou pelo outro lado, passando o braço pelos meus ombros.

Eu apertei a mão dela.

— Você está bem?

— Tive que bater em alguém com meu caldeirão e derramei o bruadar — ela respondeu, fungando com desdém. — Mas estou bem. — Sua expressão vacilou. — Kallik, o que Ruby fez com você?

A Oráculo foi mais rápida do que eu:

— Ela sobrecarregou sua magia antes do espetáculo principal.

Eu fiz isso. E agora parecia que eu nunca ouviria a verdade dos lábios pintados de vermelho de Elisavana.

— Ele nos transportou para outro local e me imobilizou sem esforço algum. Eu não tinha mais combustível no tanque. — As palavras queimavam minha garganta tanto quanto minhas bochechas. A maior parte de mim não esperava derrotar Rubezahl, mesmo assim... eu tinha cometido um grande erro.

Lan baixou a voz.

— Você salvou vidas ao derrubar aqueles gigantes.

— E mais vidas serão perdidas por causa disso — a Oráculo retrucou.

Os olhos de Cinth se estreitaram tanto que quase se transformaram em fendas.

— E você estava claramente retendo informações, velha. Tenha compaixão ou cale a boca.

Pensar, depois, que minha melhor amiga tinha colocado a venerável Oráculo em seu lugar poderia me chocar, mas, naquele momento, eu não conseguia sentir nada além de confusão. Dor. Medo.

A Oráculo ignorou Cinth e se aproximou de mim, segurando meu antebraço com firmeza.

— O que teria acontecido conosco se eu tivesse compaixão?

Eu vi as sombras e a tristeza em seu olho rodopiante.

Cinth abriu a boca novamente, e eu olhei para ela.

— Está tudo bem. Eu estou bem. Imagino que a alternativa teria sido pior ainda.

Será que eu imaginei o pequeno suspiro da feérica anciã diante de mim? Manter os caminhos do futuro devia ser um fardo, muito mais do que uma bênção.

Eu me sacudi mentalmente.

— Os párias. Precisamos reuni-los e... — Esfreguei as têmporas. Que horror, eu sentia como se tivesse sido atropelada.

— Sua magia levará dias para se recuperar — a Oráculo disse, o tom habitual de desdém retornando à sua voz. — Mas há trabalho a ser feito.

Reunindo forças, eu me virei para enfrentar o que restava da batalha atrás de nós. Os feéricos que eu tinha derrubado com minha explosão mágica estavam se levantando. Procurei os párias, tentando identificá-los.

— Onde estão? Eles partiram com Rubezahl?

Certamente não.

A resposta veio até mim.

— Eles foram libertados do controle dele.

— Correto, Kallik da Casa Real — a Oráculo respondeu, me fazendo questionar por que ela começou a usar esse título quando normalmente eu era Dente-de-leão ou Kallik de Todos os Feéricos. — Com o tempo, aqueles que estão aqui recuperarão o controle de seus verdadeiros pensamentos. Semanas para aqueles recentemente trazidos para o grupo. Meses ou anos para aqueles que têm apoiado Rubezahl por uma era.

Eu senti os efeitos do chá do gigante. Precisei de algumas semanas em Underhill para me livrar completamente dos efeitos, e isso no reino restaurador dos feéricos. Mesmo ao chegar a este reino, parte de mim ainda queria conversar com Rubezahl. O que, olhando agora, era ridículo.

Sim, ele realmente me enganou. A todos nós.

— Precisamos reuni-los — eu disse a Lan. — Eles precisam ser detidos e abrigados até que o chá de Rubezahl saia deles e a loucura desapareça. Podemos ter dificuldade em identificá-los.

Ele se curvou levemente.

— Os párias estão usando um broche de harpa no manto. É assim que eles se identificavam na batalha.

Não questionei a observação dele, apenas assenti. Ele examinou meu rosto e depois se dirigiu à guarda da rainha.

— Eu irei com ele — Cinth disse. — Conheço quase todos os párias espiões que já estavam na ilha.

Ela se apressou para ir atrás de Lan, e a Oráculo a observou partir.

— Essa parte do plano de Rubezahl com certeza deu errado. Ele pretendia enfraquecê-la ao afastar Cinth. E o neto de Lugh também. Mas alguns laços resistem a todas as formas de traição externa.

Era justo dizer que o gigante tinha me manipulado em todas as nossas interações. Tudo com o objetivo de me colocar em um trono duplo enquanto sussurrava comandos em meu ouvido.

— A rainha Elisavana abriu um portal. Para onde foi?

— Para Underhill — a Oráculo respondeu, calmamente.

Franzi a testa.

— Mas como? A magia dela é equilibrada como a minha? E, se for, por que diabos ela não fez isso antes e resolveu todos os nossos problemas?

— Porque algumas coisas requerem o sacrifício máximo... a vida do feérico que empunha a magia. Mesmo assim, Elisavana só teve sucesso porque é solstício de verão, e a magia funciona de maneiras curiosas em noites como esta.

Um nó se formou em minha garganta.

— Então ela está morta?

O olhar firme da Oráculo pousou pesadamente em mim.

— Sim, Dente-de-leão. Ela se foi. Mas haverá tempo para você entender tudo o que foi... e o que pode ser... assim que o sangue for lavado e a poeira se assentar. Venha, temos que cuidar de alguns assuntos.

Ela pôs a mão em minhas costas, me guiando para a frente.

Cansada além da medida, cambaleei ao lado dela, todo o meu foco voltado para permanecer de pé apesar da fadiga, dos arrependimentos recentes e do peso crescente dos olhares ao redor.

Unseelie e Seelie, todos eles, recuperaram a maior parte de seus sentidos. Eles seguravam suas armas, embora claramente reconhecessem que algo muito maior do que uma batalha estava em jogo. Acelerei o passo. Se a verdade sobre Rubezahl fechar Underhill não fosse revelada a Adair e ao tio Josef o mais rápido possível, uma nova batalha poderia eclodir.

Eles ainda estavam no palco, cercados pelos guardas que haviam servido a meu pai.

Quando me aproximei, eles cerraram fileiras — não era de admirar, dadas as fofocas que minha adorada madrasta havia espalhado diligentemente na minha ausência.

Em meio a eles, a rainha consorte soluçava como uma criança assustada. Parabéns a Josef, que parecia apenas confuso com os eventos recentes, sem demonstrar medo algum. Ou talvez ele realmente não fosse tão esperto. Limpei a garganta, mas a Oráculo me guiou em outra direção. Para além deles. Para o meio do palco, onde ela se virou com uma velocidade que desmentia sua idade, olhando para os feéricos restantes.

— Silêncio. — Sua voz explodiu sobre as margens do rio e as árvores encantadas, em um estrondo profundo e vibrante.

Os feéricos não precisavam de apresentação. Todos nós conhecíamos o poder da Oráculo.

Com o capuz ainda inclinado, ela exigiu a atenção de todos e retomou a fala:

— Parem com essa batalha. Vocês foram muito bem ludibriados, feéricos das cortes. Há aqueles entre vocês, vestidos como vocês, que vieram aqui com o propósito de incitar a anarquia hoje, de colocar as cortes uma contra a outra.

Eu observei a compreensão surgindo no rosto dos inocentes quando avistaram Lan, Cinth e os guardas Unseelie puxando feéricos perplexos e ensanguentados da multidão.

— Guardem suas armas — a Oráculo ordenou.

E eles guardaram. Em menos de um minuto, os feéricos ao nosso redor tinham abandonado a hostilidade. Foi tempo suficiente para Adair secar o rosto e encontrar a coragem para sair do círculo de guardas.

— Prendam-na — ela gritou, apontando o dedo para mim.

— Silêncio — a Oráculo retrucou.

Ok, pode soar mesquinho, mas eu estava oficialmente do lado da Oráculo depois disso. Não me dei ao trabalho de esconder o sorriso quando Adair empalideceu.

— Honrada Oráculo. — Ela mudou de tática, fazendo uma pequena reverência. — Agradecemos por nos ajudar contra... — Ela empalideceu mais ainda, provavelmente percebendo que não tinha ideia do que acabara de acontecer, mas se recuperou com um sorriso radiante que provavelmente encantaria meu pai... e também o tio Josef, sem dúvida.

— Não fui eu quem derrotou o vilão Rubezahl, autointitulado Protetor dos Párias — a Oráculo disse, sua voz ainda ecoando sobre a massa de gente. — Seu agradecimento é mais bem direcionado à Kallik da Casa Real, que não apenas derrotou sete gigantes, como foi capaz de enfraquecer em grande medida nosso inimigo para que a rainha Elisavana pudesse concluir o trabalho.

Eu fiz o possível para controlar minhas sobrancelhas ao ouvir aquilo.

Enfraquecer em grande medida, o cacete.

— A rainha está morta — a Oráculo anunciou, com uma franqueza que abalou todos.

O clamor dos Unseelies foi terrível, e só aumentou à medida que absorviam a notícia. De muitas maneiras, os Unseelies eram mais sombrios e bárbaros do que os Seelies, mas sentiam dor da mesma forma que qualquer outro.

E a dor deles estava nítida para quem quisesse ver.

— E assim, hoje — a Oráculo falou novamente depois que eles se acalmaram ou, em alguns casos, afundaram em lágrimas —, a providência me guiou para realizar uma tarefa única. Neste solstício de verão, vocês testemunharão a revelação de uma verdade enterrada, a correção de um erro cometido por líderes do passado. Nesta noite, um feérico será enfim selecionado.

Ah. Merda.

Não pude deixar de olhar para a Oráculo.

— O que você está fazendo? — sibilei, meu coração batendo forte no peito.

— O que deveria ter sido feito quando você tinha dezesseis anos — ela respondeu, de forma sombria.

Eu me virei para poder dar as costas à plateia murmurante.

— Eles vão saber a verdade.

— Sim, Dente-de-leão. Eles saberão.

*Sem chance.* Eles me matariam se soubessem, e eu tinha chegado longe demais para morrer. Talvez a vida simples em Unimak que eu sempre imaginei não fosse mais um futuro viável, mas eu tinha um futuro com Faolan. Um futuro que eu queria.

Dei um único passo na direção de Lan. Ele se afastara dos guardas Unseelie — e dos guardas Seelie que se juntaram a eles para ajudar a separar os párias — a fim de observar a cena. Seus olhos escuros estavam iluminados com uma desconfiança que eu nunca tinha notado nele. Uma desconfiança que só aparecera quando eu confessei minha suspeita de que Elisavana era minha mãe.

— Se você não permitir isso, todos perecerão — a voz da Oráculo flutuou em meus ouvidos e, em seguida, em minha mente.

Eu olhei para trás, com o coração afundando.

— Não tem outro caminho?

— Tem, e te avisei da consequência de segui-lo.

Todos saberiam o que eu era.

Para aqueles feéricos, eu já tinha sido uma órfã, uma mestiça, uma selecionada para a Elite, uma criminosa, uma princesa e uma assassina. Eles estavam convencidos da minha culpa. E agora a Oráculo queria que eu transmitisse outra verdade a eles.

Uma que eu mal tive tempo de aceitar eu mesma.

Uma que solidificaria minha culpa no coração de muitos deles. Porque os feéricos sempre foram Seelie ou Unseelie.

Nunca ambos.

Um feérico que fosse assim devia ser uma aberração. Uma abominação. Ignorar essa realidade tinha sido fácil em Underhill, onde havia anomalias em toda parte.

Procurando na multidão, localizei Cinth, que tinha de alguma forma tirado seu caldeirão da zona de desastre. Por algum motivo, aquela visão me deu força.

Porque, no fim das contas, eu sempre teria minha amiga, a cozinheira.

E eu sempre teria Lan, meu protetor. Procurando por ele novamente, franzi a testa quando não consegui ter nem um vislumbre dele.

Mas ele estava por perto. Sempre esteve, quer eu pudesse vê-lo ou não.

E assim eu encarei a Oráculo.

— É melhor você estar certa.

Adair me lançou um olhar surpreso.

— Você está falando com a Oráculo, mestiça. Como ousa...

— O corpo do meu pai estava frio antes de você pular na cama do irmão dele? — eu perguntei a ela.

A Oráculo gargalhou e depois dispensou Adair com um aceno.

— Se eu fosse você, rainha consorte, consideraria guardar meus próprios conselhos até depois da ordenação.

Adair recuou e depois me olhou novamente, com ar astuto. Recuperando a compostura com uma velocidade impressionante, ela fez uma reverência à Oráculo e se afastou um pouco.

— De joelhos, Kallik da Casa Real. — A anciã se dirigiu a mim, sua voz ecoando para que todos a ouvissem.

Suspirando, ajoelhei e baixei a cabeça.

A Oráculo tirou sua adaga — a mesma maldita adaga que havia despedaçado meu mundo não muito tempo antes — e deu a volta para se posicionar atrás de mim. Eu arfei quando ela rasgou minhas roupas, expondo minhas costas.

— O que você está fazendo? — sussurrei para ela. Eu tinha visto várias seleções ao longo dos anos. Nenhuma *delas* tinha envolvido rasgar as roupas.

Foi o bom e velho tio Josef quem respondeu, parado ao lado de Adair:

— Seleções da realeza diferem da norma.

Eu lancei um olhar curioso na direção dele. Porque eu nunca realmente acreditei que o irmão do meu pai tivesse coragem ou malícia para se envolver no plano de Adair.

É claro, Rubezahl também poderia ter sido o responsável pela morte do meu pai — algo que eu nunca tinha considerado até aquele exato momento.

Mais uma verdade que eu estava determinada a descobrir antes do meu fim.

A Oráculo se virou para ficar diante de mim novamente e estendeu a mão. Submetendo-me ao destino que ela havia previsto, coloquei a mão na dela, sem pestanejar quando ela cortou minha palma com a adaga.

Era um ferimento mais profundo do que ela tinha feito em mim na falsa Underhill, e ela deixou o sangue se acumular até cobrir toda a arma cruel. Inclinando a adaga, ela fechou a mão e deixou o sangue escorrer até formar uma poça.

Dando a volta em mim novamente, ela espalhou o sangue pelas minhas costas, então deu um passo para trás, murmurando palavras que, no entanto, ecoavam e ressoavam para todos ouvirem.

Uma queimação começou na minha pele, e eu resisti ao desejo de tombar até me apoiar nos joelhos e nas mãos.

Lágrimas arderam nos cantos dos meus olhos, e eu me agarrei aos gritos dos feéricos que assistiam.

Eu me apeguei ao choque e à confusão deles.

Até que, com uma última explosão ardente, o sofrimento desapareceu para dar lugar a uma dor latejante.

Piscando para afastar os pontos escuros em minha visão, ofeguei até meu corpo parar de tremer e depois levantei a cabeça.

A Oráculo inclinou a cabeça na minha direção e depois se dirigiu àqueles atrás de mim mais uma vez.

— Contemplem a tatuagem de seleção de Kallik da Casa Real. Vejam a rosa branca que a marca como filha do rei Aleksandr, herdeira legítima do trono Seelie. — Ela fez uma pausa. — Além disso, feéricos de Unimak, contemplem e testemunhem a lua crescente que a marca como filha da rainha Elisavana e herdeira legítima do trono Unseelie.

Os murmúrios aumentaram até quase se transformarem em um clamor, mas aqueles que faziam barulho foram logo silenciados por aqueles desesperados por respostas.

A Oráculo pronunciou suas últimas e condenatórias palavras, que se apertaram em volta do meu pescoço tão forte quanto um laço.

— Levante-se agora, Kallik da Casa Real, como rainha Kallik dos Seelie e Unseelie. Governante de Todos os Feéricos. Levante-se agora e reivindique seu lugar de direito como nossa líder.

*Kallik de Todos os Feéricos.* Ela não me chamava assim desde o momento em que coloquei os pés em Underhill? Mas eu não queria isso.

Virei a cabeça na direção dela, sem me importar se Josef e Adair podiam ouvir.

— Não há necessidade de eu ser a líder deles. O perigo passou. — Devia haver algum processo em andamento para sucessão... e abdicação. Eu não queria governar.

*Ninguém* queria que eu governasse.

— Rubezahl ainda vive — a Oráculo respondeu, sem olhar na minha direção.

O palco sob meus joelhos parecia ter desaparecido.

— Ele está trancado em Underhill — eu me apressei em dizer.

— O problema não é ele estar trancado — ela disse, cuidadosamente. — O problema é que Underhill precisa se abrir, ou a magia feérica aqui morrerá. O que você acha que acontece quando Underhill for finalmente aberta, Dente-de-leão?

Rubezahl sairá.

E ele virá atrás de sua inimiga número um, ou seja, *eu*.

Fechei os olhos e cerrei os punhos, o que só serviu para intensificar a dor latejante nas minhas costas. Forçando o último fragmento da minha energia nas pernas, eu me ergui, olhando diretamente para o rio do lar da minha infância, que se tornaria meu reino.

O destino tinha um senso de humor distorcido e idiota ao me selecionar bem no meio das duas cortes.

Mas rir não me levaria a lugar nenhum.

Chorar, lutar, me enfurecer, recusar... Não.

Às vezes, a única resposta era se submeter. Abraçar o desconhecido que ainda estava por vir, porque tentar entender era impossível.

Que assim fosse.

Respirei fundo.

E me virei para encarar meu povo.

Primeira edição (julho/2024)
Papel de miolo Ivory Slim 65g
Tipografias Masqualero e Freaky Story
Gráfica LIS